Coleção MELHORES CRÔNICAS

Maria Julieta
Drummond de Andrade

Direção Edla van Steen

Coleção MELHORES CRÔNICAS

Maria Julieta Drummond de Andrade

Seleção e prefácio
Marcos Pasche

São Paulo
2012

global
EDITORA

Maria Julieta Drummond de Andrade © Graña Drummond, 2009

1ª EDIÇÃO, GLOBAL EDITORA, SÃO PAULO 2012

Diretor Editorial
JEFFERSON L. ALVES

Gerente de Produção
FLÁVIO SAMUEL

Coordenadora Editorial
ARLETE ZEBBER

Revisão
ELISA ANDRADE BUZZO
TATIANA Y. TANAKA

Projeto de Capa
VICTOR BURTON

Editoração Eletrônica
ANTONIO SILVIO LOPES

(CIP)-BRASIL. Catalogação na fonte
Sindicato Nacional dos Editores de Livros, RJ

A569m
Andrade, Maria Julieta Drummond de, 1928-1987.
 Maria Julieta Drummond de Andrade / seleção e prefácio Marcos Pasche ; direção Edla van Steen. – São Paulo : Global, 2012.
 (Melhores crônicas)

Inclui bibliografia
ISBN 978-85-260-1672-9

1. Crônica brasileira. I. Título. II. Série.

12-2262   CDD: 869.98
                           CDU: 821.134.3(81)-8

Direitos Reservados

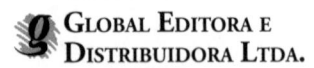

GLOBAL EDITORA E DISTRIBUIDORA LTDA.

Rua Pirapitingui, 111 – Liberdade
CEP 01508-020 – São Paulo – SP
Tel.: (11) 3277-7999 – Fax: (11) 3277-8141
e-mail: global@globaleditora.com.br
www.globaleditora.com.br

Obra atualizada conforme o
Novo Acordo Ortográfico da Língua Portuguesa

Colabore com a produção científica e cultural.
Proibida a reprodução total ou parcial desta obra sem a autorização dos editores.

Nº de Catálogo: **2102**

Melhores Crônicas

Maria Julieta Drummond de Andrade

UM BUQUÊ DE CRÔNICAS

I

Se uma generalização nos for permitida, parece inegável que todo escritor luta para não ser medíocre. Independentemente de sua época ou região, seja apegado ou refratário às convenções literárias e ideológicas que lhe são coetâneas, tenha ele maior ou menor consciência crítica a respeito do que produz, o autor de literatura (e de outras vertentes artísticas) lança-se ao trabalho sempre empenhado em transpor as cordas mornas da mediocridade. E ainda que ele deixe sua escrita contaminar-se pela modéstia-quase-apatia da matéria tratada – como na poética de Manuel Bandeira ou na prosa de Jorge Amado –, não o faz por querer a insipidez do banal como diretriz primeira e última, mas sim para dar e/ou extrair do prosaico a coloração negra ou lilás da singularidade. Dessa forma, autores da poesia, da prosa e da dramaturgia (considerando também os casos em que os gêneros aparecem irmanados) deparam-se, quando do ato criativo, com outro tipo de esfinge: ou a obra oferece ao público e à crítica motivos para eternizá-la, ou ela será devorada pelo implacável ostracismo.

Mas a crônica é um gênero menor, conforme disse Antonio Candido.[1] Embora tenha sido contestado e rece-

---

1 "A crônica não é um *gênero maior*. Não se imagina uma literatura feita de grandes cronistas, que lhe dessem o brilho universal dos grandes romancistas, dramaturgos e poetas. Nem se pensaria em atribuir o Prêmio Nobel a um cronista, por melhor que fosse. Portanto, parece mesmo que a crônica é um gênero menor." A vida ao rés do chão. In: *Recortes*. 3. ed. Rio de Janeiro: Ouro sobre Azul, 2004, p. 26. (Grifos do autor)

bido acusações de estreiteza de visão, o crítico pautou sua afirmativa pelo fato de a crônica já nascer condenada ao iminente desaparecimento físico, uma vez que sua existência é marcada por uma espécie de parasitismo cultural: ela depende do corpo do jornal, e da iniciativa dele. Mesmo hoje, com o suporte da internet, cuja maioria de páginas não costuma ser de publicação diária, não há garantia de permanência. Ao contrário: com a enxurrada de *blogs*, de páginas de relacionamento e de mensagens e personalidades de falso conteúdo, a crônica atual corre o risco de não ser notada nem mesmo no dia em que dá o ar de sua (des)graça. Como se acredita que tudo precisa ser novidade, tudo também é empurrado ao anacronismo, e as coisas se enforcam com o cordão umbilical que não se teve tempo de retirar.

Voltando à afirmação de Candido e seus desdobramentos, não é típico (ou talvez seja mesmo inexistente) o pressuposto da escrita da crônica fora do compromisso com um canal de comunicação, seja o cronista um prestador de serviço (expediente mais comum) ou o próprio regente-geral do veículo. Não se monta um livro de crônicas para publicação hipotética, como um projeto de longo prazo. Mesmo num caso original e ainda pouco conhecido – o livro *Caçada ao madrastio*[2] –, seu autor, Lasana Lukata (pseudônimo de Cláudio Alves), vestiu com a etiqueta de "crônica brasileira" textos que, no conjunto, formam um romance. Mas alguns de seus capítulos foram publicados anteriormente como crônicas, sendo depois transpostos ao volume, sem cortes nem acréscimos; ou seja, mesmo nesse caso híbrido, de inclinação mais artística do que jornalística, os fragmentos ocasionaram a ideia do todo, e não o contrário.

Sendo então de um âmbito textual diminuto, a crônica tem por vocação o tratamento dos pormenores cotidianos, e sua voz efetiva um misto de subjetividade e objetividade, pois o autor fala como testemunha opinante e aborda o

---

2   São João de Meriti: edição do autor, 2010.

assunto sem direito a rodeios, porque seu espaço é curto, e seu tempo provavelmente também. Na estrutura e na mensagem, o cronista escreve a letra minúscula do discurso da vida, que é o dia a dia, ou melhor, é a poeira do dia a dia, ubíqua porém despercebida.[3] Entretanto, onde há a mão do escritor há também a possibilidade da reordenação de conceitos e convenções. O cronista portanto age para, primeiramente, escapar da sensaboria e, depois, para não permitir que a *pequenez* a que está circunscrito o confine na *pequenice* a que se arrisca. Nascida menor, a crônica recebe do autor distinto o impulso para não morrer diminuída, tomando as palavras que a deixem digna de entrar na casa dos grandes gêneros. E para isso ele se lança à observação crítica dos grandes movimentos do mundo, sejam políticos, econômicos ou naturais, ou mantém as vistas fixadas na microscopia do seu próprio ir e vir diário, mas sempre fazendo disso uma alegoria das pulsões gerais. Além: ao recorrer a técnicas de construção, digamos assim, propriamente literárias, o cronista eterniza pela via lírica os resíduos do dia, cuja luz não passa de uma efêmera fagulha, conduzidos "naturalmente" ao descarte.

A crônica brasileira é farta de exemplos de tal natureza, sendo inclusive apontada por muitos críticos (dentre os quais, o próprio Antonio Candido) como uma das mais idiossincráticas e ricas do mundo. Talvez por ironia do destino, a literatura brasileira, por séculos considerada anêmica e desprovida de pioneirismo, teve no gênero menor um dos fatores de seu tardio, mas não falho, engrandecimento.

---

3 Num estudo curto e ilustrativo, Jorge de Sá apontou o registro do circunstancial como "princípio básico da crônica". In: *A crônica*. 6. ed. São Paulo: Ática, 2008, p. 6.

II

Maria Julieta Drummond de Andrade tornou-se cronista por acaso. A edição do dia 2 de novembro de 1977 da revista *Veja* exibiu um dossiê dedicado aos 75 anos de Carlos Drummond de Andrade, seu pai (nascido a 31 de outubro de 1902).[4] A pedido da revista, ela escreveu o texto "Meu pai", e a partir disso começou a publicar crônicas no Segundo Caderno do jornal carioca *O Globo*, aos sábados. Do expediente, só interrompido poucas semanas antes de sua morte, ocorrida em 5 de agosto de 1987, resultaram três livros: *Um buquê de alcachofras*,[5] *O valor da vida*[6] e *Gatos e pombos*.[7]

O feito precursor já revelava uma forte característica da escrita de Maria Julieta: o tom afetuoso com que relatava experiências particulares. E em "Meu pai" isso aparece já tonificado, dada a forte relação entre o poeta e a cronista (tanto que ambos morreram dez anos depois, de forma praticamente imediata, porque o pai, deprimido, sucumbiu à morte da filha). Além do carinho manifesto – "Só espero que ele sinta, lendo este depoimento, a mesma alegria que estou tendo ao evocar cenas quase perdidas" (1980, p. 163) –, o texto chama a atenção justamente pela forma de expressá-lo, que é densa, mas em nenhum momento resvala na declaração piegas nem se deixa inundar pela cachoeira dos adjetivos gratuitos:

> Nunca senti a solidão de ser filha única, devido à irmã que papai me inventou, Catarina, igualzinha a mim, da mesma idade, só que pretinha, e inteiramente

---

4 Edição de número 478, p. 86-94. O texto de Maria Julieta (presente neste volume) fica na página 93 da referida revista, mas as citações feitas aqui correspondem ao livro em que está publicado – *Um buquê de alcachofras*, p. 163-5.
5 Rio de Janeiro: José Olympio, 1980.
6 Rio de Janeiro: Nova Fronteira, 1982.
7 Rio de Janeiro: Guanabara, 1986 (com ilustrações de Ricardo Leite).

imprevisível. Esta menina, que morava no interior, e em quem eu acreditava e não acreditava, e sobre a qual conversávamos longamente, povoou minha infância de amor e ciúme (ibidem, p. 165).

A candura com que impregnou seus textos não se dirige apenas a parentes e amigos. Defensora da causa dos animais, Maria Julieta fez sobre e para eles inúmeras intervenções, a ponto de formar um livro exclusivamente dedicado ao universo zoológico: *Gatos e pombos*. O volume representa a culminância de um tema caro à autora, o qual aparecia embrionariamente em *Um buquê*: "Como evitar, por exemplo, que estes [os homens] continuem desconhecendo o direito dos animais a viver?" (ibidem, p. 72). A cronista louvou as diversas possíveis lições dos seres em geral vistos como ornamento ou entulho. Moça provinciana radicada em dois dos maiores centros urbanos da América Latina (Rio de Janeiro e Buenos Aires, e precisamente num período de franco desenvolvimento de ambos, entre os anos 1950 e 1970), Maria Julieta foi testemunha do progresso urbano que por vezes significa regresso de valores e sentimentos humanos. Daí ter visto nos animais um resguardo de aspectos que não podem ser perdidos: "[...] sendo os animais tão sábios, tenho sempre a esperança de conseguir, talvez, falando e escrevendo sobre eles, aceitar melhor as contingências da vida" (ibidem, p. 159).

Mas a insistente tematização animalesca termina por ser uma fragilidade da autora. Há causas que não se gastam, tornando-se ainda mais dignas quando perseverantes. Nesse caso, a defesa de seres açoitados faz-se necessária, pois o homem ainda é o homem do lobo. Só que em Maria Julieta, o fascínio pelos bichos inspira textos que chegam ao ponto da gratuidade, como "Passarinho" (ibidem, p. 65-7),[8] que narra a morte de um canário de sua família: "Adoro histórias de bi-

---

8 O texto não está incluído nesta coletânea.

chos, principalmente se são alegres, mas a de hoje trata de um canário que não foi feliz: tinha o jeitinho triste desde que chegou ao apartamento, presente de um tio-avô" (ibidem, p. 65). O discurso se desenvolve como uma narrativa convencionalmente subjetiva, sem se valer de uma forma distinta e sem tornar central algum aspecto secundário. Em face disso, chega-se ao fim da leitura com a impressão de que o texto apenas noticiou um episódio doméstico, lamentável, é claro, porém desabastecido do efeito que poderia torná-lo interessante aos olhos gerais: "Finalmente apareceu morto, sem se saber bem por quê. Colocaram-no numa caixa de sabonete Phebo e o enterraram num canteiro da cobertura" (ibidem, p. 67).

Algo bastante diferente ocorre com um texto do mesmo livro, mas de outro patamar. Trata-se de "Bezerro" (ibidem, p. 58-61),[9] perfeito exemplo de superação da atividade objetiva a que está ligado o autor de crônicas. Com ele, Maria Julieta cria uma densa narrativa acerca do abate de uma rês, estampando sua dramaticidade e poder de representação já nas palavras iniciais: "Agoniza, ao sol de onze horas" (ibidem, p. 58).

Durante o relato, a autora resguarda-se da subjetividade, preferindo construir ou mostrar a cena tal como ela foi, ou poderia ter sido. A elaboração do quadro segue impecavelmente gradativa, e sua fatura expressiva resulta da dura imagem do assassinato do animal e da poeticidade com que o "Bezerro" é tangido:

> Três garotos e um negro conduzem o gado, prestes a sair, modulando, na garganta acostumada, um grito rouco, harmonioso, entre humano e bovino, que os animais obedecem com doçura, submissos, apesar dos chifres, do tamanho, das gibas desconjuntadas [...]. O focinho róseo, úmido, jaz entreaberto e os olhos escancarados não revelam a mais ligeira expressão. A vida

---

9 Texto incluído neste volume.

abandonou-o, pois nem se percebe se respira ainda, ou não: é um resto morto de bezerro (ibidem, p. 59).

Em nenhum momento Maria Julieta deixa de ser narradora para ser uma cronista opinante, deixando para o leitor o juízo sobre o assunto. As vozes que aparecem explicitamente no texto são apenas as dos peões que se ocupam do serviço, que é despachar o gado doentio da brusca ciranda da fazenda. E é justamente por isso, por sair de si e por não centralizar os apelos previsíveis da militância zoológica, nem o carinho rosado pelos bichos, que essa crônica experimentada em forma de conto, narrando um banal e comovente episódio da vida camponesa, tem o mugido mais alto dentre todos os textos que a autora dedicou aos animais. E esse misto de lucidez e apurada técnica narrativa coroam-se com um desfecho estupendo e trágico, em pleno palco da placidez bucólica:

> O bezerro solta um lamento profundo; nos olhos estriados de sangue, envoltos em terra, só há espanto.
> O colono está cansado e tem muito que fazer; com as duas mãos levanta a metade de um tijolo gasto, que encontra sob a touceira, olha outra vez o bicho e, sem crueldade, solta-o, sobre a nuca do agonizante.
> Não escutou o menor gemido: viu apenas o rabo enroscar-se ligeiramente, antes de imobilizar-se (ibidem, p. 60-1).

No entanto, Maria Julieta teve momentos de descida do nível qualitativo nas diversas ocasiões em que travestiu suas crônicas de relatos curtos. Não foram poucas as vezes em que, ao tentar sair da previsibilidade, o texto não resultou em crônica nem em narrativa propriamente dita. Durante a maior parte do tempo em que se dedicou à atividade jornalística, ela residia em Buenos Aires, e isso certamente a distanciou dos acontecimentos corriqueiros do *locus* do jornal e de seus leitores, que é o Rio de Janeiro. Por isso, me parece, a autora recorreu a textos sem o teor especificamente localista, embora noutros lances ela tenha escrito, e bem, sobre as praças portenhas e muitos costumes cariocas.

Outra razão da baixa se encontra no fato de Julieta ter entrado e saído muito precocemente da cena efetivamente literária, visto que aos 17 anos publicou sua primeira e única novela – *A busca* –, a qual, para uma mocinha ainda menor de idade, foi uma realização digna. Não sei se por esgotamento imediato ou se pela sombra do pai a autora recolheu-se ao desempenho das tarefas burocráticas, saindo vez por outra para a atividade da tradução; o que parece inegável é que o espaço da crônica levou-a ao exercício narrativo, talvez na esperança de resgatar a escritora ainda trancada nos quartos da adolescência. Isso é inclusive registrado num arranjo de cartas de leitores nomeado "O ofício de escrever" (ibidem, p. 52-4).

Também impediu maior envergadura das crônicas *julietanas* o excessivo foco dado a suas próprias vida e personalidade, cujo resultado foram textos enfadonhos. Tal subjetividade extremada a fez derrapar em relatos cunhados por uma cosmovisão tipicamente burguesa, cimentada na zona sul do Rio. Nessa esteira, aparecem incontáveis textos sobre o seu estado de humor num determinado mês ou numa dada estação do ano, sobre a viagem que certa colega fez à Europa, sobre o conhecido que percorreu uma região argentina em busca de uma gata ou sobre as ideias e ações de uma tal Josefina, sua personagem e amiga (também brasileira e instalada em Buenos Aires). Tudo isso é indiscutível matéria para a crônica, mas quando não moldada pela mão do escritor, a espontaneidade reduz-se a mero registro, sem qualquer transposição do minúsculo círculo em que se encontra. Só se pode exigir do autor aquilo que ele pretende oferecer, mas também se sente falta, nas palavras de Julieta, do comentário político fundamentado e do olhar que vai além das verdades que se produzem e estabelecem.

Mas a autora consegue fatores de compensação, especialmente quando deixa transbordar um afeto sincero, sequioso de aspergir-se ao mundo, como se nota em "Boas-Festas":

> Tantas vezes deixo transparecer meu desconcerto e envolvo meus leitores insontes em queixas e suspiros particulares, que hoje tenho vontade, tenho quase a obrigação de torná-los cúmplices de uma circunstância oposta: *esta manhã acordei feliz*. (1982, p. 214) (Grifos da autora).

Nesses momentos, marcados por maior lucidez, Maria Julieta funde expressão de sentimentos e engenho literário, permitindo que seu eu desgarre-se do olhar ensimesmado para conviver, harmonioso, com as coisas em redor.

Com isso, sua escrita ganha o corpo da maturidade e o espírito da meninice, e, por sua vez, a crônica efetua seu fazer mais nobre, que é o de nos interromper para que assistamos ao milagre da vida, luciluzente em cada um de seus grãos, e nos mancharmos dele. Certa vez, um poeta perguntou o que uma criatura, estando entre outras, poderia fazer se não amar, e assim a cronista, do alto de um miúdo abacateiro doméstico, emite sua intervenção, mais como quem planta do que como quem responde, sem nenhum pejo de sublimar-se, comovida, ao contemplar e contaminar-se por um imprescindível "Abacate" (1980, p. 38-40). Que ela fique, portanto, a cargo do aceno apoteótico com as verdes folhas do seu quintal:

> Se continuares subindo desse jeito – fico imaginando –, um dia hás de perfurar o teto de minha casa e te lançarás ao espaço, cada vez mais inatingível. Com as folhas que tombarem tecerei uma coroa para com ela cingir a fronte do meu bem-amado. Soberanos, ele

e eu, da Ordem do Abacateiro, serás proclamado nossa
Árvore Sagrada e, à sombra de teu exemplo, aprenderemos finalmente a viver – com paciência, altivez e
liberdade (ibidem, p. 40).

Marcos Pasche*

---

* Esta antologia é formada por textos integrantes dos únicos três livros
de crônicas que Maria Julieta Drummond de Andrade publicou, a
saber: *Um buquê de alcachofras* (1980), *O valor da vida* (1982) e
Gatos e pombos (1986). A única exceção fica por conta do texto "Retrato de um amigo pintor", posfácio do livro *Dolino* (editado pela
Universidade Federal Fluminense – UFF –, em 1985), por meio do
qual a autora depõe sobre o pintor fluminense, que foi seu vizinho
em Buenos Aires. A entrada desse texto na antologia se explica por
ter ele o formato típico das crônicas de Maria Julieta, e também pelo
teor afetivo nele apresentado.
Os textos estão divididos em seis eixos temáticos, assim intitulados e
justificados: "Confrades da arte" (sobre escritores e demais artistas);
"Oficina" (textos em que a forma não é propriamente a da crônica,
além de outros pautados pelo metadiscurso); "Zoocrônicas" (acerca
de animais); "Na praça dos espaços" (observação da realidade urbana, quase sempre com a intenção de resgatar imagens de atmosfera
provinciana); "Lições de vida" (contemplação algo filosófica do movimento da existência e de seus indiretos ensinamentos); e "Feitas de
afeto" (crônicas com as quais a autora distribui ternura de forma mais
explícita).
O leitor perceberá que algumas crônicas poderiam figurar em seções
distintas das que têm por abrigo, e o nosso critério de estabelecimen-
to foi a identificação do aspecto textual mais substantivo dentro do
conjunto. Os textos não seguem ordem cronológica de publicação.
Sua disposição está de acordo com o que, a nosso ver, forma uma
alternância entre os de maior e menor expressividade [N.S.]

CRÔNICAS

CONFRADES DA ARTE

MEU PAI

*H*esitei, antes de me decidir a escrever estas linhas sobre meu pai. Não sendo crítica literária, nem tendo suficiente isenção para examinar-lhe a obra, e conhecendo seu jeito esquivo e reservado, temi que ele pudesse julgar uma espécie de traição eu aceitar uma incumbência assim. Depois refleti: se há poucos meses ele publicou, sem consultar-me, meu diário de garota, e, ao contrário do que receou, me deu com isso uma emoção delicadíssima, por que haveria de se aborrecer agora, se eu me pusesse a lembrar episódios antigos? Só espero que ele sinta, lendo este depoimento, a mesma alegria que estou tendo ao evocar cenas quase perdidas.

Muita gente há de imaginar que ser filha de poeta deve ser um destino glorioso; outros, que o fardo será pesado. Para mim, sempre foi natural ter o pai que tenho. Lá em casa, como em qualquer outra, havia problemas, mas a lembrança fundamental que conservo é a de um clima especial, sério e chaplinesco a um tempo. Tudo começou cedíssimo: ao completar um ano – e sei disso através do minucioso livro de bebê, que guardo comigo, e no qual papai e mamãe anotavam com letra caprichada os mínimos episódios de então – ganhei deles uma vitrola manual, presente fora de propósito para a minha idade e para os recursos modestos da família. Meu deslumbramento não foi menor que a surpresa dos convidados. Quando tinha seis anos, fomos para o Rio. As crianças da vila em que morávamos, alertada pelos pais que desconfiavam dos vizinhos provincianos, se negaram a conversar comigo. Ao notar meu desconcerto, papai saiu e me trouxe o velocípede mais bonito que encontrou. Vencidos, os meninos perguntaram se era meu aniversário... A partir daí, fui aceita por todos, mas fiquei pensando: os garotos cariocas só recebiam presentes em dias de festas? Comecei a perceber que nossa maneira de ser era mais lírica.

Também as brincadeiras e passeios não se pareciam com os dos outros. Domingo depois do almoço, papai e eu saíamos para rumos inesperados: às vezes íamos ao cemitério São João Batista e passávamos horas percorrendo as ruinhas brancas, lendo as inscrições dos túmulos e comparando os carneiros floridos: outras, subíamos o morro e caminhávamos pelas favelas do bairro; também íamos ao circo. Morte, miséria, palhaços: tudo era igualmente natural.

Também criávamos palavras, num código impenetrável para os de fora. Quando os frios do restaurante alemão eram excepcionalmente gostosos, ou estávamos felizes, só um termo era capaz de exprimir a sensação de prazer: *otimamenterriguantemebonte*. Se estranhávamos alguma coisa, três adjetivos esdrúxulos resumiam admiravelmente a situação: "Isso está muito peristáltico, analgésico e parabólico".

Nos jogos de "Lá vai uma barquinha" e de forca, nosso léxico beirava o delírio. Um dia papai me enforcou com a palavra *Opoponax*, desconhecida para uma menina de oito anos, mas dona de tal ressonância encantatória, que considerei merecida a derrota. Em compensação, mamãe e ele fracassaram vergonhosamente em minhas mãos, e não protestaram, pois tudo era válido naquele tempo: venci-os com o neologismo *olidodojardim*, de claro significado, já que, para os iniciados, só poderia referir-se à praça de Copacabana onde eu costumava andar de bicicleta.

Havia brincadeiras estranhas, de um humor negro que desesperava minha mãe: durante horas seguidas papai e eu simulávamos ser mudos ou bobos, e andávamos pela casa em silêncio, fazendo gestos desconexos. Só que às vezes ele se tornava tão convincente que eu terminava em prantos, implorando-lhe que voltasse à normalidade. Outros jogos eram infinitos: campeonatos de damas e de batalha-naval, que entravam pela noite adentro, e o delicioso concurso dos domingos de chuva, que consistia em ver quem era capaz de bater durante mais tempo uma bolinha de borracha contra o chão, sem perder o impulso.

Nunca senti a solidão de ser filha única, devido à irmã que papai me inventou, Catarina, igualzinha a mim, da mesma idade, só que pretinha, e inteiramente imprevisível. Esta menina, que morava no interior, e em quem eu acreditava e não acreditava, e sobre a qual conversávamos longamente, povoou minha infância de amor e ciúme.

A melhor parte, porém, eram as histórias que papai lia em voz alta, eu deitada no sofá da sala, onde muitas vezes adormeci. As primeiras foram as do *Coração*, quando eu não estava ainda alfabetizada; depois vieram as de Monteiro Lobato, as do *Tesouro da Juventude* (cujos dezoito volumes recebi dele quando tinha dois anos) e finalmente as de uma coleção de contos universais, encadernada em pano verde, que ele próprio, sendo criança, ganhara de meu avô. Quase tudo que conheço em matéria de literatura vem principalmente daí.

Depois, a hora de dormir. Já mocinha, o hábito continuava: escovava os dentes, punha o pijama e me deitava. Papai deixava o que estava fazendo para levar-me um copo d'água e uma fatia de bolo ou biscoitos-maria. Narrava-me, então, casos, que não eram muitos. O preferido, sem a menor graça, nos fazia dar gargalhadas. Contava a reação do ministro Bismarck, que, ao provar um copinho de cachaça, exclamava deliciado: "Ah, se no Brasil esta é a bebida dos pobres, o que não será a bebida dos ricos?" O início da história podia – e devia sempre – sofrer modificações e ampliar-se, mas a frase final não admitia variações, nem sequer quanto ao sotaque alemão.

E assim, tudo era sempre igual e sempre diferente. Continuou sendo, através de minha adolescência, e depois com meus filhos, que ouviram também as anedotas pantagruélicas, que ainda sei de cor, do gigante Cafas Leão, e brincaram com os mesmos colares feitos de clipes pelo avô. Só que eles gozaram de um privilégio, que não tive, de pedir e ser atendidos: "Carlos, faz aquela mágica de tirar os dentes e mostrar pra gente!"

Nessa atmosfera lúdica, em que ternura e humor, o possível e o impossível se entrelaçavam, me formei. A meu pai e minha mãe – figura paciente e fundamental em nosso quotidiano – devo essa lição, transmitida sem rigidez nem alarde, de graça e ironia, ceticismo e discrição, disciplina e molecagem, que me ajuda até hoje a enfrentar a vida, sem muita ilusão nem maiores desenganos.

In *Um buquê de alcachofras* (1980)

ARDILOSA MEMÓRIA

Quando O Tablado nem sonhava em ser o gigante de 26 anos que é hoje, quando só existia em forma de inquie--tação criadora na cabeça lúdica de Maria Clara Machado, traduzi uma pecinha para a turma jovem que frequentava os salões de Aníbal Machado. Tratava-se de *Húmulus, o mudo*, de dois Jeans, Anouilh e Aurenche, pequena joia de humor negro, em um ato e quatro cenas rapidíssimas. Não sei mais quem a descobriu; com certeza a própria Maria Clara, que desde garota sempre viveu devaneando a ribalta; se não me engano, foi publicada, anos depois, num dos números de *Cadernos de Teatro*. Naquele tempo só brincávamos de teatro.
  Era o tempo da casa de Aníbal... Aos domingos, quem tinha alguma ilusão intelectual aparecia de noite em Visconde de Pirajá, 487, a primeira e autêntica *open house* que conheci. Ao entardecer chegavam os mais íntimos, que participavam da grande mesa farta, presidida por Selma, onde havia fatias de pernil, cachorrinhos-quentes, pastéis e croquetes, além da comidinha leve para o encantador anfitrião, que sempre exigiu e mereceu cuidados culinários especiais. Tomávamos cerveja e as crianças guaraná. Aracy, a caçula, preparava religiosamente duas sobremesas caprichadas; recordo uma torta de bananas, coberta de suspiro, e uma *bavaroise* cor-de-rosa, batizada de "até terça", porque sua consistência gelatinosa e trêmula lembrava o jeito com que,

uma vez por semana, a manicura que ia fazer as unhas das muitas mulheres da família, se despedia, requebrando as cadeiras opulentas.

Depois da ceia – como se dizia – vinham os mais ilustres, escritores e artistas. Toda a *intelligentsia* brasileira desfilou por lá, e muitos estrangeiros famosos também, recebidos invariavelmente com a mesma efusão e simplicidade com que eram saudados os *habitués* mais obscuros. (Nunca houve lar mais hospitaleiro. De boina, no inverno, piteira na mão, com a voz apressada e muito grossa, contrastando com o seu vulto pequenino, Aníbal foi o ser mais cordial, delicado e generoso que já encontrei. Atendia todos com tamanha simpatia humana, que cada visitante, por desconhecido que fosse, se sentia importantíssimo e centro da noite.) Para esse segundo grupo – ao qual pouco a pouco se foram juntando, sucessivamente, os amigos, namorados e maridos das meninas em crescimento – havia batida de limão e maracujá, amendoim e batatinhas fritas.

Rubem Braga, Fernando Sabino, Otto Lara Resende, Paulo Mendes Campos, Vinicius de Moraes, Alceu Marinho Rego, Martins de Almeida, Carlos Leão, Celso Antônio, Carlos Thiré estavam sempre lá. Quando Tônia Carrero, que ainda era Mariinha, chegou pela primeira vez, linda como uma estrela, todos a rodearam, deslumbrados: passou a ser a rainha dos domingos. O clima geral era tão descontraído e diferente, que durante vários meses ela não soube que a senhora caladinha, de coque, que ficava sentada numa poltrona, meio escondida, era Selma, a dona da casa (a discrição em pessoa), que ninguém se lembrara ainda de apresentar-lhe.

Tempos depois veio o titeriteiro argentino Javier Villafañe; armou-se um teatrinho no jardim e apresentou-se uma peça de bonecos. Tônia fez a voz de Doña Rosa, a heroína, e Maria Clara, fascinada, também tomou parte. Tenho para mim que a vocação das duas se definiu realmente naquela noite.

Outra vez, trazida por Vinicius, entrou em sua cadeira de rodas a escritora María Rosa Oliver, também argentina. Ficou tão impressionada com o ambiente mágico que encontrou, que escreveu para *Sur* um artigo delicioso sobre a gentileza e a vitalidade brasileiras, para ela simbolizadas naquela reunião despretensiosa.

Lá pelas 10h, o pessoal já se havia distribuído pelas diferentes partes do sobrado: no *hall* de entrada, presidido por um belíssimo Portinari, Tatau, a mais colorida das filhas de Aníbal, tocava violão, acompanhada em coro por um bando de admiradores; nas duas salas conjugadas que se seguiam, os moços dançavam (quantos amores, quantas cenas de ciúmes, quanto sofrimento jovem aquelas paredes disfarçaram...) Os íntimos (ou abusados) ficavam conversando na copa e não tinham escrúpulos em abrir e pesquisar a geladeira. Os intelectuais se concentravam no amplo escritório construído no jardim, e em cuja porta estava pendurada uma enorme carranca do rio São Francisco. Os noivos se reuniam na pérgula, de mãos dadas, e as crianças (sempre havia muitas) corriam por toda parte, antes de adormecer pelos sofás. Às vezes aparecia um cachorrinho.

Quando os primeiros convidados começavam a retirar-se, irrompiam, exaltados, os notívagos e boêmios, saídos da última sessão do cinema ou dos bares, falando alto, alguns já sob evidente influência etílica. Discretamente, a batida deixava de circular, enquanto Aníbal, com infinita paciência, se dispunha a tranquilizar os bêbados: sempre tinha assunto para todos.

Os namorados aproveitavam a confusão e o adiantado da hora para trocar pequenos beijos furtivos, pois Selma era muito estrita e até Aníbal, aparentemente liberal, fazia questão de preservar a virtude das mocinhas. Pouco a pouco todos iam se despedindo, até a outra semana. Lá fora, as noites, mesmo chuvosas, eram suaves.

Então... Mas como me afastei do tema inicial: pensei que ia falar de uma pecinha francesa... Detém-te, ardilosa memória, não mineres tanto o que já foi. Poupa, não atices minha saudade. Deixa que Aníbal, entre as plantas e livros dessa casa que não existe mais, que aqueles velhos domingos que povoaram nossa adolescência de magia e sonho, deixa que tudo isso descanse em paz dentro de nós, preservado e intacto. Cala-te: é tarde.

Inclusive para tratar de *Húmulus, o mudo*, cuja tradução encontrei, remexendo em papéis acumulados, e que funcionou hoje para mim como a *madeleine* de Proust. Desculpem, é tarde.

In *Um buquê de alcachofras* (1980)

A ENTREVISTA QUE NÃO HOUVE

No começo do mês, regressando a Buenos Aires depois de haver passado no Rio uns dias de muito sossego e alegria familiar, trazia comigo uma incumbência nova e agradável: a de escrever uma crônica semanal para *O Globo*. Ao entrar no avião, com essa mistura de saudade e expectativa que as partidas e chegadas deixam em nós, reconheci, instalado na primeira fila de poltronas, de bengala na mão e ar divagante, um homem peculiar: Jorge Luis Borges. Estaria voltando, supus, da França e da Espanha, onde havia pronunciado várias conferências. A seu lado, uma mulher jovem e bonita, de traços finíssimos e cabeça surpreendentemente grisalha, conversava com ele, distraída, folheando uma revista. Junto aos dois, um lugar vazio. Sendo ele pessoa acessível, que não costuma esquivar-se a declarações e entrevistas, meu primeiro impulso foi identificar-me e sentar-me ali. Afinal eu estivera duas vezes este ano em sua casa, tendo obtido dele, inclusive, a promessa de uma palestra a ser feita, agora em novembro, no Centro de Estudos Brasileiros de Buenos Aires. Por que haveria de deixar passar essa oportunidade, que o destino graciosamente me deparava, de conversar com o mestre, a quem tanto admiro, e conseguir ao mesmo tempo matéria excelente para a encomenda jornalística? Imediatamente, porém, me contive: sei, por experiência quase própria, como pode ser cruel para quem se destaca no mundo moderno (sobretudo se é escritor, e prefere transmitir sua mensagem através do silêncio da palavra impressa) ver-se perseguido por curiosos que, ávidos de forçar o diálogo, às vezes lhe invadem e deformam a intimidade. Senti que era preciso respeitar a viagem de Borges: que ele a fizesse em paz. Sem cumprimentá-lo, procurei um lugar afastado.

À minha direita, vinha da Alemanha um casal argentino, já maduro, com o qual troquei as palavras habituais: o voo fora bom até aquele momento. Como não me comentassem mais nada, arrisquei:
— Viram quem está a bordo?
Pareceram surpreendidos.
— Borges! — expliquei.
— Ah, sim... Ele embarcou em Madri ontem à noite e esteve sentado na nossa frente até chegar ao Rio.
Desconcertada com a falta de ênfase, insisti:
— E não falaram com ele?
— Não, para quê? Ele está com uma moça que o ajuda, mas não deu o menor trabalho, nem na hora do jantar. Come muito pouco. — E mudaram de assunto, passando a contar-me como tinham aproveitado as férias na Europa.

Os outros passageiros pareciam igualmente alheios à presença do escritor, como se não tivessem podido identificar a figura inconfundível: voltados para a própria segurança, afivelavam os cintos, limpavam as mãos com as pequenas toalhas quentes e perfumadas que eram distribuídas, e preparavam-se para o voo. As aeromoças e comissários iam e vinham, a um tempo solícitos e ausentes. Fiquei pensando em como o avião é elemento aglutinador, capaz de igualar os seres, transformando-os num bloco unitário, em que os problemas, a vida particular, tudo, a própria glória se dissolvem. Ou teria sido diferente se, em vez de Borges, Farrah Fawcett-Majors ou Guillermo Vilas estivesse conosco naquele momento? Lá na frente, anônimo, o grande cego era apenas uma parte de todos nós.

Pouco antes da aterrissagem, vejo Borges, amparado por sua acompanhante, dirigir-se ao fundo do avião. Caminha ereto, com a cabeça para o alto, o olhar vazio e essa espécie de sorriso ingênuo e permanente que tem. Passageiro como qualquer outro, faz fila à entrada do banheiro. Ao voltar, um rapaz, que afinal deve havê-lo reconhecido, o ajuda; com altivez e modéstia chega ao assento. A moça o segue, respondendo delicadamente às perguntas que uma ou outra pessoa já se anima a fazer-lhe.

Mas novamente sinto que todos se concentram na máquina preparando-se para descer: há tensão e alívio nas fisionomias. Do meu lugar não distingo Borges. Fico cismando se, irônico e desencantado como é, sempre afirmando que espera terminar depressa para ser esquecido, temerá também o avião. Na última vez em que estive com ele, ouvi-o comentar, ao aceitar o convite de uma senhora brasileira para dissertar, em março do ano que vem em São Paulo:
– *A mi edad ya no se debería tomar compromisos.* –
E acrescentou, risonho, diante dos protestos da senhora: – *Hay una vieja milonga que empieza así: "Esa costumbre que tiene la gente de morirse..."*

No momento de descer, a moça quase não conseguia dar ao mesmo tempo o braço ao amigo, que se apoiava firmemente nela e na bengala, e segurar as sacolas. Todos, eu própria, carregados de embrulhos e ainda totalmente comprometidos com a viagem, não tínhamos jeito de ajudá-la. Mas os dois continuaram calmos, até que um homem de mãos incompreensivelmente vazias ofereceu-se para levar as maletas. Já na alfândega, ouço uma voz que me chama pelo alto-falante: era um antigo aluno de português, empregado da companhia aérea, que, tendo visto meu nome na lista de passageiros, viera liberar-me a bagagem. Confundida, pedi-lhe que se ocupasse de Borges. Avisei à moça que suas malas sairiam logo; perguntei-lhe também se tinham condução. Agradeceu-me: tomariam um táxi. Só então me aproximei de Borges, que me explicou baixinho, sem reconhecer-me:

– *Yo también soy escritor.*

– *Lo sé, Borges, todo el mundo lo sabe.* – E afastei-me, comovida, para cuidar de minhas coisas.

Voltei a encontrá-lo junto à saída: ele conduzido pela moça, o empregado da companhia empurrando o carrinho com a bagagem. Três aviões lotados haviam aterrissado quase ao mesmo tempo, e um mundo de gente aguardava os que chegavam. De repente, como se tudo não tivesse passado de um jogo – desses em que os amigos se escondem no escuro e acendem a luz cantando para surpreender o homenageado – como se todos estivessem tacitamente participando de uma brincadeira de amor, a multidão reconheceu o escritor e começou a aplaudi-lo. Borges sacudiu a cabeça várias vezes e fez um gesto vago de agradecimento.

In *Um buquê de alcachofras* (1980)

A CONFERÊNCIA QUE
(QUASE) NÃO HOUVE

A poesia é uma coisa alada, leve e sagrada – disse Platão. E Santo Agostinho: se não me perguntarem o que é o tempo, sei que é, mas se me perguntarem, não sei.

Estas duas frases, que cito de memória, foram a primeira e a última da conferência sobre Poesia, que Jorge Luis Borges pronunciou no Centro de Estudos Brasileiros de Buenos Aires, em fins de novembro último. Entre as duas, durante quarenta e cinco minutos dissertou quase sem pausa, recordando sem hesitação variadíssimos versos espanhóis, franceses, ingleses, alemães e até anglo-saxões, que reproduziu, nos idiomas originais.

Embora correndo o risco de parecer borgeana empedernida – o que não seria exato –, volto à personagem da crônica da semana passada, pois considero que a presença da maior figura literária argentina numa casa brasileira, destinada a divulgar a nossa cultura no exterior, merece ser comentada, sobretudo por ter sido precedida de circunstâncias inesperadas, que a tornaram mais palpitante. Releva-me, pois, a aparente monotonia, leitor enfastiado, e deixa-me narrar o que (quase não) houve.

Há cerca de três meses, obtive do escritor a promessa de, através de uma palestra – cujo tema foi por ele mesmo proposto numa segunda entrevista –, encerrar o ciclo cultural deste ano no nosso Centro de Estudos. Diversos telefonemas posteriores formalizaram o compromisso. O último, uma semana antes da data marcada, serviu para que os pormenores de ordem prática fossem combinados: iríamos buscá-lo de carro às 19 horas da segunda-feira, 21. Propaganda, trezentos convites distribuídos, expectativa – tudo como manda o figurino.

No dia, a prudência mineira, que pode ser enfadonha mas nunca é excessiva, inspirou-me novo telefonema matinal: que ele nos esperasse tranquilo, estaríamos em sua casa na hora marcada. E, de repente, a resposta inesperada: Borges se esquecera ou se entediara do compromisso. Apressado e nervoso, foi peremptório: estava cansado, dormira mal e não pretendia de maneira alguma enfrentar o público aquela tarde. Desliguei, paralisada pela situação inédita. Aí a prática de viver e de adaptar-se ao irremediável soprou-me as primeiras providências negativas: avisar à Embaixada que o ato fora suspenso, pedir às emissoras radiofônicas que desavisassem os ouvintes, colocar um cartaz na porta da instituição, explicando que, por razões de saúde, o escritor não compareceria ao encontro marcado. Quase vertiginosamente, a conferência prometida foi perdendo o contorno.

Uma hora depois, outro telefonema, ainda mais surpreendente do que o que iniciara aquela desastrosa manhã de trabalho: o próprio Borges chamava para retratar-se:

– Não me sinto bem, mas vou. Só que não falarei sobre Poesia, tema do qual sou indigno. Conversarei sobre a minha própria experiência de escritor.

O segundo choque sempre causa menor impacto que o primeiro, e as contraordens, que já eram dadas em tom meio absurdo, como nos filmes dos irmãos Marx, foram mais simples. Tive mesmo a intuição de que tudo talvez não passava de uma *boutade* borgeana, no fundo não tão incompreensível para os que costumam frequentar-lhe a obra. Espelhos, labirintos, o que poderia ter sido e não foi, o tempo transcorrido e o futuro, o sim e o não, as inúmeras (im)possibilidades: não é este precisamente o código de Borges, em que a consistência do imaginário é mais densa do que a suposta realidade? Conformada, decidi aguardar.

Mas o dia já se havia incontrolavelmente impregnado da atmosfera fantástica que o escritor desatara, talvez sem querer. O carro, que deveria estar no Centro antes das 19, apareceu com quase meia hora de atraso; o chofer, que conhecia perfeitamente o caminho, se perdeu várias vezes; devido à presença de Cyrus Vance na cidade, o trânsito fora desviado. Quando conseguimos chegar, quarenta minutos depois, ao modesto apartamento, em cuja porta há uma plaquinha de bronze com o nome *Borges*, a conferência já se havia transformado em nova incógnita.

Vestido de escuro, impecavelmente penteado, perfumado e elegante, o escritor nos esperava, sereno. Recusando qualquer ajuda até o elevador, insistiu para que entrássemos primeiro e saíssemos, no térreo, à sua frente. Só diante dos dois pequenos degraus, à entrada do edifício, explicou:

– Sou cego. Podem auxiliar-me?

No automóvel, ao contrário do que supúnhamos, Borges conversou o tempo todo, sem deixar-nos praticamente tempo para responder-lhe. Com graça e ironia, sem fazer a menor referência ao episódio da manhã, delicadamente foi calmando a nossa ansiedade.

Já no Centro de Estudos, inteiramente à vontade, pediu um copo de vinho para criar coragem ("mas que seja em forma clandestina, para que não pensem mal de mim"), e pelo braço do nosso embaixador, que estivera aguardando, entrou no salão repleto; um instante de silêncio, e um aplauso prolongado o acompanhou até a mesa de conferências. Depois de ouvir atentamente as carinhosas palavras de admiração com que o embaixador o saudou, agradeceu com dignidade, sentou-se, bebeu um gole de água do copo que, tateando, pôde encontrar, e pronunciou a frase de Platão.

Passou então a Poe e Whitman e às teorias sobre a composição intelectual ou espiritual do poema. Em seu processo pessoal de criação, confessou que ambas se complementam: em geral duas frases lhe vêm à mente: são sempre a primeira e a última de alguma coisa em embrião, que ele não sabe sequer se será um poema ou um conto. Estas lhe são doadas pelo espírito. A partir daí, andando para a frente e para trás, sai em busca do caminho que unirá as duas frases, dando sentido e forma à obra. Este é trabalho do intelecto.

Desistiu de definir a Poesia. Preferiu admitir que, no fundo, o que existe são sucessivos instantes poéticos, dos quais só percebemos alguns:

– Não será precisamente um destes o que estamos vivendo aqui, neste momento, nesta casa a que me liga o sangue dos meus antepassados Borges e Acevedo? Todos tentando ouvir um velho poeta cego, tão desajeitado, que é obrigado a recorrer a citações para explicar a Poesia?

E tinha razão: precedida de *suspense* e contradições, a conferência de Borges no Centro de Estudos Brasileiros foi fundamentalmente uma lição de comovedora poesia.

In *Um buquê de alcachofras* (1980)

BORGES, SIMPLESMENTE

I

Jorge Luis Borges aceitou, em abril, por intermédio de sua amiga e colaboradora María Esther Vázquez, o convite do Centro de Estudos Brasileiros para pronunciar uma conferência sobre Camões, na nossa sede, em agosto. Estava, então, de partida para Madri, onde receberia das mãos do rei Juan Carlos o milionário Prêmio Cervantes, dividido este ano entre ele e o poeta espanhol Gerardo Diego. Em maio não consegui encontrá-lo: viajara para os Estados Unidos, a fim de ministrar um curso numa universidade. Octogenário e vital, está sempre indo e vindo, dá entrevistas no mundo inteiro, aparece constantemente na televisão, publica livros sem parar e poemas no suplemento literário de *La Nación* – é como se tivesse o dom da ubiquidade.

Telefono-lhe em julho, para confirmar a data da palestra. Fany, a fiel empregada – também uma espécie de secretária, gorda, morena, de meia-idade –, informa que Borges está novamente na Europa: fora receber, em Paris, o Prêmio Cino del Luca (instituído pela viúva do riquíssimo editor italiano) e com certeza decidira perambular por outros países, pois não regressara na data prevista nem mandara notícias. Acostumada ao estilo do patrão, não demonstra surpresa: "Contanto que antes de ele viajar de novo eu tenha tempo para mandar à tinturaria o terno escuro das grandes ocasiões..."

Combino telefonar alguns dias depois, e dessa vez tenho mais sorte: Borges está de volta ao lar, aparentemente sem intenção de empreender outros périplos imediatos. Fany sugere que eu apareça por lá na manhã seguinte para conversar pessoalmente com ele.

Às 10h30min chego, pontual, ao edifício velho, de construção nobre, situado no centro da cidade, quase na esquina da Rua Maipu com Marcelo T. de Alvear. Dois apartamentos no vestíbulo estreito do 6º andar: no da direita, uma plaquinha de bronze embaçado, preso à porta, diz simplesmente: *Borges*. Fany atende à campainha, desconfiada; pede-me que espere do lado de fora e desaparece. Alguns sons balbuciados, e volta sorridente, para conduzir-me ao *living* modesto, que já conheço, e que prolonga o mínimo corredor da entrada. A sala é escura, despojada, quase ascética, e só um grande quadro retangular, em tons suaves, da pintora Norah Borges, única irmã do escritor, aviva o ambiente. Borges está sentado, sozinho, no sofá, de costas para a janela, e se levanta cortesmente quando me aproximo. Impecavelmente limpo, como sempre, elegante, barbeado com meticulosidade, perfumado, veste um terno cinzento de lã grossa, gravata, camisa bem passada, sapatos pretos de cordão. Muito branca, a cabeleira ainda é abundante. (Comprovo como é suave quando, no decorrer da conversa, ele me faz passar a mão pela sua cabeça, para mostrar o pequeno afundamento que tem no crânio, consequência de um tombo antigo, ocorrido em circunstâncias que não esclarece.)

Cumprimento-o, intimidada, disposta a tratar da conferência sobre Camões e retirar-me depressa. Não nasci para repórter e constrange-me observar alguém que não me pode ver. Ele parece, entretanto, inteiramente à vontade e toma logo a palavra, discorrendo sobre a origem dos nossos respectivos sobrenomes. Todas as vezes em que o vi, a conversa começou de maneira idêntica e, de todas as vezes, o assunto acabou me interessando e divertindo. Algumas variações:

– Tenho sangue espanhol, português, francês, inglês, uma gotinha de índio... que mistura, caramba! Mas de que serve o sangue? Borges e também Acevedo, que é o sobrenome de minha mãe, são de origem portuguesa e seguramente judia. Entre nós e entre vocês, os nomes mais comuns e até os aparentemente mais refinados são todos judeus. Veja aqui, por exemplo, Pérez, López, Laspiur, Ocampo. Um dia eu disse a Silvina Ocampo [refere-se à irmã caçula de Victoria, também escritora e esposa de Adolfo Bioy Casares, requintadíssimo intelectual argentino, com o qual o próprio Borges escreveu várias obras a quatro mãos]: – Você tem traços de mulher judia. E ela me respondeu: – Engano seu: tenho cara é de homem judeu.

Rio, e ele continua, com a voz surda e entrecortada, tão característica, a falar sobre etimologia, a pronúncia do espanhol e do português antigos, certas transformações fonéticas; a equivalência do *jota* castelhano ao nosso *xis*; o termo *texano*, que hoje significa oriundo de Texas, mas que inicialmente indicava o homem que vivia sob *texas*, isto é, *tejas* ou telhas. Sua memória e erudição são inesgotáveis – e não cansam. O sentido de humor também: impossível não achar graça nas *boutades*, que surgem aos borbotões, embora me deem vagamente a impressão de que, no fundo, se trata de um velho *script* engenhoso.

Entra um gato enorme, branquíssimo, balofo, que se esfrega com força em meus pés. Deita-se depois no tapete, de barriga para cima e dá voltas de um lado para o outro. Acaricio-o em silêncio. Borges intui a cena e explica:
– É capão. Já fiz um poema sobre ele – e recita versos que seus leitores conhecem.

Aproveito a pausa e digo rapidamente e com honestidade que muita gente o admira no Brasil.
– Apesar de minha obra? – retruca sem hesitação. – Vocês são mesmo muito generosos. Não entendo bem por que algumas pessoas cometem a imprudência de admirar-me. Só

nos Estados Unidos isso é fácil de compreender: em primeiro lugar, porque sou sul-americano (e eles lá devem pensar que sou índio ou talvez brasileiro, pois não têm a menor ideia do que é um argentino); depois, porque sou velho, e finalmente porque sou cego. Tudo isso impressiona muito. Não acha que são três razões excelentes?

In *O valor da vida* (1982)

BORGES, SIMPLESMENTE

II

Quando falamos sobre o Brasil, Borges se refere, como sempre, ao único autor nosso que demonstra conhecer e que lhe desperta algum interesse: Euclides da Cunha. Aparentemente leu e apreciou *Os Sertões*; conta que outro escritor latino-americano, cujo nome não menciona, está preparando uma obra sobre Antônio Conselheiro, figura que o atrai. Pergunta depois sobre o filme brasileiro *A Intrusa* (que não vi), inspirado numa página sua:

— É um bom conto. Por sorte, o Rio Grande, onde as filmagens foram feitas, lembra muito a pampa argentina.

Para ele, o Brasil termina aí. Terá esquecido até o prêmio que lhe foi concedido há alguns anos em São Paulo? Não faz a menor referência a ele: deve estar acostumadíssimo a recebê-los no mundo inteiro, já que, nessa matéria, só lhe falta praticamente o Nobel, para o qual seu nome vem sendo reiteradamente indicado, sem êxito. Relembra, entretanto, o Prêmio Cervantes:

— Foi bom eu ter ido a Madri em abril, porque me encontrei com Gerardo Diego, a quem não via há sessenta anos. Ele continua admirando Góngora; eu, digamos que nem tanto... [É conhecida a sua ojeriza pelo grande barroco espanhol.] Mas Diego e eu temos um grande ponto em co-

mum: somos as duas pessoas mais velhas deste mundo, ele com 84 anos e eu com 80.
Como dentro de poucos dias completará 81, essa pequena omissão coquete me comove. Continua:
– Quando me deram o prêmio, fiz uma brincadeira, dizendo que afinal teria dinheiro para comprar a enciclopédia *Espasa Calpe*. Pois a editora me ofereceu a coleção, e agora não tenho onde guardá-la. Quer ver?
Apoiado fortemente em meu braço, leva-me ao seu quarto, pequeno e simples, com poucos móveis, e no qual só a colcha branca e preta se destaca sobre a cama. Várias caixas de papelão, cheias de livros, quase todas fechadas, amontoam-se no chão, em frente a uma estante.
– Quantas são?
Calculo nove, apressadamente com inexatidão.
– Repare melhor, devem ser treze. Vou acabar num asilo de velhos, desalojado por esta enciclopédia.
De novo no *living*, o telefone toca, e a empregada vem chamá-lo. Borges pede-me que o acompanhe ao *hall* onde está o aparelho:
– Sou cego e hoje me sinto um pouco trêmulo – embora inicie o diálogo com vivacidade: – Mestre? Há de ser o senhor, sou apenas Borges.
Voltamos ao sofá, onde, finalmente, consigo falar sobre a conferência; ele recorda o compromisso e promete cumpri-lo. Num português razoável, recita estrofes de *Os Lusíadas*, pulando alguns versos, modificando outros. De repente pergunta:
– Pretendem pagar-me alguma coisa?
E diante da resposta afirmativa:
– Não quero que me julgue ávido, mas sou um homem pobre e vivo disso. Depois tudo anda tão caro... Diga uma quantia qualquer e não haverá problemas.
Sabendo de sua proverbial timidez diante do dinheiro, minha intenção era resolver o assunto com María Esther

Vázquez, que o conhece de longa data e que já me havia orientado anteriormente, em ocasião semelhante. Tomada de surpresa, gaguejo uma cifra, em dólares; outra, um pouquinho maior; uma terceira, mais alta.

– A senhora disse...? – e Borges repete as três cifras, na ordem em que as enumerei. – Então fiquemos com a primeira, que é a mais razoável – e muda imediatamente de assunto: – Gostaria de ouvir um pouco de *Os Lusíadas*. Poderia me ler alguns trechos?

Vamos juntos até a estante colocada contra a parede, atrás da mesa de jantar, no próprio *living*. Indica sem hesitação uma prateleira:

– Deve estar aí, mais ou menos no meio, ao lado das bíblias. É um livro grande, vermelho.

Encontro logo a bela edição portuguesa, de 1880.

– Infelizmente não está anotada. Mas tenho outra, inglesa, com indicações excelentes. Leia o Primeiro Canto, por favor.

Começo, ele me interrompe a cada momento:

– Ah, que beleza! Vejo que recitei mal ainda há pouco, ando perdendo a memória. Repita, por favor. É isso mesmo: *glo-ri-o-sas, vi-ci-o-sas* – escande os versos. De novo este pedaço que fala de Ulisses e de Eneias. *Do turco oriental e do gentio...* Que lindo, caramba! Posso abordar na palestra a influência do Oriente, não acha? *Numerosos...* é isso mesmo, não porque os versos sejam muitos, mas pela variação de breves e longas. Continue, por favor. Leia agora as estrofes finais do Último Canto.

Escolho algumas. Ele ouve em silêncio, concentrado, como sonhando. De súbito a campainha toca e sua expressão muda. Fany abre a porta e entram dois rapazes, um trazendo uma máquina fotográfica a tiracolo.

– Quem são? – indaga, atento.

– Somos do jornal *El Economista* – esclarece um dos visitantes, com ar assustado.

Borges abandona Camões, abandona o êxtase poético e se levanta:
— Desculpe-me – diz sem rodeios –, tenho que atender estas pessoas. Promete voltar para combinarmos os últimos detalhes da conferência? Será bom fazermos, juntos, alguma coisa sobre a cultura. E depois houve um Borges que feriu Camões numa batalha: preciso redimir meu nome...

In *O valor da vida* (1982)

EM FORMA DE POMBA

*T*alvez você ache esquisito eu estar te escrevendo hoje; talvez não: no fundo o surpreendente sempre foi habitual para você. Em todo caso, eu é que estou achando, pois nunca te escrevi antes, e só estivemos juntas uma vez. Lembra-se? Foi há quase dois anos, em abril de 76, quando você veio a Buenos Aires para o encerramento da Feira do Livro. Essas coisas: eu sempre admirando tanto você, lendo os seus livros, distribuindo os seus contos entre os meus alunos, e ao mesmo tempo com aquele receio de te conhecer, de você não corresponder à figura um pouco irreal que eu imaginava (às vezes, são os escritores cuja obra mais frequentamos os que mais nos decepcionam em carne e osso), de tomar o seu tempo, de você me achar muito professora de português, com mania de virgular direitinho e obedecer à sintaxe – o contrário do que você tão magnificamente sempre foi. Sei lá. E com tantos amigos em comum... Marly de Oliveira era uma que falava em você o tempo todo, estava sempre contando as conversas que tinham tido e um famoso passeio que fizeram a Friburgo. O fato é que os anos passavam e não nos reuniam.

Então você chegou aqui. Pensei: "Vou vê-la? O pessoal já deve andar atrás dela, exigindo autógrafos e declarações – melhor deixá-la em paz". Pois foi você quem me telefonou uma manhã: identifiquei logo sua voz, de "erres" carregados, que eu conhecia de ouvir contar. Ah, você nem imagina com que emoção aceitei o convite para almoçarmos juntas no dia seguinte. Caprichei no vestidinho verde e azul – que depois você elogiou com espontaneidade – e cheguei pontualmente ao hotel, pois você me recomendara com certa aflição que não me atrasasse. Que susto quando soube que você já havia saído, sem deixar recado. Foi um *boy* da portaria, que por acaso tinha visto você entrar no cabeleireiro da calçada em frente, que me salvou. Atravessei a rua e encontrei você lá, de terninho bege, esperando tranquilamente ser atendida. Você me abraçou com alegria: parecia a coisa mais natural do mundo eu te descobrir num lugar diferente do combinado. Como você insistisse em levar alguma encomenda minha para o Rio, e como o salão estava cheíssimo e você aparentemente iria demorar bastante, aproveitei para ir até a Harrods, buscar umas pastilhas de hortelã e chocolate, que o meu povinho adora. Quando voltei, quinze minutos depois, você já estava à minha espera, penteadíssima, enquanto Olga, seu anjo da guarda, pagava a conta. Não havia dúvida – concluí – que a lógica vulgar de todos nós nada tinha que ver com a sua, mágica por excelência.

E as surpresas não terminaram aí, porque o almoço não foi num restaurante, como havíamos decidido na véspera, mas na casa de uma senhora argentina, praticamente desconhecida, que na noite anterior fora comprar um livro seu na Feira e ficara fascinada por você. Numa época em que aqui só se falava em sequestros, você, com a perfeita intuição de sempre, achou normalíssima a gentileza com que a moça nos levou de táxi a um apartamento de luxo, repleto de aços e acrílicos, onde um marido grego, que vendia tapetes, e uma gata siamesa, batizada Lou Salomé, nos aguardavam. Você adorou a bichinha, e contou que o seu cachorro, Ulisses, fumava muito. Que coincidência: há mil anos atrás, outro cão, de uma novelinha adolescente que cometi a imprudência de escrever, também se chamava Ulis-

ses; e ainda tínhamos, cada uma, um filho de nome Pedro. Falar em filhos, e você retomou o tema que tanto te emocionava naquela tarde: o casamento do outro garoto, Paulo, acontecido poucos dias antes. Como você se iluminava toda ao descrever a festa em torno da piscina...
 O casal seguia suas palavras com tamanho interesse, que acabou entendendo o português, que você insistia em falar, e dispensando qualquer tradução. Como primeiro prato serviram uma *quiche Lorraine*, que você apreciou e repetiu, mas na hora da carne assada você pediu licença e saiu da mesa para descansar. Todos te seguimos sem estranheza, como se de repente o almoço tivesse terminado; fomos até o quarto e tomamos café sentados na cama gigantesca (a maior que já vi), coberta por uma colcha azul. Havia uma pombinha de cerâmica sobre a mesa de cabeceira; ao notar seu interesse pela peça, a dona da casa exultou: *Te la regalo*, e você agradeceu com ar sonhador.
 Saímos apressadas, porque você ainda tinha que gravar uma entrevista e receber vários repórteres. Já na rua, enquanto Olga procurava um táxi, você descobriu outra pomba, esta de verdade, pousada junto à porta do edifício. É tão frequente encontrar essas aves nas ruas da cidade, que nem me detive, mas você parou e olhou-a longamente, como se se tratasse de um milagre único e insubstituível. Senti que você estava vivendo um instante poético e não me aproximei, para não perturbar o silencioso diálogo. Você então me chamou, segurou-me pela mão, fitou-me seriamente e me pediu: "Quer me fazer um favor? Escreva uma história sobre esta pomba". Concordei, meio sem jeito, com a secreta convicção que não manteria a palavra. Não sei inventar casos, como você; acho que, se pudesse, teria escrito, mas não deu.
 Depois você voltou para o Brasil, nós nos perdemos de vista e tudo continuou mais ou menos como antes. Só que de repente você partiu, e não pude nem me despedir. Já tem

quase um mês: como é que passou depressa, hein? Você que nunca se perturbou com a mesquinha dimensão do nosso tempo, deve estar se divertindo com essa mania que a gente tem de fazer as coisas sempre na hora (in)certa. Fiquei com a sensação incômoda de não haver cumprido a promessa. Sei que você sempre pairou acima de tudo isso – e agora nem se fala – mas eu ainda estou, sempre estive presa às pequenas contingências. Deve ser por isso que aqui estou para te pedir desculpas por não haver escrito a história. E te dizer que estamos sentindo muito a sua falta, mas fique tranquila: seus livros nos fazem companhia. E para te mandar este beijo, Clarice, em forma de pomba.

In *Um buquê de alcachofras* (1980)

VINICIUS, NA ARGENTINA

Já não me lembro quando e como conheci Vinicius de Moraes: deve ter sido na casa de Aníbal Machado, naquelas velhas noites de domingo, em que tudo parecia uma festa. Era magro, moço, bonito, com esplendorosos olhos claros. Não sei direito se foi lá, não faz mal: dentro de mim é como se o tivesse conhecido desde sempre, desde que me entendo. Acho que todos os que se aproximaram dele sentiram impressão semelhante, pois logo de saída Vinicius passava a fazer parte do quotidiano dos amigos, mesmo quando não eram frequentes os encontros, mesmo à distância e através de largas zonas de silêncio. Comigo foi assim, e também com muita gente: ele se incorporava com delicadeza à mitologia particular de cada um e aí permanecia em forma definitiva e natural. Não era preciso estar a seu lado para admirá-lo, querer-lhe bem constantemente, saber-se constantemente querida por ele. E depois, como era carinhoso, com que doçura abusava dos diminutivos e distribuía ternurinhas. Querido Vinicius, era tão bom ver você de vez em quando, vestido com aqueles estranhos ternos de veludo, os safáris coloridos, de boné, rir das suas histórias, sorrir perto de você – que tinha um sorriso levemente dentuço –, sonhar ao som das melodias lindas que você cantarolava na sala, com voz pequena e meiga. Vou sentir muita saudade.

Se não me lembro do conhecimento primeiro, recordo com nitidez as muitas vezes em que estivemos juntos em Buenos Aires, cidade que acabou adorando Vinicius: todos os seus *shows*, canções, discos, livros traduzidos foram aqui um sucesso permanente. De início, porém, só um grupo de intelectuais boêmios e refinados festejava a obra e a figura do poeta. Nessa época, no começo dos anos 60, Vinicius servia como Secretário na Embaixada do Brasil em Montevidéu e aparecia em alguns fins de semana, sem avisar. Revejo-o almoçando em minha casa ou na casa de amigos comuns, pedindo um violão depois do café. Ainda não fazia *shows*, mas já não podia deixar de cantar. Que beleza a valsinha que tocava sempre e que estava, então, dedicada à filha Susana. Ele mesmo contou-nos mais tarde que, ao precisar da música para a montagem de *Orfeu da Conceição*, pediu-a emprestada a quem a inspirara e trocou-lhe o nome para *Valsa de Eurídice*.

 De uma feita, emendou o almoço com o jantar e este com a madrugada. Percebemos de repente que amanhecia e que estávamos exaustos – todos, menos ele, que continuava cantando, mansamente. Influenciada pelo espírito mágico que Vinicius emprestara ao tempo, uma jovem senhora saiu devagarinho do *living* e foi se deitar na banheira do apartamento. Dou fé que ela não havia bebido: a música, a presença do poeta desencadeavam atos como esse, de inocente extravagância.

 Quase nunca Vinicius chegava sozinho e, se o fazia, era sempre em estado de amor. Passava horas descrevendo a escolhida, com uma paixão tão envolvente, que todos participávamos do clima amoroso e achávamos a coisa mais normal do mundo os infindáveis telefonemas internacionais com que, a cada momento, ele procurava amenizar a ausência. Vinha em geral com a eleita, as sucessivas eleitas – e ninguém poderá esquecer como era suave vê-lo a noite inteira de mãos dadas com a namorada, com a esposa, alisando-a, aconchegando-a, dizendo-lhe coisinhas ao ouvido, num enlevo autêntico e profundo. Seu neto adolescente, que morou aqui e participou de algumas dessas reuniões, observava o avô com embevecimento e acarinhava também a própria namoradinha. Nada chocava, nada parecia forçado em Vinicius: sua atitude diante da vida, dos amigos, das amadas era tão espontânea, tão honesta, que ninguém se surpreendia. Já famoso, seus fãs portenhos, inumeráveis, faziam questão de estar a seu lado e não lhe davam folga. Ele aceitava com serenidade o assédio. Estou pensando no sábado em que, para reunir a legião de amigos, resolveu preparar uma feijoada imensa no apartamento de uns argentinos. Mandou fazer as compras com antecedência, a farinha, as carnes, a acelga que substituiria a couve, tudo – mas esqueceu-se de recomendar aos donos da casa que pusessem o feijão de molho, de véspera. Os convidados chegaram à 1 hora, bem antes de Vinicius, que saíra tarde do hotel onde se hospedava e fora comprar uma túnica bordada para a noiva. Biscoitinhos, amendoins, o queijo, o uísque se esgotaram. Na cadeira de rodas, a escritora María Rosa Oliver, em jejum, achava tudo divertidíssimo. Fui-me embora lá pelas 8, sem almoçar (nem jantar) e soube depois que a feijoada foi servida à meia-noite, deliciosa.

Só mesmo Vinicius podia fazer coisas desse gênero, sem irritar ou ferir o próximo, sem perder a graça, sem afobar-se, eu diria até com perfeição. Só ele mesmo – um dos homens de maior simpatia humana, mais generosos e encantadores que já frequentei – era capaz de esparramar assim, com simplicidade, a seu redor, afeto, humor e uma inesgotável poesia. Mas agora que você se foi ao entardecer, embalado pelo coro dos amigos (em que também cantavam os ausentes), como é que a gente vai se acostumar, poetinha de todos nós, a ficar por aqui sem você?

In *O valor da vida* (1982)

NOITE DE AUTÓGRAFOS

*N*a quarta-feira passada, às 6 horas, Josefina, amiga fiel, mandou-se para a Editora José Olympio, na intenção de inaugurar, como leitora, a quíntupla tarde de autógrafos anunciada.

Tarde? Soube depois que tarde da noite é que ela conseguiu sair de lá, com o vestido amarfanhado, o coque desfeito e sem os cinco livros que comprou e perdeu no tumulto, antes de serem autografados. Como não achou telefone para desmarcar o *drink* que ficara de tomar com um cavalheiro pouco dado às letras, mas exigente quanto à pontualidade feminina, perdeu também o namorado incipiente. E nem teve ânimo para pegar depois o jantar na casa da prima, pois, exausta, foi direto para o seu apartamento, para o banho de chuveiro e a cama. No dia seguinte me acordou, indignada:

— Viu no que deu a gente, por amizade, se meter no meio de tal multidão? Foi para isso que você insistiu tanto para eu comparecer? Afinal, se sou personagem desse teu livrinho, bem que eu merecia um tratamento um pouco mais VIP, né?

Entendi o mau humor de Josefina e calei-me: é provável que, em seu lugar, eu também sentisse idêntica irritação. Deixei que desabafasse:

— Só porque escrevinha uma croniquinha semanal, a senhora cisma que é escritora e tem a coragem de se sentar

ao lado de quatro autores de verdade e distribuir jamegão a trouxe-mouxe? E num manualzinho de receitas...
  Defendi-me com cautela:
  – Para mim, Jô, a culinária sempre foi arte das mais nobres. Só que ainda não tive a honra nem a capacidade de perpetrar um tratado sobre ela, pois, infelizmente, a cozinha não é o meu reino. Você bem sabe que, quando a empregada não aparece, tomo chá ou fico em jejum absoluto.
  – Você entendeu direitinho o que eu quis dizer: quem fala sobre alcachofras está ou não está dando uma de sub--Bocuse? Pois de agora em diante recuso-me a aparecer em teus receituários. Posso ser musa de gente melhor, minha filha. Ontem mesmo, aquele poeta, teu companheiro de mesa, que é um charme só... Não consegui chegar perto, mas percebi claramente que, mesmo de longe, ele me olhava sem parar. E que olhos azuis, muito mais azuis que os teus...
  Senti que a alma de Josefina começava a açucarar. Conheço-a de longa infância e distingo o mel escondido que ela armazena.
  – Se você conquistou um bardo, então a tarde, perdão, a noite não foi de todo ruim?
  – Ruim? Por acaso andei insinuando um disparate desses?
  – Você se cansou tanto, fez uma fila de mais de três horas, saiu de mãos vazias – pensei que não tivesse gostado.
  – Não gostei foi de ver você bancando estrela da novela das oito, não só ontem, mas todos esses dias. Você não nasceu para isso, mulher, fica nervosa, fazendo todos os cacoetes do mundo. Deixa as luzes, a glória para as mulheres cintilantes como a Tônia Carrero, por exemplo, que diante das câmaras é capaz de tirar de letra, com a maior naturalidade e elegância, qualquer bombardeio de perguntas. Quer um conselho? Continue lidando com os seus legumes...

– Não foi culpa minha, Jojô. O pessoal insistia, todo mundo querendo ser gentil... Como é que eu ia recusar?
– Recusando, ué! Você não vive admirando aquele teu parente que não dá autógrafos, que não dá entrevistas e é a discrição em pessoa?
– Mas até ele, de vez em quando, capitula.
– Ouvi falar e não entendi: ele, a família, todos rasgando elogios uns aos outros...
– Pois eu entendi e achei lindo. E agora que você está mais tranquila e já confessou que curtiu a noite de autógrafos, escute até o fim o que eu vou lhe dizer, e não me interrompa:
Adorei ter estado ontem na Livraria, com o José Olympio, o Alcides, o Daniel, o Sebastião, a Sandra, os bons amigos da Casa. Imagino que foi um *sufoco*, um: heroísmo, para você e para todos, aguentar o calor, as filas intermináveis, o cansaço. Sei perfeitamente que a turma não foi lá por minha causa: os outros quatro é que atraíam a atenção geral. Mas, modéstia à parte, também tive o meu eleitoradozinho. Encontrei pessoas que eu não via há vinte, trinta anos; colegas de que eu não tinha notícias desde o ginásio, Maria Célia, Maria Pia, Claudina – tão bonitas; Dona Ruth, com mais de noventa, quase não enxergando, cheia de vida, aquela graça; Maurinho e Bebel, de olhos arregaladíssimos; Teresa Julieta, que deixei menininha e virou um encanto de jovem senhora. Gente importante, gente simples, gente de que eu só conhecia a voz, pelo telefone, ou a letra, em cartas, gente que eu nunca tinha visto e apareceu só para me dar um beijo; Ziraldo, bancando o mestre de cerimônias e pondo ordem em tudo; Tom Jobim, Macalé, Pitu; rostos conhecidos e desconhecidos, pacientes, rindo para nós. Confundi sobrenomes, errei o meu próprio, atrapalhei as dedicatórias – e ninguém se aborreceu. Ah, Josefina, será que você não entende a minha emoção?

Já disse que o coração de minha amiga, escondido em folhas ásperas, é como o das alcachofras, macio, macio. Ela entregou os pontos:
– *Tá legal*, não precisa fazer discurso. Quer autografar o meu volume?
– Mas você não tinha perdido?
– Menti, de raiva. Na confusão, você pôs o nome do Grande Otelo no meu. Mas tudo bem, já comprei outro. E agora vou correndo para a casa do poeta. Telefonei hoje cedinho e ele está me esperando.

In *O valor da vida* (1982)

RETRATO DE UM AMIGO PINTOR

Conheci Dolino há seis anos, em Buenos Aires, cidade onde eu morava há muito tempo e à qual, por motivos profissionais, ele acabara de chegar com a família. Um amigo comum nos apresentou durante um jantar; conversamos: achei-o moço, cordial, extrovertido – brasileiríssimo. Ele me falou de sua pintura, eu comentei a publicação que estávamos preparando no Centro de Estudos Brasileiros: coletâneas, em espanhol, de textos de Mário de Andrade, sobre autores e temas argentinos – tudo mais ou menos pronto, faltando-nos parte da pecúnia. Com certeira sensibilidade, Dolino interessou-se logo pelo projeto e acenou com a possibilidade de conseguir-nos um patrocinador. Acostumada a esse tipo de oferecimentos espontâneos e fantasistas, fiquei a esperá-lo, sem maiores ilusões, em meu escritório, dois ou três dias depois, a fim de concretizarmos o assunto. Minha incredulidade era tamanha que eu não teria me decepcionado se ele tivesse sumido: pois não é que Dolino apareceu, na hora exata, e obteve o apoio de que necessitávamos? Foi essa a minha surpresa inicial e bonita, em relação a ele: engraçado, sestroso, Dolino é sobretudo sério e digno de total confiança. O livrinho saiu.

Dolino fez, na sofisticada Galeria Praxis, a primeira de suas quatro exposições portenhas. Sua pintura, de linhas geométricas e cores cálidas, revelou-me outra faceta de sua personalidade, contrastante só na aparência: o coração de Dolino (nascido Luiz Geraldo do Nascimento, há 40 anos, em Macaé, e às vezes conhecido na intimidade por Luzinho) é férvido, mas em seu espírito há rigor e firmeza, como se uma urgência de ordem o dirigisse. Pude comprovar, aliás, à medida que a amizade entre nós se foi cimentando, que ele próprio costuma preparar os acontecimentos, forçando-os a seguir o programa quase matemático que traça. Planeja o futuro com impecável minuciosidade e, contra toda a expectativa, esse método perigoso lhe vem dando bons resultados. Na vida, como na arte, mistura em doses certas disciplina e liberdade, efusão e equilíbrio.

Dolino sempre soube o que queria e a maneira de consegui-lo. Aos 10 anos ganhou uma geladeira no programa radiofônico de César de Alencar e Emilinha Borba e pôde assim satisfazer o sonho de Dona Dora, sua mãe, que, proprietária de um eletrodoméstico já usado, ambicionava possuir outro mais moderno. A façanha entusiasmou Albertino, seu pai: único varão entre as irmãs, o garoto era encapetado e prometia. A partir daí, Dolino foi construindo seu cotidiano, do jeito que lhe agradava: estudante de Ciências Sociais, entrou cedo para o Banco do Brasil, onde fez carreira rápida; aos 17 anos participava de uma exposição coletiva na Escolinha de Arte do Brasil. Hoje trabalha em Abidjan – seu quinto posto no exterior – e realiza uma exposição na Galeria Bonino do Rio de Janeiro, a vigésima primeira de seu itinerário plástico.

Acho significativa a forma com que Dolino se casou. Sendo ainda muito novo, viu passar, acompanhando uma procissão em Bom Jesus, uma jovem morena e alta, de olhos verdíssimos, pescoço altivo, pés finos e bem calçados. Decidiu logo que ela seria sua esposa. A bela e racional Ismélia não pensava em namorar ninguém, ocupada como estava em lecionar, ir à igreja, cuidar do bando de irmãos homens, mas a insistência e os argumentos do apressado admirador a convenceram: "– Se ainda não gosto dele, posso aprender –" concluiu com sabedoria, e poucos meses depois estavam casados. Junto aos adolescentes Juliano, que herdou o olhar materno, e Mariana, dengosa como o pai, formam hoje um dos grupos familiares mais aconchegantes que conheço. Dá gosto estar ao lado deles. Por isso fui pouco a pouco adotando os quatro, em Buenos Aires, e sendo por eles adotada. Vizinhos, da minha varanda eu podia distinguir as janelas do apartamento confortável em que moravam e fazer-lhes sinais carinhosos, através da Praça Vicente López, cujas árvores esplêndidas adorávamos. Adquiri o hábito de, uma ou duas vezes por semana, visitá-los à noitinha, ao sair do trabalho, na certeza de encontrar sempre bons queijos, bom vinho e excelente companhia, à minha espera. Nessas ocasiões, Dolino exibia os quadros que estava pintando e que realiza de maneira peculiar: nunca faz uma obra só; imagina uma série de variações sobre determinado tema, encomenda as telas (em geral enormes), esboça o traçado de cada uma, determina as cores e, com a segurança que põe em tudo o que faz, vai executando o projeto, ao som de Brahms, Schumann, Mahler, Villa-Lobos ou – conforme o seu estado de espírito – de *jazz* ou música popular brasileira. Tenho para mim que a coleção de discos e cassetes que possui é tão essencial para ele como as tintas e pincéis, que guarda cuidadosamente numa estante, ao lado do cavalete.

Eu gostava também de almoçar com eles aos sábados.

Filha de árabes, Ismélia cultiva a mesa farta e deliciosa; suas "quibadas" são inimitáveis, assim como seu pudim de claras, damasco e amêndoas. Jamais alguém saiu de sua casa, em dia de festa, sem levar consigo um embrulhinho de quibe frito ou assado, de docinhos artesanais. Lembro-me de um Natal em que, terminada a ceia, a mesa continuou posta até o almoço do dia 26, com travessas e terrinas sendo renovadas permanentemente. Ao redor, os problemas se tornavam menos ásperos e a vida mais leve.

Dentro da boa tradição brasileira, o anfitrião ocupava patriarcalmente a cabeceira, contava casos e episódios da infância e juventude no estado do Rio, inventava histórias impagáveis, recordava versos de Manuel Bandeira e trechos das memórias de Pedro Nava, suas admirações literárias. Na conversa, um núcleo constante: os amigos, inúmeros, fiéis, espalhados por Niterói e pelo mundo. Dolino os cultua com uma espécie de unção, que nada tem de pretensiosa. Não esquece o aniversário de nenhum deles, envia a todos cartas de várias páginas, escritas com sua letra clara e ampla, adquire pequenos objetos curiosos, na suposição de que agradarão a esse ou àquele. Sabe ouvir e, solicitado, aconselhar; faz rir, quando a atmosfera é ligeira, e se cala, se o silêncio é necessário. Nosso convívio, no trabalho (onde Dolino continuou a colaborar comigo) e na vida particular, em momentos alegres e difíceis, foi tão importante que tenho consciência de haver-lhe dirigido o melhor elogio de que me sentia capaz, ao dizer-lhe, certa vez: "Você acabou se tornando *minha melhor amiga*". Ao que Ismélia respondeu, incontinenti, em nome do marido: "E Luzinho acha que você é o *melhor amigo que ele tem agora*".

Em meados de 83, Dolino foi transferido para a África. Estive com a família, com a garganta e pensamento oprimidos, na noite em que a mudança saiu do apartamento.

Mais uma vez Dolino me deu uma aula de contensão e senso de humor: "Lá se vai nossa casa!" exclamou, sem tristeza, no momento em que o caminhão, entulhado de caixotes, desaparecia na escuridão. Rimos, e senti minha emoção se desfazer, como um furúnculo que arrebentasse. Percebi então que a distância não debilita o afeto verdadeiro e que, mesmo em outro continente, meu amigo pintor, sua mulher, seus meninos e seus quadros, em que a nitidez e a complexidade se fundem, continuariam sendo meus vizinhos.

Rio, abril, 1985

Texto extraído do livro *Dolino*
(Niterói: Editora da UFF, 1986)

OFICINA

BEZERRO

Agoniza, ao sol de onze horas. O curral é amplo, recoberto pela lama que as chuvas da véspera formaram e o bom tempo ainda não pôde secar. Dentro do cercado, num canto, dois compartimentos para a ordenha, vazios; de vez em quando, um potro ou uma égua relincham no pasto. Três garotos e um negro conduzem o gado, prestes a sair, modulando, na garganta acostumada, um grito rouco, harmonioso, entre humano e bovino, que os animais obedecem com doçura, submissos, apesar dos chifres, do tamanho, das gibas desconjuntadas. A massa inteira se locomove aos poucos, e os movimentos separados vão se integrando no conjunto. Uma vaca sacode lentamente a pelanca do pescoço, outra muge, aquela se afasta do caminho, um dos bois vai atrás. O menino aparece com um pau, os dois regressam à boiada. Potiguá, o touro, segue à frente, poderoso, gigantesco e só. Cinco ou seis vacas envolvem-no num olhar longo. Há um cheiro de curral e de manhã, misturados sob a luz excessiva.

Do lado de fora, junto à parede de tábuas, o bezerro agoniza. É miúdo, extremamente fino; a pele rala, que ainda não virou couro, tem manchas alargadas, de um castanho-escuro. Está tão imóvel, que aparentemente já morreu. Tão sereno, encaixado no contorno mínimo que o seu corpo desenha no terreiro, que é como se estivesse ali desde sempre e aquele fosse o seu lugar preciso em meio às coisas do universo. Nem o incomodam as moscas que se grudam à pequena chaga que se abre em um dos flancos. Deitou-se sobre o lado direito e ficou: as patas dianteiras um pouco afastadas uma da outra, as de trás, superpostas. O focinho róseo, úmido, jaz entreaberto e os olhos escancarados não revelam a mais ligeira expressão. A vida abandonou-o, pois nem se percebe se respira ainda, ou não: é um resto morto de bezerro.

– Está assim desde ontem. Pegou doença de falta de leite. Também queria duas tetas só para ele...

– Diabo de bicho, só serve para dar prejuízo.

Aí então, de muito fundo, sobe o primeiro gemido.

As vacas, na porteira, hesitam. O negro continua a tocá-las, gritando. Elas agitam a cauda e param, atentas: o bezerro silencia. Ao tentar empurrá-las, o meninote de boné e calça arregaçada afunda o pé num resto de lama. Indiferente às varadas do garoto, a vaca cinzenta volta sem pressa o focinho e, numa resolução muda e obstinada de quem pressente a morte, retorna ao terreiro, seguida pelas outras. O cortejo se aproxima do bichinho doente, de cuja boca escorre uma baba gelatinosa. Diante dele, cada animal diminui o passo, cheira-lhe o rabo e retorna à porteira. O homem desiste de comandar e, de pé, coçando a carapinha, espera o gado voltar, alinhar-se outra vez e retomar a caminhada interrompida. Uma ou outra vaca muge.

O bezerro morreu. Ou quase, pois agora está respirando, ou grunhindo, ou soluçando, ou fazendo as três coisas a um tempo. No canto dos olhos, colou-se uma remela transparente, como lágrima. Dilatam-se as narinas, e o som informe que por ali passava vem crescendo com dificuldade, como o ofegar borbulhante de um asmático. O dorso sobe e desce, num compasso que é imperceptível a princípio e agitado depois. Um tremor cruza as patas, que iniciam o movimento ritmado do andar, enquanto um ríctus de quase

prazer se insinua nos dentes expostos, no focinho, nos olhos de vidro, como se, ao invés de executar aquela marcha inútil, o animal estivesse de fato correndo livremente. A respiração diminui e aumenta, para de novo fraquejar e crescer, sem pausa. Ora bambos, ora quase rápidos – numa agilidade insuspeitada naquele ser semiextinto – os membros insistem na caminhada imaginária.
– Esse bicho ainda não morreu?
– Nem morre. Se deixar, fica aí penando o dia inteiro.
– Bezerro danado...
O colono decide ajudá-lo: levanta o pé escuro a um palmo da terra e pisa o pescoço moribundo. O focinho se arreganha, produzindo um ruído como de escarro, mais surdo ainda que os anteriores. Os olhos se esbugalham. O pé vai fincando, vai firmando, até concentrar toda a força do negro. Mas o animal resiste, e resiste até melhor, como se o resto de vida dentro dele tomasse impulso sob o pé sufocante. O vaqueiro se irrita e aperta com mais violência: da goela do bezerro surge um pedaço comprido e claro de língua, que fica boiando na baba, sem controle. A respiração interrompe-se um instante, para recomeçar, na mesma toada gutural. O pé se retira, exausto. Só o bezerro persiste, e não morre.
– Não morre mesmo. O jeito é a gente acabar com isso de uma vez.
– Aqui, não. Ninguém gosta de ver essas coisas. Só se for lá embaixo.
O homem agarra uma das patas traseiras e sai arrastando o que ainda resta do animal. Atravessa o terreiro, cruza a cancela, desce o morro. Quando um toco no caminho impede que o bicho, imundo, continue raspando o chão, puxa com força: o bezerro se fere, mas prossegue pela lama afora; na ladeira escorrega mais depressa, deslizando quase.
Junto ao bambuzal, o colono estaca, solta a pata e sopra a mão, vermelha e enrijecida pelo esforço feito. Olha sem curiosidade o animal ensanguentado: inerte. Contudo,

um grunhido tenuíssimo indica vida no corpo. O negro procura em torno, firma outra vez o pé no pescoço do bezerro e deixa cair uma pedra sobre ele. O bicho estremece, a pedra resvala para o pasto. Ao lado da orelha, no ponto atingido, surge imediatamente uma mancha cor-de-rosa, que vai escurecendo. O bezerro solta um lamento profundo; nos olhos estriados de sangue, envoltos em terra, só há espanto. O colono está cansado e tem muito que fazer; com as duas mãos levanta a metade de um tijolo gasto, que encontra sob a touceira, olha outra vez o bicho e, sem crueldade, solta-o, sobre a nuca do agonizante.

Não escutou o menor gemido: viu apenas o rabo enroscar-se ligeiramente, antes de imobilizar-se.

In *Um buquê de alcachofras* (1980)

O RETRATO

Remexendo em papéis alheios, encontro a ampliação de uma velha fotografia, que me enfeitiça: o retrato de uma menina de 1910, vestida de branco. Percebe-se vagamente, no fundo, uma cortina ou cenário, com uma paisagem pintada, folhagens, um pedaço de coluna – desses, bizarramente greco-romanos, que se usavam no começo do século, para emprestar às fotografias, ditas artísticas, uma atmosfera de poesia atemporal. No primeiro plano, à esquerda, uma cadeira estilo Luís XV ou XVI, estofada em seda florida, de pernas finas e espaldar elaborado. Sobre ela, uma boneca enorme, loura. Ao lado, a menina morena. A menina está séria, embora seu ar não transmita gravidade. Simplesmente não sorri. Observando-a melhor, chego a pensar que talvez esteja a ponto de achar graça, mas não se atreve: os olhos estão fixos; a boca, de lábios cheios e contorno quase ardente, apesar de infantil, disfarça o esboço de um sorriso. Todo o seu jeito é de implícita curiosidade. A menina está séria, de pé, imobilizada pelas ordens do fotógrafo. Suponho-a buliçosa, marota, mal conseguindo esconder a alegria, naquele momento de importância. O rosto é lindo, oval; o cabelinho preto deve ter sido cuidadosamente aparado para a circunstância: a franjinha curta demais ainda está meio rígida e não adere bem à testa ampla.

Nunca vi essa menina que, hoje, se estiver viva, deve andar pelos 79 anos. Os dizeres, no reverso do retrato, me informam que ela se chama, digamos, Maria Carlota e teve, de solteira e casada, sobrenomes ilustres. Fico sabendo também que o seu avô foi um colendo cidadão do nosso Império; filha de Aracélia e Rodolfo. Nunca ouvi falar em nenhuma dessas pessoas, nem sequer conheço a parenta distante que deixou, sem explicação, esse retrato na gaveta que perscruto. Sei apenas que se trata de uma garota de oito anos, que, há setenta e um, posou para essa fotografia.

Séria, junto à cadeira, com a mão esquerda na cintura e a direita segurando a da boneca. Um pezinho cruzado na frente do outro, como indicavam os figurinos de então. Botinas pretas, abotoadas, deixando entrever, sobre o cano curto, uma nesga das meias xadrez. Já disse que o vestido é branco. Falta-me acrescentar que tem duas fileiras de botõezinhos na frente, gola redonda, grande, mangas largas, até o cotovelo, cintura baixa. Uma fita de cetim, quem sabe se vermelha ou azul, separa a blusa folgada da saia pequena, de três babados, que termina exatamente sobre os joelhos da garota – tudo arrematando em renda mimosa. Ao redor do pescoço de Maria Carlota descubro um cordão (que só pode ser de ouro), com uma figa (provavelmente de coral) pendurada; uma pulseirinha no braço esquerdo. Não há dúvida que a menina foi vestida com capricho para a fotografia.

A boneca de porcelana, com membros articulados, está sentada, com os pés durinhos para cima. Sua roupa deve ser branca também, com fitas de cor enfeitando as cavas e a pala. Usa cachos compridos e o rosto exibe essa expressão estática das antigas bonecas de luxo. Reparo que parece nova. Com certeza Maria Carlota a recebeu de presente no último Natal; ou, se não, deve ser um desses brinquedos intocáveis que as mães guardam e só entregam às filhas em ocasiões especialíssimas: em dias de doença, de visitas de cerimônia, dias de tirar retrato.

De repente uma cena que me agrada: imagino esse retrato tirado precisamente no dia do aniversário de Maria Carlota. Morando em outra cidade e impossibilitada de ir pessoalmente beijar a afilhada, a madrinha mandou a boneca na semana anterior, como encomenda postal, acompanhada por uma carta, em letra inclinada e minuciosa, felicitando a aniversariante e pedindo um retratinho para matar as saudades. Assim, logo depois da missa, Maria Carlota foi conduzida à casa do fotógrafo, repleta de emoções fundas: o prestígio de ter oito anos; a próxima festa; a boneca recém-saída da caixa de papelão, cheirando a coisa estrangeira, de boa qualidade; a estreia do vestido de cambraia, feito à mão pela tia solteira, a expectativa do retrato... Depois a cortina insólita, o fotógrafo de pano preto na cabeça, a insistência:
– Quietinha, sem se mexer, olha o passarinho! – enquanto a mãe e a avó, na outra ponta da sala, aprovavam com a cabeça, solenes.

Acompanho com ternura esse dia de Maria Carlota, esgarçado entre tantos, esquecido, provavelmente, pela própria protagonista, e que hoje – em outros tempos, em outras terras, em outro tudo – desentranho da sombra. Não sei quem é essa garota, nunca me chegaram notícias dela, e no entanto eis-me aqui a contemplá-la, intensa, longamente, em busca do que se oculta atrás desse rostinho fresco, dos olhos escuros, imensos, do nariz bem-feito. Quem é, quem foi essa menina, em que mulher se transformou, com que marido conviveu, que filhos teve? Como foram seus partos, sua vida em sociedade, seu prazer, suas angústias, seu segredo, talvez sua morte? Que fim levou a boneca: se espatifou contra o chão, depois de um movimento brusco de sua dona? Passou às mãos de outra menininha da família, de mais outra e outra mais? Estará seu rosto vazio e indecifrável exposto em alguma clínica de bonecas, ou numa vitrina de

antiquário? Que atalhos percorreu Maria Carlota de mãos dadas com sua companheira de louça? De tanto inquirir o retrato, chego a sonhar que, por uma dessas artimanhas do destino, uma senhora quase octogenária vai abrir o jornal neste momento, ler esta crônica e (confundida pelo nome suposto e por todas as minhas fantasias) extrair fiapos de lembrança do seu baú de memórias:
— Que coincidência, acho que uma vez eu também tirei uma fotografia assim, com aquela boneca francesa que Vovô Barão me deu. Como é que ela se chamava? Era tão bonita, loura... — sem compreender, como no soneto de Arvers, que é dela mesma, séria e menineira, o retrato que não pôde reconhecer.

In *O valor da vida* (1982)

A PORTA ESTREITA

Agachou-se para passar o dedo debaixo da cama e suspirou, desalentado. Toda essa poeira, há quanto tempo aquele assoalho não via vassoura? Olhou em volta, devagar: o quarto mínimo, cinzento, sem nenhuma gravura, o espelhinho pendurado, com o prego à vista, o armário de madeira ordinária e porta empenada – tudo feio, barato, desagradável. Engoliu com esforço, sentindo uma compulsiva precisão de chorar. Conteve-se, entretanto, habituado a controlar-se, a manter a aparência imperturbável, a esconder o que lhe turbilhonava por dentro. Sempre evitara demonstrações de fraqueza, mesmo não havendo testemunhas.

Com certa repugnância, sentou-se na cama, que afundou; as molas do estrado estavam gastas e a colcha dava a impressão de há muito não ter sido lavada. Pegou na mesa de cabeceira o radinho de pilha – último presente da mãe –, procurou um programa FM. Reconheceu o concerto para violino, de Beethoven, e os acordes familiares lhe fizeram bem. Aumentou o volume, fechou os olhos, sem coragem para deitar-se sobre aquela colcha, sem ânimo para tirá-la. Continuou sentado, imóvel, tenso.

Afinal, que viera fazer nesse cubículo sem harmonia, que nada tinha em comum com ele? Pensou no outro quarto – o seu – que acabara de deixar, amplo, limpíssimo, confortável, nas reproduções de Brueghel, o Velho, e de Bosch, que recebera no aniversário e que todas as manhãs, da parede, lhe transmitiam a mesma emoção profunda. Pensou em tudo, com minúcia, na cortina de lonita alegre, nas pedras e objetos estranhos que colecionava, mudando-lhes constantemente o lugar sobre os móveis. Era um quarto diferente, variável, que surpreendia os colegas, acostumados a ambientes mais convencionais. Pensou em Apuleio, o cachorrinho que dormia a seu lado, todo amor e fidelidade, e que hoje, abandonado, deveria andar ganindo inutilmente pelo apartamento, atrás do dono. Pensou na mãe: que estaria ela fazendo, liberada da rotina? para quem prepararia o suco de laranja, antes de sair para o trabalho? com quem implicaria durante o almoço? de quem reclamaria à noite, exigindo música mais baixa e luzes apagadas?

 Concentrou-se nos acordes finais do concerto. O Quarteto para Cordas 168, de Mozart, que começava, feriu-lhe o coração. Quantas vezes o ouvira, em seu quarto: o cassete chegou a ficar meio gasto. O aparelho de som, os discos... Por que deixara tudo o que tinha, assim, sem mais nem menos, o que juntara de melhor, o que lhe dava tanto prazer, o que reunira na adolescência e que, em última instância, configurava o seu jovem universo? Que loucura era essa?

 Levantou-se, foi até a janela. Entardecia, e o céu era transparente, entre nuvens azuladas. Identificou os poucos ruídos que chegavam até ali: o galo, no quintal; a carroça e os guizos das mulas, na serra; as crianças da redondeza, os sinos – ruídos que ouvira há um ano atrás, achando-os festivos, cristalinos, e que hoje pesavam sobre a sua alma. Também no ano anterior, este mesmo quarto, que agora desnudava cruamente, lhe parecera a pousada ideal: – Aqui vou ouvir música, sem ninguém para me interromper. Vou ler, escrever, pintar até de madrugada, num lugar só meu. Vou ser dono da minha vida.

 Então ser dono da própria vida era isso? Para conquistar esse direito, para poder alugar esse quartinho pobre, precisava ter renunciado a tudo, deixar a casa, a família, a namorada, os amigos, a Faculdade, o cãozinho, os livros de arte, os lençóis de tergal? O bife a cavalo, com ovos estrelados perfeitos, o doce de leite cor de ouro, o bolo dos sábados? Na pensão não servem nem café da manhã, e o prato feito, no hotel da esquina, tem feijão aguado, arroz malcozido, carne com muxiba. É esse o preço da liberdade, ou foi ele mesmo que resolveu trocar o conforto, os dias fáceis, a maciez do seu reino de filho único, por um destino incerto, que não sabe direito qual é, mas que acena para ele, perturbadoramente?

Continuou debruçado à janela: a paisagem era bela, montanhosa, pura; as casinhas e igrejinhas, de presépio. Em tudo havia calma, frescor, um jeito natural que o envolvia. Talvez ali, longe da agitação citadina, que tanto o incomodava, pudesse disciplinar-se, escrever poemas, desenhar, fazer sem pressa intermináveis aquarelas, esculpir, dar forma a tudo o que nele era tumulto e necessidade de expressão. Respirou fundo, mais aliviado.

De novo, porém, a imagem do outro quarto. Teve vontade de passar a mão pelas orelhas ásperas de Apuleio, fazer-lhe cócegas no focinho; de ouvir os passos da mãe, voltando do trabalho, quase sempre mal-humorada, exausta. (Que segurança, ao sabê-la em casa.) Teve pena dela, tão longe, e de si mesmo, ali, confuso, sem rumo. Como discutiram, logo que ele comunicou a decisão de sair de casa; depois, o ar ofendido da mãe, a tristeza disfarçada, o silencioso consentimento. Ah, se ao menos ela tivesse insistido um pouquinho mais...

A noite tomou conta do quarto. Saiu da janela, tirou do bolsão um canivete, uma lanterna, que deixou sobre a mesinha, e o único livro que trouxera, um velho exemplar da Bíblia, encadernado em pano vermelho, tirou a colcha, o tênis e acomodou-se sobre os lençóis, que cheiravam a umidade. Abriu por acaso o livro na parábola do Filho Pródigo, mas virou depressa a página, como a afastar figuras incômodas. Deteve-se em outro trecho de São Lucas: "Esforçai-vos por entrar pela porta estreita, porque eu vos digo que muitos procurarão entrar e não poderão". Fechou o livro, os olhos, e apertou o travesseiro contra o peito, como se estivesse abraçando o macaco de pelúcia com que dormira até os seis anos.

In *O valor da vida* (1982)

ELETRODOMÉSTICOS

A reunião estava praticamente terminada e só um pequeno grupo de parentes e amigos íntimos continuava conversando na sala. Copos e pratos sujos sobre os móveis, cinzeiros repletos, guardanapos de papel por toda parte, bandejas semivazias com docinhos de ovos e o bolo branco meio desarmado sobre a mesa. Algumas senhoras já tinham até desafivelado discretamente os cintos e os homens afrouxaram as gravatas: estavam exaustos, mas não se animavam a sair, indecisos entre admitir o cansaço e finalizar a festa.

Seu Hermenegildo sentou-se na varanda, diante de duas garrafas de champanha quase morna, tirou os sapatos novíssimos e chamou o pai da noiva:

– Vamos beber à saúde dos nossos meninos. O casamento acabou para nós, mas para eles está começando e precisamos brindar. O Nozinho merece ser feliz; a Sandrinha também, é claro. Eu nunca lhe disse, Everaldo, mas a sua filha tirou a sorte grande ao casar com o meu filho. E vice-versa, naturalmente, pois todo mundo sabe que a Sandrinha é uma pérola, moça rara nos tempos de hoje. À felicidade dos dois!

Sirvo um pouco mais? Deixe disso, faço questão. Afinal somos ou não consogros? Muitas venturas para o jovem casal! Como eu ia dizendo, você não tem ideia do genro que arranjou... sem desmerecer minha nora, é lógico. Um encanto, a Sandrinha. Sabe que o Nozinho deu jeito nas coisas, desde pequeno? Nasceu para fazer negócios, é incrível. Espere só para ver a boa vida que ele dará a sua filha, quando se formar: uma cobertura, viagens, o luxo que ela quiser. Outra taça, a noite é de alegria. Bebamos ao futuro dos noivos, isto é, dos recém-casados: que se amem eternamente e nos deem muitos descendentes. Ao Nozinho e à Sandrinha! Não é para me gabar, mas o meu filho vale ouro – e sempre foi assim. Vou lhe contar uma história, que pinta o retrato dele de corpo inteiro: quando a companhia me transferiu de Bom Jesus aqui para Niterói, alugamos um apartamentinho na Visconde de Rio Branco e compramos outra mobília, mas as economias não deram para trocar a geladeira. A Lalu vivia reclamando da velha, sonhando com outra maior, e o Nozinho, que tinha só oito anos, ouvia diariamente as queixas da mãe, na hora do almoço e do jantar. Pois não é que o danado do garoto inventou de ir ao programa de César de Alencar? Justamente naquele sábado a Emilinha Borba era a estrela convidada e no final ela sorteou uma porção de prêmios importantes. O Nozinho ganhou uma geladeira último modelo, de não sei quantos litros, e muitos beijos da Emilinha. O mais engraçado é que ele não abriu a boca, e ainda aguentou calado o pito da mãe. Dois dias depois a Lalu me telefonou, assustadíssima, lá para a companhia, porque a geladeira tinha chegado e ela não entendia nada. Tive de pedir licença ao gerente e ir correndo para casa, para desvendar o mistério. A geladeira era tão boa, que continua funcionando perfeitamente até hoje e está na casa da prima Carolina, porque a Lalu, exagerada como é, cismou de comprar outra, com *freezer*, para a festa do casamento.

Já viu menino mais encapetado? A Sandrinha acertou mesmo na loteria... Outra taça, Everaldo: brindemos pelo primeiro eletrodoméstico do Nozinho e por todos os que ele ainda há de comprar para a esposa. Prazer e paz para nós dois também, por termos filhos de tanta qualidade! E já que agora somos parentes, quero lhe contar outra história do Nozinho. Esta é reservada, tem que ficar entre nós – coisa de homens, de avós dos mesmos netos, certo? Abrimos outra garrafa? Qual, esta geladeira nova não esfria como a do Nozinho, é uma pena. Aos nossos rebentos, então! E às nossas caras-metades! Bem, falando nisso, você pode estar seguro que o meu filho nasceu numa família decente e que eu sempre respeitei a Lalu. Só que às vezes o diabo põe uma tentaçãozinha no nosso caminho, e... O fato é que, quando nos mudamos para este apartamento, andei recebendo, digamos assim, favores especiais de certa dama que morava no Rio, na Rua Sacadura Cabral. Era uma senhora desquitada, morena, forte... sabe como é? insinuante... No fim do ano tive um gesto generoso e mandei entregar uma televisão na casa dela. Tudo bem, a Dorremy ficou encantada e eu passei um Natal muito tranquilo com a Lalu e o Nozinho.

Um último gole, é só para eu acabar o caso. *À votre santé!* como dizem os franceses. Como não há bem que sempre dure, um dia a tal televisão estragou e a Dorremy telefonou para a loja, pedindo um técnico. Houve uma confusão terrível e o técnico veio parar aqui. A Lalu mandou o homem embora, mas ficou muito desconfiada. O Nozinho, então, que tinha uns dezessete, dezoito anos, disse à mãe que ia passar na loja para esclarecer o problema. E passou mesmo, Everaldo. Pediu a ficha do comprador, descobriu o endereço da Dorremy e se mandou para lá. A coitada pensou que o Nozinho era o técnico, e ficou gelada quando o garoto deu o nome e disse que estava ali para avisar que a televisão seria consertada naquela mesma tarde e também para pedir que ela tomasse mais cuidado, se o aparelho encrencasse de novo. A Dorremy me contou tudo, tremendo, mas a Lalu não soube de nada e o Nozinho e eu nunca tocamos no assunto. Seis meses depois eu disse adeus à

Dorremy, e estou convencido de que foi o Nozinho quem salvou o nosso lar. Então um rapaz desses não merece outro brinde? A Sandrinha é esperta, escolheu o melhor marido do mundo... Mais uma champanhota, Everaldo, e viva o Nozinho!

In *O valor da vida* (1982)

A LIBERAÇÃO FEMININA

*F*omos apresentadas na livraria e, meia hora depois, ela desabafava:
— Estou vendo que você é moderna, como eu. O mundo já saiu das mãos dos homens, né? Custou, mas chegou a nossa vez.
E, como eu nada dissesse, ela pareceu intuir, no silêncio, um sutil encorajamento:
— Também estou descasada, por sorte. Representei o papel de esposa durante quase vinte anos, um suplício. Afinal proclamei minha independência.
Mandou embrulhar os livros, que folheara, sobre a responsabilidade da mulher na sociedade atual. Prosseguiu:
— Casei, como todas as moças do meu tempo, com o primeiro noivo que apareceu, colega do ginásio. Uns beijinhos na praia e no cinema, escondidos, você sabe como é: nenhuma experiência, virgem da cabeça aos pés. Meu marido até que não era dos piores, acabou me deixando entrar para a PUC, depois que os meninos cresceram. Mas a família dele era a própria FGST.
Devo ter feito ar de quem não entendia, porque ela explicou:
— Família Gaúcha SuperTradicionalíssima, muito pior do que a mineira. Sogro e sogra do Rio Grande é fogo. Imagine que minha cunhada nem marido conseguiu arranjar: era só

ela *descolar* um namorado e os pais criavam logo mil empecilhos. Resultado: solteirona até hoje.

Você acha que eu estou me contradizendo? Nada disso: para mim o casamento é uma instituição terrível e ultrapassada – mas indispensável. As mulheres precisam passar por ele para poderem se liberar melhor depois, compreendeu? Foi o que eu fiz: terminei a Faculdade, com o apoio do marido e a desaprovação do resto da família. Depois, fui trabalhar no escritório de propaganda de um primo e, hoje, sou subgerente da firma.

Obrigada. Sem a menor falsa modéstia, mereço parabéns. Eu é que sei como a luta foi dura, aquela correria da casa para o escritório, do escritório para o supermercado, fingindo não ver a cara feia dos gaúchos, no almoço dos domingos, agradando o marido de noite, para ele não reclamar da desordem, quando a empregada não aparecia. Mas o coitado era bonzinho, eu já disse, e não posso me queixar.

Então, por que é que eu saí de casa? Ora, porque estava farta daquela rotina, dos programas sempre iguais, dos velhos querendo me controlar. A menina, com dezoito anos, e o menino, com dezessete, já podiam ficar com o pai e eu tinha dinheiro suficiente para me sustentar, sem precisar pedir nada ao Segismundo. Esqueci de contar que meu marido tem esse nome horroroso, invenção da mãe.

Não, ainda não me divorciei, nem sequer começamos o desquite: vê lá se a FGST deixa... Mas, para mim, não faz diferença: sou livre, como eu queria. Aluguei um apartamentinho térreo num edifício velho da Saint Roman, redecorei tudo sozinha, está uma graça. Uma vez por semana, janto fora com os meninos, porque cozinhar eu não cozinho mesmo. Estou curtindo demais essa vida nova, sem dependência de ninguém.

Namorado, não tenho. É preciso dar tempo ao tempo e o trabalho me absorve muito. Admiradores aparecem de vez em quando. Outro dia mesmo, um amigo de Segismundo, que mora em São Paulo, me telefonou. Eu estava meio deprimida, com saudade dos filhos, ele percebeu e foi logo falando, carinhosíssimo: – Aguenta as pontas, que eu pego uma ponte aérea e daqui a pouco estou aí para conversar com você. Dito e feito: às oito horas eu me mandei para o Santos Dumont, de vestido novo. Fomos jantar no Sheraton e ele começou a insistir para a gente passar a noite juntos lá mesmo, esse negócio de amizade colorida. Recusei terminantemente; afinal, sou ou não sou uma mulher de vida própria, tenho ou não tenho um apartamento, que negócio é esse de hotel? Fomos lá para casa e tomamos um conhaque francês.

Depois, mais nada, porque, quando entramos no quarto, comecei a ouvir o ronco de uma motocicleta, subindo e descendo a ladeira sem parar. Fiquei morta de angústia, achando que era a do meu marido, que inventou de comprar uma, depois da separação. O outro riu e quis me sossegar: o Segismundo é de dormir cedo e sempre detestou sair de noite, mesmo a pé. Foi inútil, eu estava tão apavorada e as motocicletas (até agora não sei se era uma ou se foram várias) faziam tanto barulho, que ele se assustou também. Sem ânimo para sair, tornou a pôr o terno, eu também enfiei o vestido novo e, quando já estava amanhecendo nos recostamos na cama, exaustos. Às sete, ele foi-se embora, disfarçando, sem tomar café, e não tive nem coragem de acompanhar o pobre homem até o aeroporto. Vida de mulher sozinha tem dessas coisas, né?

Comentário de Josefina (a libérrima) que, ao meu lado, ouvira tudo sem desgrudar os lábios:
– Eu sempre disse que motocicleta é o meio de transporte mais agressivo que existe.

In *O valor da vida* (1982)

A MULHER SOZINHA

*E*ra magra, feia, encardida, sempre com o mesmo vestido preto e rasgado. Usava um paletó de lã xadrez, meias grossas e chinelos de feltro, velhíssimos. Ela própria parecia velhíssima, vista assim ao passar, embora de perto mostrasse, sob a sujeira e as rugas, um rosto que era apenas maduro, gasto pela miséria e talvez pelo delírio.

Acostumei-me a vê-la sentada, de manhã e de tarde, naquele canto, sobre o cimento cheio de poeira do átrio. Os que entravam apressados na igreja praticamente a ignoravam, e só reparavam nela depois da missa, quando saíam devagar. Tiravam então da bolsa ou do bolso uma nota, algumas moedas e, com um gesto rápido, de vaga repugnância, deixavam cair a esmola na cestinha de vime que a mulher colocara à sua frente. Ela resmungava uma espécie de bênção, em voz surda e monótona, e eles se afastavam sem olhá-la, com a alma levemente intranquila.

Passando diante da igreja duas vezes por dia, uma certa cumplicidade criou-se entre nós duas: a princípio nos cumprimentávamos com a cabeça, sorríamos uma para a outra; depois, quando eu tinha tempo e ela não estava agradecendo as esmolas, conversávamos. Contou-me de maneira sucinta que vivia no outro extremo da cidade, sob as colunas de um átrio em San Isidro: fazia uma longa caminhada, cedinho, até a estação, para tomar o trem, e outra até o lugar onde nos encontrávamos. Não me explicou por que escolhera um bairro tão distante para mendigar, em vez de fazê-lo no próprio pátio onde dormia, e nada lhe perguntei a respeito, receando ferir-lhe a intimidade ou introduzir-me em seu segredo. Nunca me confessou como se chamava.

Há uns dois meses encontrei-a radiante, com um pequeno vulto escuro entre os braços. Pensei de início que carregava um bebê, envolto num cobertor manchado, mas percebi, ao aproximar-me, que se tratava de um cachorrinho. Ou melhor, de uma cachorrinha recém-nascida, Maria Isabel, que a mulher ninava e acarinhava com deslumbramento. Disse-me que a recolhera na véspera de uma lata de lixo e a batizara logo. Da sacola de palha que sempre trazia consigo retirou uma garrafa d'água e uma colherinha e, com infinita delicadeza, foi entornando algumas gotas na goela da bichinha, que gania baixo, ainda de olhos fechados.

Levei-lhe uma mamadeira de boneca e outra sacola acolchoada, que serviria de berço para o animal. O jornaleiro da banca em frente trouxe leite e pedacinhos de pão; as senhoras da vizinhança deram-lhe uma colcha de criança e retalhos de flanela.

Maria Isabel começou a crescer, a criar pelos e forma, a pular, cheia de graça. A mulher não desgrudava os olhos dela e, remoçada pela alegria e atenção que a cachorrinha ofertava e exigia, deu até para cantar uma toada confusa e antiga. Era bom vê-las juntas, íntimas, companheiras, mãe e filha. Chegavam sobras de comida, brinquedos velhos de borracha; até um osso de couro apareceu por ali. O canto do átrio ficou menos cinzento, mais bonito. As pessoas se detinham, antes de entrar na igreja, para brincar com o animalzinho preto ou para jogar-lhe um punhadinho de carne moída, um resto do bife do almoço. O sentimento de repulsa que a sua dona provocara foi substituído por outro, feito de emoção, prazer e aconchego. A cestinha de vime estava sempre com dinheiro, e a mulher, suja e despenteada como sempre, adquirira um jeito novo, diferente, mais humano. Ao seu lado, Maria Isabel pulava e perseguia o próprio rabo. As duas não apareceram na última semana. Estranhei e fui atrás do jornaleiro, que também se mostrou surpreendido: desde que se instalara ali, há mais de três anos, a mulher nunca deixara de vir, nunca se atrasara, nem sequer quando chovia. E parece que fora assim desde o primeiro dia, embora ninguém soubesse dizer com exatidão quando é que ela começara a se sentar naquele canto do pátio. Senti apreensão e uma estranha nostalgia: o átrio estava maior, mais escuro e impessoal.

Até que ontem o jornaleiro, compungido, contou-me uma das histórias mais tristes que já ouvi. Maria Isabel se transformara numa vira-lata peluda, encantadora, de focinho redondo e olhos de açúcar. Tão linda, que um malvado achou de roubá-la. Foi na estação, quando a mulher soltou-a no chão, para ir comprar o sanduíche de pão francês que costumavam dividir. Um segundo, e o bichinho sumiu, sem latir. Alguém viu um rapaz de tênis sair correndo com o animal nos braços. A mulher passou a noite atrás da cadela, de um lado para o outro da estação, chorando, gemendo, chamando-a por nomes doces e implorantes. Depois sentou-se num banco e ali ficou imóvel, em silêncio, até o dia clarear. Quando o primeiro trem vinha entrando, ela, de um bote, atirou-se debaixo da locomotiva. A velocidade era pequena e o maquinista conseguiu frear. A mulher arranhou-se um pouco, feriu ligeiramente a testa, e ficou mais desgrenhada, com o rosto imundo de lágrimas e fuligem. Não tinha nenhum documento e negou-se terminantemente a comentar o sucedido ou a defender-se diante dos que a acusavam de irresponsável e perigosa. A polícia levou-a no camburão para a delegacia.

Segundo a última notícia, ainda não confirmada, a mulher está num hospício do subúrbio.

In *O valor da vida* (1982)

MASSA FOLHADA

*F*iníssima, elegante, bonitona, rica, bem casada, impecável anfitriã. Filhos saudáveis, profissionais de sucesso; os netos, florescendo. Tudo quase perfeito na vida dessa senhora batizada com nome de princesa. *Quase*, porque Dona Leopoldina, que possuía todas as prendas domésticas, além de bordar tapetes capazes de valorizar qualquer parede ou assoalho, tinha uma frustração. Uma só, mas tão aguda, que de vez em quando lhe perturbava a sesta ou o pôquer dos sábados: cozinheira exímia dos dias de festa, elogiada unanimemente pela família e visitantes, nunca pudera fazer uma boa massa folhada. Provara receitas nacionais e estrangeiras, pedira conselhos às primas, gastara quilos de manteiga da melhor espécie – nada: a massa virava pedra, se desfazia antes da hora, negava-se a ser trabalhada e, incomível, desaparecia invariavelmente na lixeira. Dona Leopoldina suportava em silêncio a humilhação e, jurando nunca mais mexer com aquilo, procurava esquecer o assunto. A ideia fixa voltava, porém – sonho inexequível –, e acenava para o seu pensamento, para a sua fantasia, esquiva, de longe. Dona Leopoldina a persegui-la, querendo conquistá-la, dominá-la, torturada, impotente.

– Ah – cismava na solidão –, pudesse eu preparar um *vol-au-vent* de mariscos para o jantar do dia 19. Seria a melhor prova de amor que eu daria a César, nesses trinta e cin-

co anos de casamento feliz... Enviuvarei sem realizar minha mais funda aspiração?
Quando o marido se aposentou, adquiriram o costume de ir à Europa uma vez por ano. Dona Leopoldina conhecia de cor todos os museus, comprava mimos de luxo para a parentela e renovava o guarda-roupa sem muito entusiasmo, porque o que queria mesmo era saborear com deleite e rancor, numa confeitariazinha antiga de Viena, aqueles *palmiers* deliciosíssimos...
A massa folhada virou obsessão, e o marido começou a preocupar-se. Tanto que, num domingo de tédio, ao percorrer minuciosamente as páginas classificadas do jornal favorito, recortou um anúncio que lhe abrasara o carinho conjugal:
– Poldi (era o apelido que empregava nos momentos de exaltação), venha ver o que encontrei! – e estendeu o pedacinho de papel, onde a dama, comovida, leu em letras maiúsculas:
"APRENDA A FAZER A MELHOR MASSA FOLHADA DO MUNDO EM APENAS OITO AULAS."
Logo que o motorista chegou na segunda-feira, Dona Leopoldina saiu disparando para o endereço indicado. Era um apartamento de categoria, que algum arquiteto engenhoso transformara em cozinha gigantesca, o fogão e as pias embutidos em balcão de napa alvíssima e sintética; ao redor, cadeiras e mesinhas de vime envernizado para as alunas.
– Deus foi generoso comigo – rezou Dona Leopoldina. – Na próxima viagem não deixarei de visitar nenhuma catedral.
Inscreveu-se sem hesitação no curso: Cr$ 13.000, 5.000 de matrícula. Pouco mais de Cr$ 2.000 por aula – que barato! O prazer de tocar, sentir, aprender intimamente a divina massa tem preço?
O curso começava quinze dias depois, e foram essas as duas semanas mais lentas da vida de Dona Leopoldina. Na véspera, quando ela, até então avó exemplar, descuidava os

netos na varanda, toda voltada para a expectativa da manhã seguinte, ouviu um grito em tom diferente:
— Poldi!
Saiu correndo e encontrou o marido caído no chão do banheiro. Desmaio, vertigem, enfarte? Na confusão, a família transportou-o para o Pronto-Cor, onde César ficou em observação. Dona Leopoldina, que adorava o companheiro, chorava com tristeza contida; não arredou o pé dali até o marido ter alta. Quando percebeu, a primeira aula já havia passado, há dias. Sentiu um longo desconsolo, mas, ao beijar César convalescente, achou que tudo valera a pena.

Na outra semana foi à segunda aula, e qual não é o seu desengano, ao comprovar que, como as demais alunas já haviam aprendido, na primeira, a fazer massa folhada, o menu era: bolo de ostras sem coentro, arroz com pimentão e pudim de melancia. Dona Leopoldina esqueceu-se da apurada educação que recebera no Colégio Des Oiseaux e invectivou a professora com tamanha ênfase e irritação, que esta, atemorizada, levou-a para perto de um fogãozinho mais modesto, escondido no quarto dos fundos, e ali sussurrou-lhe que o verdadeiro segredo da boa massa folhada consistia em prepará-la com uma banha especial, fabricada em São José dos Campos e conhecida exclusivamente por alguns privilegiados. Como a aluna continuasse fora de si, Mme. Croissant prontificou-se a vender-lhe por Cr$ 2.500 um pacotinho de *Folharíssima*.

Dona Leopoldina voltou para casa às carreiras e, sem dar explicações a Geralda, empregada da vida inteira, trancou-se na cozinha. Quando, com todas as dobras e requintes, a massa ficou pronta, telefonou para os filhos, vitoriosa:
— Hoje à noite festejamos o restabelecimento do pai!
Este, na cadeira de rodas, foi conduzido à cabeceira da mesa. Como primeiro prato — que perfeição! — o *vol-au--vent* tão almejado. O segundo: filé-*mignon* recoberto por uma capa da mais deleitável massa folhada. Bolinhos da

mesma massa, com geleia de cereja, à sobremesa. Depois do café, todos emudeceram quando Geralda entrou com uma bandeja repleta de *palmiers* dourados. Ouviu-se apenas um gemido entrecortado:

– Poldi... – e César, exausto, despediu-se para sempre da massa folhada.

In *O valor da vida* (1982)

O BOSQUE

Quero fazer um piquenique com o meu amado, ele e eu sozinhos, num dia de semana, quando todos trabalham e ninguém pode passear entre as árvores. Inventamos uma desculpa inverossímil, faltamos à repartição e redigimos um bilhete evasivo, para que, em casa, as famílias não se inquietem (voltaremos tarde). É hora de partir. De carro? Não: guiar é complicado, a gasolina, o trânsito, a poluição dos tubos de escape... precisamos, meu amor e eu, de muita paz, de muito ar delicioso. Como as vitórias e bondes desapareceram, não é simples configurar uma tarde de ternura bucólica numa cidade assim despojada de veículos lentos, suaves, aptos para o íntimo colóquio. Ah, sonho com um tílburi e seu cavalinho de pelagem lustrosa, guizos no pescoço. Nele nos sentaríamos os dois, liberados de quaisquer deveres que não os da mútua contemplação, juntos e enlevados, sob a capota gasta.

– Avante, senhor de minh'alma!

Todo príncipe, ele toma as rédeas na mão direita, e com a esquerda me acaricia os cabelos soltos (não trouxe, de propósito, a capelina), enquanto Lisandro, o alazão, trota sem pressa. Os sininhos tilintam, a caminho de Palermo.

Acomodo num canto a cesta de vime envernizado, em que reuni o que de melhor o imaginoso amor soube criar para satisfazer a fome e a sede dos amantes: laranjas-de-umbigo, uma penca de bananinhas-ouro, tâmaras, violetas cristalizadas da Colombo, duas fatias de bolo de nozes e amêndoas (receita portuguesa de Marina), ovinhos de codorniz, um frasco de especiarias para perfumar o conjunto, duas taças, uma jarra com suco de damasco (que acabo de espremer) e a garrafa de *Vin d'Alsace* que manterei fresca à beira do córrego. Tudo – até o saca-rolha – impecavelmente envolto no guardanapo que tirei há anos do baú de minha bisavó escocesa, lavei, engomei e escondi numa gaveta, entre ramos de alecrim-do-cheiro. Tinha certeza de que o usaria num momento particularíssimo como o de hoje, para comprazer a alguém cujas iniciais coincidissem com as minhas – as mesmas que foram bordadas, em roxo, no guardanapo.

Lisandro conhece as veredas, conduz-nos mansamente e com sabedoria. Perto do roseiral, longe das pontes, o dono do meu bem-querer escolhe o melhor sítio umbroso, sob os pinheiros e cinamomos floridos de azul e rosa. Apeia-se; apeio-me em seus braços, leve, porque o muito amar me afinou. Há formigas, joaninhas, minhocas luzidias, abelhas mansas, lagartixas, esquilos por toda parte, borboletas. Uma coruja miúda nos observa gravemente. Chega o beija-flor:

– Sou o Imperador desta nesga de firmamento, Protetor dos Namorados. Meu nome oculto é...

Desaparece sem deixar-nos tempo para fixar na retina a vibração alada e, nos ouvidos, o nome vaporoso. Compreendemos que nossa presença não perturbará o bosque e seus habitantes, que circulam incansavelmente, voam, cavam buracos, sobem e descem pelos troncos. A corujinha, atenta.

Comemos e bebemos em silêncio, e em silêncio nos adoramos, olho no olho: o amor é solene. Em volta a natureza eferverce; ebulimos, eu e o bem-amado, enquanto o sol, que andava alto, descamba devagar. Sentimos que a tarde pousa sobre nós suas cores baças, e a brisa da noite acalma a febre sobre a relva. Quase desvanecidos, toucamo--nos um ao outro de dálias e louros, lentamente.

Foram-se as libélulas das mil-e-uma-noites, que haviam entrelaçado uma guirlanda de cores sobre nós. Com a barriga cheia de migalhas, as formigas se recolheram; pássaros e roedores também. Só a corujinha vigila, insone. De repente, pirilampos, estrelas? São fadas ou elfos? Um mundo de luzes e pequenos seres diáfanos nos rodeia sob a lua. Ligeira a princípio e cada vez mais densa, a noção de felicidade até então concentrada em nós dois começa a crescer, a transbordar. Meu amado e eu nos levantamos e dançamos enlaçados, entre as figurinhas translúcidas e movediças. Violas e bandolins, de longe, enviam-nos compassos de um júbilo contido, que nos envolvem. Tenho sono: a alegria exaure. É preciso regressar, mas Lisandro e o tílburi se esfumaram. A festa acabou. As nuvens encobrem o bosque. Em tudo, pouco a pouco, o silêncio. Na escuridão, meu companheiro e eu, de mãos dadas, iniciamos a pé o extenso caminho de volta.
    E a coruja?
    Faz frio, não temos agasalhos. Sei que a madrugada vai tardar, e sinto medo.

In *O valor da vida* (1982)

UMA HISTÓRIA QUALQUER

*E*stamos casados há dez anos – contou-me baixinho, com os olhos escuros dilatados pelo choro. Dez anos e quatro meses. Eu tinha acabado de fazer vinte quando conheci Paulo; ele é pouco mais velho do que eu, não tinha nem vinte e dois. Você sabe como é, namoro no interior é coisa séria – pelo menos era. Mesmo depois de noivos, nunca ficávamos sozinhos. Ele jantava lá em casa três vezes por semana e até às 11 conversávamos na varanda, com a luz acesa e todo mundo entrando e saindo. Era o que se usava, sempre tinha sido assim na minha família e na dele. Aos sábados e domingos íamos ao cinema e à confeitaria, com minhas irmãs ou com as futuras cunhadas. A gente ficava de mãos dadas e, quando podia, ele dava um jeitinho de me beijar, claro que na boca, mas beijo tranquilo.

Desejo, curiosidade, paixão? Nada disso passava pela minha cabeça (ou pelo meu corpo); se passou pela dele, não se notava. Para ser sincera, acho que nunca senti nada que pudesse ser chamado de prazer. Logo que nos casamos foi tudo muito difícil, eu morria de vergonha e de medo; ele também. Você não vai acreditar, mas os dois éramos virgens, sem a menor experiência. Tivemos que aprender tudo juntos, e nenhum de nós sabia nada. Doía, eu chorava escondido, pensei que eu fosse anormal. Agora fico imaginando que naquela época ele com certeza devia ter ideias parecidas sobre si mesmo. Enfim, conseguimos nos entender mais ou menos. Em todo caso, nunca foi muito bom. Naturalmente acabamos nos acostumando um ao outro, só que sem muito interesse: uma vez por semana, cada dez, quinze dias. De repente passava-se um mês, e eu nem estranhava. Não, nunca esperei que pudesse ser de outra maneira. Eu não conversava sobre isso com ninguém, e o que lia ou via no cinema me parecia literatura, fantasia. Mamãe e papai sempre foram reservados na nossa frente e minhas irmãs eram tão mais moças... Palavra que não. Eu gostava tanto dele, que não precisava de mais nada. As poucas noites de amor (eu disse amor?) eram uma espécie de obrigação que cumpríamos depressa para ir dormir logo. O melhor era ficar depois bem juntinho dele. Eu acordava cedo e olhava para aquele homem de pijama, ali ao meu lado, tão grande, tão louro: que sorte ter um marido assim, só meu, dedicado, trabalhador. Que eu me lembre, nunca chegou tarde, nunca me levantou a voz, nunca reclamou nem perdeu a paciência comigo. Só que de vez em quando passava horas sem falar, o domingo inteiro, por exemplo, e aí se desculpava, dizendo que não se sentia bem. A princípio pensei em cansaço, dor de cabeça, azia, mas depois percebi que era angústia. Não dava para entender, tudo ia tão bem entre nós: ele tinha terminado a faculdade, começou a trabalhar no escritório do pai, ganhava razoavelmente, eu cuidava muito da casa, cozinhava direitinho. Éramos tão felizes... Ou devíamos ser, sei lá. Uma só tristeza: eu não conseguia engravidar. Fizemos mil exames, e os médicos sempre garantindo que éramos normais. Procuramos até especialistas no Rio: o mesmo diagnóstico – apenas questão de paciência.

    Se isso me afetava? Para ser sincera, muito, não. Paulo é quem fazia questão de ter um filho, um herdeiro. Por mim, teríamos adotado alguma criança, tanto bebezinho lindo jogado por aí... Mas as duas famílias diziam que era o cúmulo, onde é que já se viu meter dentro de casa um menino de outro sangue, nascido de pais que a gente não tem a menor ideia de onde saíram? Eu achava tudo isso um exagero, os dois estávamos tão bem, em paz.

No ano passado a firma resolveu mandar Paulo para o novo escritório de Montevidéu. Foi terrível para mim deixar a família, nossas coisas, aquela vidinha simples – mas Paulo não podia recusar: oportunidades assim não aparecem duas vezes na vida. Nem discuti. Entreguei a casa e distribuí entre os parentes tudo quanto era móvel, enfeite e panela. Guardei apenas o crucifixo que minha sogra me deu no dia do casamento. Fiz as malas com o coração apertado e tomei o avião sem reclamar. Que tristeza! Paulo saía para o trabalho e eu ficava sozinha, estudando espanhol e chorando num apartamentinho feio, escuro, desajeitado. Quando faltava uma hora para ele voltar, eu preparava o almoço correndo, tomava banho, me vestia e me perfumava. Depois o escritório começou a crescer tanto, que já não dava para ele vir almoçar. Como eu não aguentava passar o dia inteiro à toa, arranjei umas traduções para fazer, e assim ia me distraindo e juntando um dinheirinho para ajudar nos gastos, que eram muitos. A vida lá em Montevidéu era caríssima, sabe?

    Foi aí que aconteceu: tive um atraso grande, fui ao médico, fiz o tal teste da coelha e deu positivo. Você pode imaginar a minha surpresa, o meu susto: grávida depois de nove anos, e longe da família? Quando contei a Paulo, ele fechou a cara e não disse uma palavra. Pensei que era de emoção, tratei de entender, mas, à medida que o tempo ia passando, ele ficava mais esquisito: não falava no bebê, não conversava comigo, deixou de me procurar de noite. O mais engraçado é que eu, que nunca tinha me preocupado com essas coisas de cama, dei para sentir o tal desejo desconhecido. Ou vai ver que era abandono.

    Quando eu estava no quarto mês, Paulo já não aparecia mais nem para jantar. Um dia criei coragem e perguntei o que é que estava acontecendo. Ele me olhou meio desesperado, me abraçou forte, chorando e tremendo, e pediu perdão. Confessou que estava apaixonado por uma colega de escritório, divorciada, que tinha descoberto afinal o sexo (era capaz de amá-la três vezes em menos de duas horas) e que não podia, não podia mais viver sem ela. Mas prometeu ficar comigo até o neném nascer.

O resto você já sabe. Dois meses e meio depois tive uma hemorragia, quase morri. Foi preciso fazer uma cesariana às pressas, de madrugada, e a menininha, que já pesava meio quilo e ia se chamar Paula, morreu. Ele me acompanhou durante toda a semana em que estive no hospital; quando melhorei, me levou para a casa dos meus pais e voltou para Montevidéu. As duas famílias pensam que isso é temporário, que fiquei para me recuperar do golpe, mas ele me escreveu contando que está vivendo com a uruguaia.

Não, não sei o que vou fazer. Como você vê, ainda choro muito...

In *O valor da vida* (1982)

DE COMO (NÃO) REFORMAR A CASA

Mãe e filho resolveram permutar os quartos. Ou por outra, foi ela quem tomou e comunicou a iniciativa ao garoto:

– Quando nós viemos para este apartamento, você ainda era criança e precisava de espaço para brincar e da varandinha para tomar sol. Agora, você quase não parando em casa, é natural que eu, que durante esse tempo todo me apertei num quarto pequeno, passe para o teu, que é maior.

Ele relutou, já secretamente convencido da derrota:

– Mas para que é que você quer mais lugar, mãe, se você nunca está aqui, parece até que mora no trabalho?

– Precisamente para poder descansar melhor quando chego exausta, de noite.

– E as minhas coisas? E a batelada de livros que tenho e que não vão caber no teu quartinho de boneca?

– Dá-se um jeito. O importante é você entender que se trata de um caso de justiça.

A argumentação durou vários dias. O rapazinho, rebelde, mas de coração generoso, acabou concordando:

– Tá legal, mas só quero ver você, que é tão quadrada, pendurar tuas gravuras e enfeitinhos nas minhas paredes pretas.

– Naturalmente os dois quartos vão ser pintados: só faltava eu aguentar esta decoração incrível que você inventou. Quero o meu todo branco, como sempre. O teu, você resolve.

Como se tratava de coisa simples, foi contratado um pintor barateiro, que prometeu terminar a obra em dois ou três dias. Mas não era fácil transformar em alvura o negrume das paredes filiais e, no fim de uma semana e de várias capas de pintura, uma desarmônica tonalidade cinzenta continuava manchando o que se pretendia imaculado. Como o tempo estava úmido, o trabalho não secava e o cheiro de óleo, intolerável e pegajoso, produziu uma estranha reação alérgica nos dois habitantes, que, acampados – um no *living*, outro no escritório –, tiveram de recorrer aos serviços de urgência de um médico noturno.

Quinze dias depois, o mau humor imperando no ambiente, os quartos ficaram prontos, e a mãe pagou, aliviada, uma conta três vezes superior ao orçamento acertado. Aí notou que, embora apresentando defeitos – alguns bem visíveis – os aposentos recém-pintados contrastavam excessivamente com os outros, que, comparados com aqueles, davam impressão de desleixo e falta de limpeza. Não havia mais remédio senão mandar pintar o apartamento inteiro. Inútil procurar outro profissional mais hábil; apesar de lerdo e conhecendo pouco o ofício, aquele demonstrara ser pelo menos honesto e silencioso.

Mais um mês de confusão, móveis fora do lugar, sujeira, caliça, lonas e jornais por toda parte. Indignado, o filho exigiu estantes novas, pois (tinha razão) seus livros de arte não podiam ficar entulhados, juntos com os sapatos, nos armários. Os dois carpinteiros que apareceram coçaram a cabeça e se confessaram incapazes de fabricar um móvel que não ocupasse espaço e ao mesmo tempo abrigasse todos os tesouros do garoto. Este (já vimos que era de natureza delicada), condoído com o desespero materno, teve uma ideia gentil: sacrificaria a cama, ampla demais, e passaria a dormir em dois colchões empilhados sobre o chão. Era até melhor para a espinha e, dessa maneira, uma estante fininha entraria no quarto. Ele mesmo desenhou o móvel, com mil bossas, que foi encomendado a preço de ouro. A mãe perdia noites de sono, remoendo o desconforto que havia impingido ao pobre adolescente, o qual, aliás, já estava curtindo a nova arrumação, satisfeito de reinar num quarto pouco convencional, diferente do que os amigos tinham. Foi quando se verificou que a antiga colcha era grande para cobrir apenas os colchões. Urgia confeccionar-se outra mais despojada e, naturalmente, cortinas que combinassem com ela. A costureira, que vinha uma vez por semana para pregar botões, descer bainhas e remendar os *jeans* do rapaz, ofereceu-se para fazer o trabalho, que julgou singelo. Não era. Apesar da boa vontade e das horas extras em que se empenhou, o resultado foi desastroso: a colcha ainda passava, mas a cortina, de fazenda grossa, não franzia direito, e ficou torta de um lado. Já inteiramente resignada, a mãe apelou para um cortineiro de categoria que, ofendido, se negou a consertar o que não tinha conserto. Com outro tecido, outros galões e outro forro foram confeccionadas outras cortinas... e outra colcha. As velhas, as novas inservíveis e a cama, presenteadas ao porteiro, que as recebeu com desdém.

 A essa altura, os gastos haviam ultrapassado de tal maneira a previsão inicial, que a mãe teve de acudir a uns dólares que economizara, visando a uma possível viagem à Europa. Pensou com sabedoria: "Já suportei tanto aborrecimento, que o melhor agora é resistir um pouco mais. Desisto da viagem (afinal sempre achei enjoado esse negócio de fazer e desfazer malas) e aproveito as férias para reformar a casa de uma vez por todas. Assim nunca mais penso nisso".

 Aliviada com a decisão, resolveu trocar todas as outras cortinas, os estofos dos sofás e poltronas, as próprias cadeiras da sala de jantar, a mesa do escritório. Lembrou-se também dos banheiros, já meio antiquados (com tanta pia e torneiras bonitas sendo anunciadas por aí) e achou conveniente trocar os azulejos sem graça da cozinha por outros mais moderninhos. O apartamento foi de novo invadido pelos operários. O filho é que, cautelosamente, aderiu a uma excursão ao Peru, e se mandou com um amigo. A empregada também, só que para outro emprego menos caótico, onde a patroa não fosse tão imaginativa.

Sozinha no apartamento, feroz e humilhada a um tempo, a mãe se dispõe a resistir a tudo. Jurou concluir as obras, custe o que custar, antes do fim das férias e do regresso do filho.

In *Um buquê de alcachofras* (1980)

A NOVA CAMPANHA

Josefina não esperava ninguém àquela hora e se surpreendeu quando a campainha tocou.
– Deve ser o porteiro trazendo as cartas – concluiu. – Ainda bem que a greve postal terminou no Canadá – e foi abrir a porta assim mesmo como estava, de penhoar e rolinhos no cabelo.

Junto à escada, um cavalo baio ocupava todo o pequeno espaço do vestíbulo. Apertando o cinto do robe e irritada com essa mania que alguns visitantes têm de aparecer sem avisar, Josefina perguntou em tom quase ácido:
– Deseja alguma coisa?
– Perdoe a presença intempestiva, madame, mas como eu não sabia o número do seu telefone, tomei a liberdade... Incomodo?
– Bem, está tudo um pouco desarrumado: acordei tarde, a empregada ainda não chegou. Às quintas-feiras ela se atrasa sempre – retrucou Josefina, adoçada pela atitude cortês do cavalo.
– Compreendo bem as vicissitudes da vida doméstica, madame, e sou eu quem insiste em escusar-se.
– Não quer entrar? Esse lugarzinho é tão estreito...

O cavalo não se fez de rogado e, movendo os cascos com leveza, procurou o canto maior do *living*. Josefina pe-

diu licença e foi até o quarto, onde pôs depressa um lencinho de seda sobre os grampos e rolos.
— Não o convido para sentar-se, não lhe ofereço um cafezinho... o senhor me entende... — balbuciou com reticência, ajeitando-se no sofá. — Aceita um torrão de açúcar?
— Não, obrigado, estou perfeitamente bem assim. Madame é muito hospitaleira. De resto eu já tinha ouvido falar em sua gentileza, mas devo dizer que os elogios à sua pessoa ficam aquém da realidade. Não desejo tomar seu tempo, madame há de estar muito ocupada.
— Nem tanto, eu estava apenas regando minhas madressilvas e minhas abobrinhas e cuidando do sabiá-laranjeira. Só começo a trabalhar ao meio-dia e quarenta e dois. Em que posso ser-lhe útil?
— Serei breve — relinchou o baio, circunspecto, batendo devagar o casco dianteiro esquerdo sobre o tapete. — Todos sabem que madame se interessa muito pelas plantas e pelos animais...
— Bem, faço o que posso. Ultimamente ando interessadíssima no destino dos gaviões brasileiros. Estou só esperando que Manuela, nossa líder, volte do Oriente e da ONU, para organizarmos algumas passeatas pela América Latina. O senhor também se ocupa disso?
— Bem, ocupar-me propriamente, não, mas, como bom cavalo, preocupo-me por tudo que diz respeito à fauna e à flora. É natural, pois não?
— Natural e justo, seu...
— Jacinto. Desculpe eu não ter me apresentado ainda, Dona Josefina. Madame tem um nome tão bonito... Conheci há tempos uma égua puro-sangue, campeoníssima, que se chamava assim. Com todo respeito.
Subjugada pela finura do interlocutor, Josefina sorriu pela primeira vez, faceira:
— Os amigos me chamam de Jojô...

– Obrigado pela confiança. Mas voltemos ao assunto, Dona Jojô. Posso tratá-la assim, não? Vamos direto ao núcleo do tema. O motivo da minha visita não são precisamente as espécies em perigo de extinção, embora todos nós, cavalos, estejamos tão ameaçados quanto a senhora, digo, quanto os homens em geral.
– É verdade, Jacinto, e bem que você poderia ingressar no nosso movimento. Já imaginou uma colaboração equestre ao vivo? Que sucesso!
– Quem me dera, Dona Jojô, seria honra imerecida para um pobre perissodáctilo. Não sei, entretanto, se estarei em condições disso, pois venho precisamente pedir sua valiosa ajuda para um assunto quase particular.
– Se depender de mim, Jacinto, estou às ordens. Que é que você manda?
– Proponho-lhe uma campanha a favor da adoção dos hipomorfos: cavalos, mulas, jumentos, bestas. Excluo naturalmente os hipopótamos, porque a eles nos ligam apenas laços etimológicos, e os hipocampos, por serem animais de habitat diferente.

Os olhos e o silêncio de Josefina indicando que ela não compreendera, o cavalo relinchou com certa exaltação:
– A vida anda muito difícil, minha cara senhora, e os problemas psicológicos daí decorrentes têm afetado demais os indivíduos da minha raça. Andamos faltos de carinho, do calor e do aconchego de um lar verdadeiro. Estamos definhando, traumatizados, hipertensos. Precisamos de ternura, a senhora acha justo que só alguns pássaros, que só os cães e gatos mereçam viver numa casa, junto ao homem? Queremos ser adotados!
– Confesso que nunca tinha pensado nisso, Jacinto.
– Pois pense e aja, Dona Jojô. A senhora, com o carisma, com a visão das coisas que tem, poderia dirigir essa campanha: *Pai ou mãe humanos para os cavalos desamparados!*

— A ideia não me parece má, pelo contrário, embora seja pouco ecológica – assentiu Josefina, em vias de entusiasmar--se –, mas não vejo como implementá-la. A maioria das pessoas mora em apartamento... Um cavalo, você, por exemplo, caberia num?

— Pois não estamos tão bem aqui, os dois, nesta sala, aliás primorosamente decorada? Será uma questão de boa vontade mútua, de adaptação paulatina.

— E a comida, o banho... etc.?

— Ora, Dona Jojô, toda cidade tem rios, muitas são marítimas. É só a gente organizar com disciplina um galope matinal e outro vespertino à beira d'água. Quanto à alimentação, a senhora não mencionou uma horta? Pois bastaria plantar umas sementinhas de alfafa num canteiro da varanda. Isso dá trabalho, exige gastos?

— Claro que não, Jacinto, você é um barato e já pode se considerar oficialmente adotado por mim. Hoje mesmo vou convocar uma reunião de condomínio, para convencer os vizinhos a modificarem o regulamento do edifício. Coitadinhos dos cavalos sem teto, coiceando à intempérie, que tristeza... E agora, se eu mudar de roupa depressa, você me levaria para um trotezinho ligeiro pela Avenida Santa Fé?

In *O valor da vida* (1982)

A ILHA

*F*im de festa, fim de noite, todo mundo com alguns uísques a mais (ou a menos). Um ou outro casal ainda insistia em dançar e já havia quem dormisse pelos sofás e almofadas, quando, num grupinho melancólico reunido no escritório, alguém propôs:

– Vamos brincar de um jogo novo? Cada um conta uma história de amor. Mas tem que ser de verdade, vivida. Inventar não vale.

Uns toparam, a maioria protestou ou não entendeu. Afinal Sofia começou:

"As histórias de amor são muito complicadas, boas são as historinhas. Tenho uma linda: aconteceu comigo quando eu estava me separando do Lulu. Separação é sempre terrível, mas a primeira é a pior de todas, a gente fica destruída. Vocês conhecem o Lulu: com aquela mania de intelectualizar tudo, ele fingia que não estava ligando, nem sequer foi para a casa da mãe ou para algum hotel. Eu estava esperando o apartamento novo ficar pronto e não tinha para onde ir com a Glorinha. Ele é que devia ter tido a prudência ou a gentileza de sair, mas nada: continuava morando conosco, de qualquer jeito. Eu sabia que no fundo ele devia estar sofrendo feito eu. Só que, diante daquela muralha de indiferença, eu não queria dar o braço a torcer e bancava também a superior, ficava sorrindo, fazendo gracinhas na mesa, diante das visitas. Pois o Lulu fazia questão disso: recebemos até eu começar a preparar os caixotes da mudança. Ninguém entendia nada, e a Glorinha, coitadinha, que era um pingo de gente na época, ficava olhando para nós dois, sem saber que diabos de pais malucos eram aqueles. Que situação, putz! Um esforço desgraçado dentro de casa, a preocupação com a menina, que cismou de não ir mais ao colégio, as empregadas com ar de velório, a luta com os pintores e eletricistas, que não terminavam nunca o meu apartamento, e aquela aflição dentro de mim, me corroendo. Quanto sofrimento absurdo: teria sido tão mais simples a gente gritar, xingar, quebrar coisas na cara um do outro – ou pelo menos emburrar e não abrir a boca. Mas não: tudo tinha que ser feito na maior civilidade...

Afinal chegou o momento, tão temido e esperado, da mudança. O Lulu, sempre na dele, não tomou o menor conhecimento da confusão, eu separando as xícaras, os livros, os lençóis, essa transa horrorosa, e os homens embalando com aquela expressão desinteressada de coveiros enterrando defuntos dos outros. Tudo ficou pronto num sábado à noitinha; o caminhão vinha na segunda cedo, retirar a tralha e os móveis. Tomei um banho de espuma, um Valium e me meti na cama. No dia seguinte, o Lulu saiu com a Glorinha e eu me mandei para São Conrado, para a casa de Tatiana, minha prima. Passei a tarde inteira na piscina, numa angústia total, com um nó na garganta que quase não me deixava falar, mas querendo dar uma de mulher bacana, dona do seu nariz. A turma toda era amiga e procurava me dar força de maneira discreta, sem tocar no assunto. Tinha lá um rapaz do sul, que eu não conhecia e que nem conversou comigo, só "muito prazer, como vai" – um sujeito feio, com cara de índio, muito magro e caladão, que estava de passagem por aqui.

Quando saímos, soube que o rapaz ia jantar com um pessoal quase vizinho meu; ofereci para levá-lo, e senti alivio quando aceitou: assim pelo menos eu não ficava tão sozinha com o meu desamparo. Fomos batendo um papo qualquer até o edifício onde ele ia ficar. Aí eu falei depressa: "Amanhã de manhã vou me separar do meu marido, e estou morta de medo". Ele me olhou sossegado e respondeu: "Se quiseres eu te acompanho até a tua casa". Achei que ele ia se atrasar. "Não faz mal, é um minutinho só" – ele disse sem descer do carro. Concordei e não falei mais nada; guardei o Fusca na garagem, agradeci e me despedi. Entrei no elevador, mas não tive coragem de apertar o botão. Abri outra vez a porta e vi que ele estava parado, de costas, na saída do prédio. Ficamos assim alguns instantes: eu sem saber que fazer, ele imóvel. De repente, Tito (ele tinha um nome incrível, Tito Lívio Pereira – coisas do pai que era professor de latim, eu soube depois), de repente Tito deu meia-volta, me agarrou pela mão e disse: "Vamos tomar uma cerveja".

Aceitei na hora. Entramos no primeiro bar que encontramos, e aí comecei a chorar. A princípio eu ainda sentia remorsos de ele estar dando bolo nos amigos, mas depois nem me lembrei mais do tal jantar. Contei-lhe tudo, pus minha alma em cima daquela mesinha; ele só me ouvia e acariciava meu rosto. Quando me senti melhor, quis voltar para casa. Tito me deu o braço e resolveu: "Vamos primeiro dar uma volta pelo quarteirão. Um dia desses embarco para uma ilha e quero te contar como ela é". Demos mil voltas, e fui sabendo como era a ilha inventada, uma terra genial, sem problemas nem dificuldades, pois ele ia ser capitão-hereditário de lá e pretendia baixar uma lei proibindo a infelicidade e a insatisfação. Era tão engraçado, tão bom ouvir aquelas histórias doidas no meio da noite, que eu parei de chorar e tive vontade de rir.

Finalmente chegamos outra vez ao edifício, e a cena anterior se repetiu, igualzinha, na porta do elevador. Quando ele me puxou de novo pela mão, eu só estava pensando na ilha, imaginando, com os detalhes mais absurdos, a vida que nós dois íamos levar lá. Achamos outro bar, tomamos um uísque. Então ele parou de falar na ilha e me disse que estava casado com uma moça ótima, tinha três filhos, e viajava no dia seguinte para Bagé. Contou a vida inteirinha.

Descobrimos depois um restaurante que estava fechando, mas ele deu uma gorjeta ao *maître* e conseguimos que nos servissem uma sopa de cebolas divina, a melhor que já provei até hoje. Na saída – estava amanhecendo – Tito me abraçou, me beijou muito forte na boca, não sei se com paixão ou com ternura, e me perguntou: "Queres voltar para casa ou vir para o meu hotel?" Eu preferi ir para casa. Pela terceira e última vez nos despedimos em frente do elevador. Subi, entrei no chuveiro, tomei um café e fiquei na sala esperando o caminhão da mudança. Por sorte a Glorinha não estava, tinha passado a noite na casa da avó, e o Lulu dormia, ou fingia dormir. Às 7 os homens chegaram".

– E o Tito? – perguntamos os que ainda escutávamos no escritório.

– Nunca mais vi, nem tive notícias dele. Eu não disse que a minha era uma historinha de amor?

In *Um buquê de alcachofras* (1980)

FULGURAÇÃO

*A*cordou sem sono, olhou o relógio, achou um desperdício levantar-se cedo justamente quando podia ficar na cama até tarde, sem pressa nem remorso: domingo de agosto, 9 da manhã. Todos dormiam em sua casa e com certeza em quase todos os apartamentos do edifício. Só a velha senhora doente, do sexto andar, estaria dando voltas, como sempre, na cadeira de rodas, do quarto ao *living*, do *living* ao quarto, aflita, lamentando-se em voz grossa, reclamando da enfermeira. Também o casal idoso do oitavo (ele tão surdo, ela tão encolhidinha) devia estar sentado em frente à janela, tomando chimarrão em silêncio. Havia outros velhos no prédio, gente muito moça com filhos pequenos, mas até os garotos e bebês estavam inteiramente quietos. Não ouvia nada, nem o ruído dos aviões que perfuram as nuvens constantemente, de segunda a sábado. Por mais luminoso que seja (concluiu), um domingo de inverno em Buenos Aires nada tem a ver com o mesmo domingo no Rio, onde o sol, a temperatura suave, o hábito da praia tornam o povo madrugador. Aqui todos dormem.

Levantou-se, foi ao banheiro, procurou o jornal debaixo da porta da cozinha: não tinha chegado. Sentia-se bem-disposta, não se impacientou. Enfiou um suéter e uns *jeans* sobre o pijama, pegou a japona que está sempre pendurada no cabide de pé, na entrada. Beleza de cabide, com os braços de madeira torneada formando uma corola no alto: lembra um arabesco, um passo de balé subitamente imobilizado, a síntese de uma árvore entrevista em sonhos. Pensou: um cabide tão harmonioso, prestando serviços na casa há tantos anos – e esquecido. Fora necessário, não um domingo qualquer, mas este, especial, para ela tomar consciência de como gostava daquele cabide, do papel estético e funcional que desempenhava ali desde que o descobrira, sujo, meio desarmado, num antiquário. Cobiçara-o com tamanho afinco, que durante vários meses passara diante da loja, no mínimo uma vez por semana, para observá-lo de longe, imaginando-o, limpo e restaurado, em seu apartamento – e todas as vezes tremera, receando que outro comprador o tivesse levado. Prolongava assim a espera, adiava o momento da posse. Quando o trouxe, o encantamento foi menor que a expectativa. O cabide se integrou facilmente no *hall*, entre plantas e objetos de bronze tanto e com tal naturalidade, que era como se sempre tivesse sido colocado ali. Salvo algumas visitas, ninguém mais reparava nele. Mas nesse domingo, ao tomar o elevador e até chegar ao térreo, concentrou-se na imagem do cabide com um carinho agradecido, quase palpável.

Fazia frio e o sol brilhava com delicadeza. Abotoou a japona, levantou a gola para proteger o rosto, sobretudo o nariz gelado. Atravessou a rua fora do sinal (eram tão poucos os carros que passavam), foi até a banca da esquina, comprou três matutinos, sorriu para o jornaleiro. Reparou então em como aquela manhã era particular, diversa de todas as demais. As ruas, a cidade variam constantemente, exibem rostos diferentes, cedo, ao meio-dia, quando a noitinha chega, nos feriados, domingo à noite. Todos sabem (e não sabem) disso, e estão acostumados à agitação dos dias úteis, inclusive à sorte de fúria que se apodera de alguns bairros, das onze à uma, à medida que o sábado avança. E quem pode permanecer insensível ao claro ar da madrugada, quando só os operários e os homens insones passam, de mãos no bolso, quando a maioria dos ônibus e automóveis ainda não saiu das garagens e a atmosfera não foi conspurcada pela fumaça, pela respiração coletiva, pela ansiedade? Fixou-se no jeito exato e intransferível de um domingo de agosto, às 9h30min: não se parece com a cidade das 6, das 7, das 10 horas. Há nele uma espécie de jubilosa serenidade, qualquer coisa como a sonata nº 8 em lá menor de Mozart, talvez. Sentiu que o seu corpo se enrijecia sob o ventinho agudo, mas era um enrijecimento saudável, de quem está vivo e em ebulição. Olhou para um lado, para o outro, viu as lojas e edifícios vazios, despojados da moldura de gente e do barulho que lhes modificam as feições. Teve vontade de observar cada fachada, cada varanda, cada janela, mas desistiu. O frio, o sol: mistura perfeita. Atravessou a rua, e parou diante da porta do seu edifício: nunca reparara nela assim, sob aquele ângulo de luz que lhe alterava (ou restituía) o aspecto primeiro.

 Dentro de si, uma sensação agradável, espécie de prazer incipiente começou a crescer, foi ficando... espesso? isso: cada vez mais sólido, foi se espalhando, tomando a forma do seu corpo, enchendo-lhe o peito, chegando à ponta dos dedos, recheando as coxas, a barriga, incrustando-se nos tornozelos. Um prazer igual ao seu contorno físico, molde idêntico. Por fora e por dentro, toda ela era um binômio matinal, vibrando pela simples alegria de existir. Teve a convicção de estar vivendo um desses raros instantes de felicidade completa, privilégio de poucos em circunstâncias preciosas, na fusão amorosa, às vezes, em certos relâmpagos que escapam. Fulguração. Preferiu não prolongá-la. Suspirou profundamente, sabendo que a respiração subia do seu fígado, do cérebro, do pensamento mais recôndito, de sua alma. Olhou mais uma vez a rua: 9h35min de um domingo de agosto. Abriu a porta e entrou.

 No quarto, tirou a roupa e, de pijama, deitou-se para ler os jornais. Aí o domingo ficou igual a todos os domingos.

In *O valor da vida* (1982)

TARTARUGAS NO JARDIM

Você acaba de sair – há menos de cinco minutos – e de repente o quarto ficou tão enorme, que resolvi te escrever. Claro que você nunca receberá esta carta, e eu mesma ainda não decidi se vou rasgá-la. Pode ser até que a ponha numa gaveta, não da mesinha de cabeceira, mas do armário, entre as combinações e camisolas de renda que não uso e insisto em conservar. Daqui a meses, dois anos, num dia de faxina geral, eu talvez a encontre e releia, talvez fique comovida e pense longamente em você, talvez chore com certa afetação diante do espelho, recordando o maior amor da minha vida. Depois não sei se voltarei a escondê-la entre a roupa e os sachês, ou se a picarei duramente em pedacinhos regulares, antes de atirá-la na lixeira com um secreto prazer. Depende – ainda é cedo para qualquer previsão. O ideal seria descobri-la, sorrir e continuar arrumando as gavetas. Coisas que acontecem, feliz e infelizmente: só o tempo é capaz de resolver situações semelhantes. Em todo caso, agora te escrevo, sem nenhuma intenção definida.

Ou por outra: tenho uma intenção. Quero te dizer que você deixa sempre este vazio total, cada vez que abre a porta do apartamento e chama o elevador. Também é verdade que, junto com a ausência não preenchível, aparece em mim uma zona, não de alegria, mas de paz, de envolvente serenidade. À medida que o elevador desce, vou ficando menos desamparada, mais forte, dona de mim mesma, das minhas horas, do dia inteiro que é preciso percorrer sem você. Como é bom não estar ao seu lado – e que espinhoso! Estou certa de que, se lesse esta pseudocarta, você não entenderia nada e exclamaria mais uma vez, em tom irônico e inseguro: – Mas que mania de complicar tudo! – e estaria, como sempre, enganado. Sou absolutamente simples, Zeca, embora não consiga fazer com que você compreenda o óbvio: gosto e não gosto de você, profundamente. Evidência tão clara, tão igual à que a maioria das pessoas sente, e tão impossível de ser aceita. Amor e desamor são sinônimos perfeitos, mas quase ninguém admite isso conscientemente, e todos preferem continuar valorizando as próprias emoções, fingindo que existem laços perenes, que o eterno não é apenas uma ficção que inventamos para disfarçar a (intolerável? benevolente?) fugacidade das coisas. Como é que você, tão inconstante, não tem coragem de fugir ao convencionalismo sentimental e afirmar esta realidade consoladora? Todos nós – você e eu, diluídos na multidão – somos assim: precisamos e não precisamos um do outro, queremos e não queremos estar juntos. Uma sorte, Chico – você não vê? Já esgotamos o nosso tempo.

Mas estou me perdendo em considerações inúteis. O fato é que você saiu agorinha mesmo (tenho vontade de, como os franceses, dizer *partiu*) e já estou te escrevendo esta carta, digamos anônima. A falta que você me faz, neste momento, é maior do que toda a que me fez desde que te conheci. Por que é então que, ao chegar na esquina, você não se lembra de repente que deixou aqui a carteira, as chaves, a pasta – e volta, toma de novo o elevador, sobe e aparece no quarto subitamente, dizendo com mau humor: – Que cabeça a minha, esqueci meus documentos na cômoda. – Eu interromperia a não carta, pularia em teus braços como um cachorrinho surpreendido e te cobriria de beijos tão afobados, que você, ignorando minha comoção, reclamaria meio sem jeito: – Que é isso, você enlouqueceu? – Sem poder explicar, eu acabaria irritada e ficaria esperando que você saísse (*partisse*) imediatamente. A incomunicação, como é cruel, meu Juca... Se tudo isso acontecesse (e ainda bem que não acontecerá), eu talvez criasse coragem para te contar um episódio antigo que, por um obscuro pudor, nunca fui capaz de revelar. Assim: durante uma das nossas primeiras separações (são tantas, hoje, que desisti de enumerá-las), uma dia tomei um ônibus, sem rumo, e desci num bairro distante, cheio de casas grandes e senhoriais. Garoava. Caminhei vários quarteirões, sem saber por que ou para que, pensando em você com alívio e angústia. Afinal a manhã clareou e tive a impressão de que tudo se tornara viçoso e trepidante de vida. Foi aí que parei diante de um jardim: abrigado por uns arbustos gotejantes, um casal de tartarugas se amava – ele em pezinho, atrás dela, movendo o pescoço de maneira aflita, soltando uns grunhidos ásperos e ansiosos. A tartaruga permanecia passiva, muito quieta, expectante, com a cabecinha fixa. Eu já havia admirado duas hienas, no Jardim Zoológico, se preparando selvagemente para a união, mas nunca, nem de longe, imaginara o amor entre os quelônios. Conclui, seduzida, que os homens e as mulheres pouco são ao lado das tartarugas apaixonadas. Entrei num restaurante qualquer, almocei sozinha e sonhadora, fui a um cinema (o filme era tão insignificante, que já nem tenho ideia de que tratava). À tardinha passei de novo em frente ao mesmo jardim. Custei a descobrir uma das tartarugas (o macho? a fêmea?), atrás de uma árvore. A outra desaparecera. Compreendi, então, o que agora trato confusamente de explicar a mim e a você e que não sei exprimir em palavras mais exatas.

Adeus, João, grande e querido de norte a sul. Agora, às 8h37min, eu te amo com-ple-ta-men-te; daqui a pouco, não sei. Até hoje à noite, até nunca. Se você desaparecesse...

In *O valor da vida* (1982)

IDA E VOLTA

Às vezes o que se desfez reaparece, inutilmente. Deolinda não se lembrava mais de nada e palmilhava com soltura novos caminhos. Há muito, o que *fora* e estivera tão impregnado de sentido – envolvendo-a, dócil a qualquer sujeição – se desmembrara pouco a pouco, esfiapado, roto, coisa nenhuma. Sobrara o que mal resta de antigas horas intensas: ideia informe e indolor daquilo que já ferira tanto e um dia não machuca mais. Se quisesse, poderia reconstruir com indiferença aquela época, sem atribuir-lhe valor especial, mas não queria, porque era monótono compor situações que tinham deixado de interessá-la: debruçando-se sobre o passado, como sobre o patamar de uma escada, distinguiria cada degrau superado, sobrepondo-se ao anterior, num esforço miúdo e regular. A vida acabara por ordenar-se mais uma vez: as emoções, o delírio, o desgosto, tão fundos, incorporaram-se ao quotidiano, despojados daquele caráter imprescindível que os tornara únicos por um tempo. Hoje, somente uma experiência que se acrescentava às anteriores e precederia outras.

Fosse como fosse, tudo era agora mais noção tácita do que pensamento formulado, e ela vivia sem remorso outro destino, outros interesses. Sua liberdade não era produto consciente de uma decisão de preservar-se, de abafar as penas: desamor involuntário e que, por isso mesmo, a soltava melhor da submissão anterior. De tal maneira que em certos momentos se entristecia diante da rapidez com que fora capaz de ultrapassar a crise. Tão simples viver sem quem quer que seja... e mais impiedoso ainda verificar, na prática, o sentido mínimo que os amantes, quanto mais ardentes, têm um para o outro – facilmente extintos, facilmente substituídos.

Assim, pois, a todos os atalhos abandonados que constituem a vereda geral de cada um, Deolinda acrescentara também aquele, já em desuso, como os demais: lembrança qualquer, desatualizada na memória. Houve quem a afligisse depois; a várias mágoas pequeninas se havia momentaneamente exposto; e tantos momentos de prazer... Quem diria? Antes tudo isso parecia inacessível, de tal modo sofrimento e alívio estavam unidos a uma só atmosfera asperamente feliz. Gastara-se o passado. Inconstância, necessidade de ternura, esgotamento, solidão – e o resto – ajudaram a ação corrosiva/construtora do tempo.

E eis que de repente era como se essa espessa fita de esquecimento não tivesse se desenovelado entre os dias de antes e os de agora. Deolinda estava em casa à tarde, com a irmã e a prima, e chovia. Nenhuma das duas tocara no assunto; nenhum nome que lembrasse o acontecido foi pronunciado; nenhum disco na vitrola, ninguém cantarolou qualquer melodia que pudesse trazer à tona coisas idas. De resto, nada teria tal poder evocativo: de tão remoídas, as recordações exauriram-se e o que não se dissolvera – convencera-se Deolinda – estava definitivamente recluído no porão do inconsciente, cheio de poeira, sem serventia.

Talvez tenha sido apenas a fumaça do cigarro que a prima acendeu e que formou no ar um arabesco flutuante. Ou nem sequer. De um instante para o outro, sem entender por que, Deolinda recordou o homem a quem amara e desamara tanto e que por sua vez a adorara e repelira na mesma confusão. (Ele sabia fazer caracóis com a fumaça.) A paixão e o sofrimento que a invadiram foram tão bruscos que ela nem cogitou em defender-se. Reconheceu aquela angústia, lastimando-a de maneira tão familiar que sorriu de mansinho, como sorriem as pessoas que avistam subitamente numa esquina um velho desafeto. Tudo como antes, no mesmo ritual irrespirável: uma pressão do lado esquerdo e o coração batendo mais depressa, descompassadamente. (Temia sempre que os demais escutassem as pancadas denunciadoras, quase ruidosas.) A opressão transformava-se em garra, apertando-lhe o fundo da garganta e subindo até queimar-lhe as faces e fixar-se na testa; no interior da cabeça o sangue fluía sem ritmo. A náusea, a princípio ligeira, transformava-se em repugnância, impedindo-a, a partir daí, de ingerir qualquer alimento.

Desditada, perdida, procurou conter-se, sabendo de antemão que não conseguiria. Em poucos minutos, a certeza de não ter mais aquele homem dilacerou-a como no início da separação – talvez com maior força. Reviu o corpo grande, ossudo, irresistível: emersa da minuciosa trituração com que a enterrara no pensamento e na memória, a figura ressurgiu, enorme. Como num filme que estivesse passando em casa e cujo rolo pudesse manejar à vontade, para a frente, para trás, deter-se – viu, reviu o homem fumando, abrindo com delicadeza o maço de Pall Mall, acendendo o cigarro. A concentração da primeira tragada, a fumaça, a fumaça. Fixou-se nas mãos (o que ele tinha de mais belo), nos dedos largos, nas unhas que a arranharam tanto, na cabeleira que ela despenteara tanto, nos olhos comuns.

Pensou nele com um amor agudo que a fez estremecer. Desejou-o com tamanho ímpeto que seu próprio corpo doeu inteiro. Disfarçou, saiu da sala, foi para o quarto. Sabia que, felizmente, não o veria nunca mais – e isso lhe dava segurança, embora também pensasse que morreria asfixiada se não o tivesse ali a seu lado, imediatamente, para contemplá-lo e tocá-lo. Era como se tudo estivesse voltado para trás, e ela enxergasse as coisas pelo avesso, deformadas por cruéis lentes de aumento.

O amor e a frustração, unidos, pareciam cactos. Confundia-a, sobretudo, a naturalidade com que admitira o suposto esquecimento, e lançava-se contra o perdido, buscando cegamente resgatar o irrecuperável. Soluçou desconsolada, antes de dormir um sono sem sonhos.

O dia seguinte amanheceu leve, o sol clareando a terra enxuta. Deolinda acordou com fome e foi correndo preparar o café.

In *O valor da vida* (1982)

O SILÊNCIO

*D*eitou-se debaixo do sofá vienense de pernas esgalgas, e apoiou uma das orelhas sobre o tapete. Era julho, frio e luminoso, e o ar tinha essa nitidez que só certas manhãs especialíssimas comportam. Ouviu lucidamente os barulhos do lado de fora, abafados pelas vidraças e pelas cortinas de *voile* florido: vozes de crianças, uma ou outra voz adulta, vitrolas e rádios nos edifícios circundantes, um grito, buzinas dos carros e ônibus passando lá embaixo, a sirena de uma ambulância, um piano, alguém que cantava, um telefone, dois, tocando, os operários que martelavam no terraço vizinho, a serra de uma construção na esquina, cachorros – todos os barulhos, todos, os de sempre e os novos que, entre os demais, soavam conhecidos, barulhos sem identificação, que fazem parte do quotidiano de qualquer um, barulhos que a rodeavam naturalmente, sem deixá-la perceber que significavam vida em volta, em si mesma. De repente, de tanto esmiuçá-los, teve a certeza de que esses barulhos se esvaziavam de maneira tácita e conjunta, e em seu lugar irrompia uma espécie de silêncio crescente, espesso, particular. Ouviu-o atentamente, com a orelha cada vez mais colada no chão.

– Seria a voz do tapete? – pensou, e pôs-se a senti-lo com todas as suas forças.

E o silêncio foi aumentando, entrou em sua cabeça, inundou seu corpo, transformou-a num contorno sem peso nem ação, escravo unicamente daquele círculo plano de sons mudos.

– Não sei quem me disse que o homem enlouqueceria de desespero, se todos os ruídos desaparecessem e fossem substituídos por um silêncio absoluto – recordou ainda, e mais e mais se deixou arrastar pela inusitada circunstância não sonora, que lhe ia pondo a mente em claro, com o raciocínio cada vez mais esgarçado, cada vez menos denso. E o silêncio a ampliar-se, envolvendo-a. Sentia sono talvez, ou uma difusa noção de bem-estar, de coisa em sossego, do sossego que se desprendia do tapete e – de certa maneira impalpável mas ainda assim tangível, difícil de expressar- -se – instalava-se em cada móvel, em cada livro, em cada almofada, nos cantos, nas figurinhas de madeira, na poeira palpitante, cujo perfil, num ângulo da porta, à contraluz, ela podia acompanhar, do chão, onde se achava, grudada ao tapete. O silêncio cobria tudo, mas sem opressão, cobria de um jeito grosso, poder-se-ia dizer até que alegre, e ia subindo, ocupando o espaço livre entre os objetos, entre – as moléculas – deduziu quase em sonho.

Desvendaria afinal, pessoalmente, e não apenas através de livros, lições, filmes, o mistério das moléculas? Moléculas era tudo o que absorvia, naquele momento, o silêncio abrangente, silêncio que saía do tapete e em volutas suaves tomava conta das coisas, pouco a pouco e sem pausa, tomava conta dos móveis, da sala, dela mesma.

A casa e o silêncio, ela e o silêncio, o silêncio e tudo. Reparou que só não eram silenciosas as suas próprias palavras áfonas, sussurradas mentalmente. Ouvia-se a si mesma, ouvia a voz silenciosa com que cada pessoa conversa consigo mesma, a voz que ninguém, salvo ela (em silêncio), escutava – ouvia-a, sabendo que até essa voz tão íntima se esfumaria dentro do silêncio geral, enorme e doce. Fluidamente tentou concluir:

– Será isso a morte? Estarei morrendo de maneira belíssima? Então morrer é assim tão delicado? Morrer será esse silêncio, esse prazer diluído dentro e fora de mim, sobre o chão, no tapete, pousado sobre os enfeites – eu em silêncio? A morte. O silêncio, o silêncio.
Sua consciência gelatinosa ia e voltava. Às vezes parecia que estava nadando, conduzida pela maré, muito suavemente, em água morna, e quase atingia ilhas encantadas, para logo apartar-se delas: não havia ansiedade em pisá-las, nem tristeza em abandoná-las. Tudo era igualmente fofo, informe, agradável. O silêncio dissolvia as coisas, dissolvia a mulher. Isso: o silêncio dissolve os volumes, a silhueta, conteúdo e continente – é espuma, tepidez, sono sem sonhos, flutuar sem angústia, prazer sem trepidação. O pacífico silêncio.

Percebeu, sem entender, que a própria casa tinha perdido as paredes e – quarto imenso extravasado – boiava no ar fino (entre nuvens? junto ao sol? nos pontos cardiais?), sem rumo, leve, imponderável qual balão precioso. Percebeu também (pois a razão regressava) que o silêncio já não ecoava intato: asas de insetos velozes, abelhas, marimbondos, vespas, libélulas, joaninhas, insetos prateados, de rubi liquefeito, furta-cores, translúcidos, passavam tinindo, zinindo, zumbindo, esses insetos cortavam (invisivelmente) o bojo do silêncio, feriam-no como setas, estilhaçavam-no – e o silêncio explodiu, desfez-se em cacos sonoros, com todos os barulhos da vizinhança, os de sempre, os de agora há pouco, os de uma eternidade atrás, reaparecendo, mostrando-se, inflando. E o que era oco, o que era ermo, o que era bom volveu-se pando: o ex-silêncio.

Continuou com o ouvido junto ao tapete, mas o êxtase se esvaíra. Calara-se o silêncio (im)perfeito. De longe, vinham os acordes deliciosíssimos de Liszt, na *Valsa de Mefisto*.

In *O valor da vida* (1982)

PALAVRAS

A MAIS LINDA

*L*i há anos que, num roteiro lírico pela Europa, Augusto Frederico Schmidt foi a uma cidadezinha do interior da França só para visitar Valery Larbaud, poeta da sua estimação. Já velho e semiparalítico, este quase não podia falar, mas, fazendo um esforço profundo, conseguiu expressar ao colega brasileiro que havia em português (língua que conhecia bem) uma palavra que, entre todas, o seduzira: *rapariga*. Influenciada talvez pelas conotações pejorativas com que, à boca pequena, as famílias mineiras rodeavam o termo, a escolha me surpreendeu. Muitas vezes, desde então, disse e repeti para mim mesma, em diversos tons e ritmos: ra-pa-ri-ga. Não, não é nada feia, tem esse i que a estiliza, lembra vida, ira, trigo – mas certamente não me toca a sensibilidade. Lindas, lindíssimas são para mim as palavras que evocam versos de Verlaine, de Alphonsus. (O próprio nome Alphonsus com esse *ph*, a sibilante final, que lago de sonoridades veludosas, induzindo ao sonho, a líquidas imagens debussinianas...) Pensei em álgido, alga, calandra, líquen, glicínia, agapanto, antúrios – eles, enes que deslizam, fluem, acalentam. Outono, andorinha, relâmpago. A preferência independe do significado (*calandra* é peça de máquina e pode ser lisa ou – que beleza! – acetinadeira) e só por acaso a maioria é nome de flor. Nem sequer o som é fundamental em si, pois – com certeza devido à frequência com que a escuto em castelhano – *algo* me deixa indiferente.

Com vontade de saber a opinião dos demais a respeito, comecei a anotar, insistir, sondar o cerne do pensamento alheio, através das respostas. Seria, psicologicamente, a verdadeira análise léxica. Pedro, por exemplo, que tem alma de pintor, escolheu *nimbo*, que é *auréola* e *nuvem*: no som, ele busca luz e forma. Prestando-se às variadas interpretações junguianas, outros disseram: venusino, diáspora, cerúleo, ônix, faiança, glabro, albúmen, séssil, fímbria, crisântemo (prefiro *crisantemo*, paroxítona, como se pronunciava nos meus tempos de colégio). Substantivos quase todos, alguns adjetivos, em geral vocábulos requintados. Só uma argentina, aluna de português, me desorientou, ao indicar, sem hesitação, o advérbio *ainda*. Como desvendar o coração dessa moça? Acabei entendendo-a: haverá entre nós palavra mais simples, mais gasta pelo uso constante, mais humilde –
    e mais linda
    do que *ainda?*

MASCULINO/FEMININO

A linguagem é um reflexo da sociedade, e até aí nenhum problema. Então como é que as feministas brasileiras não atentaram no aspecto gramatical da situação e não saíram andando por ceca e meca e olivais de Santarém (para utilizar a deliciosa expressão que Josué Montello resgatou dos dizeres d'antanho), protestando? Teriam motivo. Vejamos, se não, os dois verbetes fundamentais para o caso: *Mulher* e *Homem*.

No primeiro, encontramos dezesseis formas compostas, variadíssimas, todas sinônimos de *meretriz*: mulher da comédia, da rótula, da rua, da ponta de rua, da vida, da zona, do fado, do fandango, do mundo, do pala aberto. *À toa* e *perdida*, a gente ainda entende, mas mulher-solteira, mulherinha (tão engraçadinha), mulher-dama (que deveria indicar o contrário), francamente! Será que essas expressões gentis têm necessariamente que equivaler a *pécora?* (Aliás, que esdrúxula perfeita! E *aliás*: outro advérbio esplendente. É um jogo de não acabar, infinito positivo.) Só fogem ao conceito negativo, e ainda assim... mulher fatal, que é "capaz de provocar tragédias", e a de piolho, teimosíssima. Para contrabalançar a deplorável opinião, apenas a mulher de César tem reputação impoluta.

Passemos a *Homem*: o da rua quer dizer do povo, é famoso; o de negócios é o grande executivo; o público pode ser (em geral não é, pelo contrário) um herói. E temos também o de ação, de bem, de Deus, de palavra, de prol – o nobilíssimo –, do mar, dos sete instrumentos. Só o homem marginal e talvez o de palha não são dignos de elogios. É o cúmulo.

Se eu fizesse parte de algum exército antimachista, comandado por um desses mulherões ou mulheraços conhecidos, intimava Mestre Aurélio a recompor o dicionário. Como, felizmente, nunca me arregimentei, passo a outros verbetes em que o masculino-feminino é exposto com picardia e graça: *João* e *Maria* – dois dos nossos nomes próprios mais bonitos. Entre evocativa e engraçada, deixo aqui uma lista para distrair e fazer galopar a imaginação deliriosa dos que gostam de lidar com palavras.

Antes, porém, atenção! Não confundam, por favor, maria-condé com alguma jovem ligada ao *Jornal de Letras*, maria-gomes com qualquer contraparente do Brigadeiro, nem maria-isabel (deliciosa mistura de arroz com carne-seca) com a minha loura sobrinha homônima. Isto posto, podemos brincar a bel-prazer com todas as outras marias, desde a cadeira, a cavaleira, as habituais chiquinha e fumaça, a maria-já-é-dia, a maria-com-a-vovó, a da-serra, de--barro, da-toca, até a mijona, a mole e sobretudo as marias mulata, judia e nagô (que nada têm a ver com problemas étnicos e são nomes de passarinhos).

Em matéria de Joões, dispomos do barbudo, do doido, do que é apenas tolo ou bobo, do joão-balão, do de-leite, deitado, do joão-de-cristo (que responde também por outro nome hilariante, irreproduzível), o joão-dias e o joão--fernandes, o paulino, o mede-águas, o teneném, o tiriri...
Guardo só para mim um joão particular, oculto, primeiro e único, que não figura no dicionário, dispensa adjetivos e se escreve com jota supermaiúsculo:
O João que espero,
meu vero amor
da primavera.

In *O valor da vida* (1982)

PANLÉXICO

*T*odas as formas de amar e dizer o amor se equivalem, das mais simples às mais sofisticadas: expressam sempre o mesmo sentimento e as mesmas sensações, que todos conhecemos e nenhum dicionário consegue definir.

PRIMEIRO OARISTO

– Para mim você é como um nardo.
– Da família das gramíneas?
– Que ideia: nardo, aroma...
– Pois você me lembra um cardo.
– Composto ou cactáceo?
– Cardo: áspero!
– Nardo-da-índia, nardina...
– Cardo-santo, cardite: você me inflama o coração!
– Narcose, sono do meu sonho, narcotina.
– Cárdice, tão cárdeo.
– Narcomedusa...
– Mio-Cárdio!
– Narciso de flores alvas...
– Pois eu te prefiro dardo, panaço, ferindo-me, panal que me leva ao mar...
– Panapaná, tantas borboletas...
– Você me terá: pandora ou mandolina?

– Nem uma nem outra: pantera, primavera.
– Ardo: não tarde!

SEGUNDO OARISTO

– Lúdico?
– Lúdrico, não ludibries.
– Pelo contrário, te lubrifico.
– Inútil: sou lúcida, quase Lúcifer.
– Isso é lúgubre, luctífero.
– Talvez luctíssono, admito, mas lucífero.
– Quero-te luciferário, lucilando.
– Ou quase lucífuga, luciluzindo?
– Com um lucímetro eu te reduziria.
– Se nem és lúdio, lunático.
– Serei lunícola, Lucina.
– Então lúrido, lívido?
– Me crês luético?
– Nem lúbrico: só lúdico.
– Desiste...
– Insisto.
– Ora lúpulos, digo, pílulas!...

TRÊS DECLARAÇÕES

De um homem à mulher que conheceu em maio

Flor-de-maio:
Hoje pensei este nome lindo e achei que era impossível não existir uma flor assim. Ser urbano, ignorando flora e fauna, fui ao dicionário, minha bíblia, e dei com o carinho que eu inventara: "Flor-de-maio" = nome dado a diversas plantas que florescem no mês de maio, especialmente às cactáceas do gênero Epiphyllum (assim mesmo, com ípsilon e dois eles), também conhecida por flor-de-seda.

Que emoção! A natureza e o idioma se haviam antecipado à minha fantasia mais terna, criando para você uma flor-de-maio de pura seda. Aí me perdi entre todas as outras flores que a rodeavam: flor-de-abril (tão perto de maio), flor-de-pérolas, flor-da-noiva, flor-da-noite, flor-da-paixão, flor-da-verdade, flor-d'água, flor-das-almas... Florista inábil, hesitei: todas me serviam, todas rimavam com você, floriforme. Percorri lentamente meu flóreo canteiro, mas voltei ao começo, para colher esta flor-de-maio, que ora te flori(o)ferto.

De uma mulher ao homem fiel

Meu bicho, meu amor-perfeito, meu amor-próprio, minha palmeira, minha árvore de Natal, meu todas-as-plantas, meu jardim, meu bosque, meu barco a vela, meu transatlântico iluminado, meu oceano pacífico, meu mediterrâneo, minha âncora, meu porto seguro, meu estaleiro, meu peixe-espada, minha prata, meu ouro de 200 quilates, meu sol do meio-dia, meu anoitecer, meu céu estrelado, minha lua crescente, meu cometa de Halley, minha madrugada, meu colar de esmeraldas, minha turquesa, meu tesouro das mil-e-uma-noites, meu presente e futuro, meu sonho solto, minha terra, meu arado, minha faca, meu fruto, meu sossego, meu segredo, minha cascata, minha exaltação, minha paz tão passageira, minha ausência: meu!

De um homem à mulher que partiu

Maria Clara Maria Branca
Maria Pia Maria Santa
Maria da Luz Maria do Céu
Maria da Graça Maria dos Milagres
Maria Vitória Maria da Glória
Maria das Mercês Maria dos Prazeres
Maria da Paz Maria da Conceição

Maria das Dores, Maria Dolores
Maria Bárbara
Maria Angústias
Maria Soledad
Maria da Saudade...

                In *Um buquê de alcachofras* (1980)

O OFÍCIO DE ESCREVER

*P*REZADA CRONISTA:
    Venho acompanhando com regularidade sua coluna dos sábados em *O Globo* e, como considero obrigação de todo leitor consciente manifestar livremente sua opinião e tratar de entender o que lê, decidi escrever-lhe hoje, na certeza de que a senhora não verá nesta carta nenhuma intenção de ser descortês ou de melindrá-la.
    Confesso que senti curiosidade pelo seu trabalho desde que a senhora começou a colaborar naquele prestigioso jornal. Somos mais ou menos da mesma geração, e há muitos anos tive oportunidade de ler uma pequena novela que a senhora publicou, sendo praticamente uma menina. Reconheço que o livrinho me tocou, pois não era habitual ver adolescentes buscando expressar os problemas e dúvidas que essa conturbada idade de transição acarreta e que são comuns a todos os novos, de ambos sexos e de todas as épocas. (Só mais tarde Françoise Sagan surpreendeu o mundo com suas confissões audaciosas que no meu, no nosso tempo ainda não eram permitidas). Por outro lado, que jovem não sonhou algum dia em escrever poemas, romances, aventuras? Eu também era um deles, e cheguei a invejá-la, não me pejo em confessar, no sentido mais despojado dessa palavra, entenda-se.
    Lembro-me que uma grande expectativa se teceu então em torno da senhora, já que os críticos – comovidos

seguramente pela sua mocidade – lhe auguraram um futuro promissor em nossas letras. Tais esperanças, porém, não se concretizaram e parecem mesmo não havê-la estimulado, porque seu nome se esfumou de repente do nosso panorama literário, para só reaparecer em fins do ano passado. Vê-la outra vez assinando crônicas em nossa imprensa me despertou, portanto, inusitado interesse: se não havia entendido a razão do seu silêncio, não entendi também o motivo do seu regresso. E aqui chegamos à razão desta carta. Minha pergunta é a seguinte: se a senhora se calou durante tanto tempo, se obviamente não tinha vocação literária – pois se tivesse teria se manifestado antes –, por que decidiu voltar agora a escrever? Não entro a discutir o mérito de suas colaborações, não se trata disso, mas gostaria de conhecer as motivações íntimas que a inclinaram a tomar tal decisão. Vaidade, tédio, madureza, necessidade de comunicação, nostalgia da pátria distante?

Peço-lhe antecipadamente desculpas se minha curiosidade lhe parecer algo atrevida ou indiscreta. Como já disse, move-me apenas o desejo de compreender os insondáveis abismos da alma humana. Muito grato desde já pela resposta que estas linhas porventura lhe puderem merecer, subscrevo-me, atenciosamente,

Jorge Estudart

Querida Amiga:
Permita-me chamá-la assim, embora não tenhamos tido ainda o ensejo de conhecer-nos pessoalmente. Em todo caso, da minha parte, é como se a conhecesse de longo tempo. Leio-a todas as semanas e apesar da diferença de idade (tenho 28 anos, sou solteira e adoro escrever, embora sinta muito pudor em mostrar o que faço), é como se fôssemos amigas desde sempre, desde que nasci. Para mim você não é mãe nem irmã, como se diz por aí quando se encontra

alguém por quem sentimos afinidade: é amiga somente, e sobretudo. Que bom sentir que você, quando não assume jeito de repórter, consegue expressar tudo o que penso e que gostaria de dizer.

Para que possa ver como somos parecidas, estou lhe enviando o original de um conto que escrevi há alguns meses, e que tem ar de coisa sua. Não é para publicar (já disse que sou tímida), é só para você ler. Não precisa nem mandar dizer se gostou ou não.

Obrigada, querida amiga. Até sempre. Da gêmea mais moça

PATRICIA MARIA CLARK

MEU ANJO:
Adoro tuas crônicas, você é uma graça escrevendo. Sinto o maior orgulho quando abro o Segundo Caderno do *Globo*, aos sábados, e vejo o teu nome ali, todo bonitinho. "Que barato – fico pensando –, essa aí foi minha colega do colégio." Só que às vezes você se trumbica um pouco. Francamente, flor, que negócio é esse de chamar de historinha de amor uma história que nada tem de amor? Para mim amor é Amor mesmo, assim com A maiúsculo, que não sou de brincar com as coisas sérias. Não me leve a mal, mas fiquei com vontade de te escrever hoje para te mandar uma verdadeira Historinha de Amor. Como não sei bater à máquina, vai assim mesmo, manuscrita. Se algum dia você estiver sem inspiração, pode aproveitá-la: é grátis.

Tudo bem contigo? Por aqui, nenhuma novidade – marido, filhos, festas, flertes, tudo sempre igual e muito chato. Um beijão, da

LUCY

P.S.: Você não vai ficar zangada só por eu não ter gostado de uma crônica tua, né? Outro beijinho.

MINHA CARA SENHORA:

    Sou seu leitor e admirador e aqui estou para parabenizá--la pelos seus escritos sabáticos, que às vezes me produzem fundo prazer estético e emocional. Contudo, e em nome da probidade intelectual, creio do meu dever confessar-lhe que há semanas em que suas páginas me causam também certo fastio. Quero destacar que a senhora costuma acertar quanto ao tema escolhido (sobretudo quando se trata de evocar o passado – coisa que, de resto, na nossa faixa etária, é bastante frequente) –, mas nem sempre o desenvolve de maneira adequada. Em outras oportunidades dá-se exatamente o contrário: a senhora discorre com fluência sobre temas totalmente anódinos ou que dizem respeito exclusivamente à sua pessoa – e não me parece que a imprensa seja lugar para essas privacidades (se é que me permite lançar mão dessa horrível palavra agora de moda). Prefiro não exemplificar, não só por não haver conservado recortes desses escritos, como para não criar situações embaraçosas para *O Globo*, jornal de que sou velho assinante, e para a senhora, a quem respeito como pessoa e como cronista. Há algumas semanas, cheguei mesmo a ficar preocupado ao ver que a senhora não comparecera na página habitual. Como trato de ser imparcial (não me perdoaria cometer qualquer injustiça, da qual poderia vir a arrepender-me), quero crer que sua colaboração terá apenas se extraviado, já que a senhora está morando no estrangeiro.

    Escrevo-lhe precisamente porque aprecio a sua, digamos assim, "vocação jornalística" e estou seguro de que, com o correr dos tempos, a senhora adquirirá maior confiança em si mesma e poderá imprimir sempre às suas crônicas harmonia estilística e temática.

    Receba, minha caríssima senhora, as felicitações sinceras e todo o respeito do seu menor admirador

JOÃO FRANCIOSA JÚNIOR

In *Um buquê de alcachofras* (1980)

ZOOCRÔNICAS

O VALOR DA VIDA

Às vezes acordo preocupada: antes de ler os jornais, já vou imaginando as notícias, sempre terríveis, cada vez mais, que me aguardam. E tenho vontade de regressar à campina dos sonhos absurdos, sem pé nem cabeça, engraçados ou ásperos, mas irreais, ou de jogar fora os matutinos, sem folheá-los, covardemente. Outras, a alegria de abrir os olhos e ver, como hoje, o sol ligeiro desse fim de agosto, brilhando sobre o pátio, o quarto, o azul do cobertor, sobre cada pequeno objeto que fui juntando pela vida afora e ajuda a moldar o meu quotidiano; o prazer de sentir na pele a doçura de um bom-dia luminoso – a harmonia de tudo isso me predispõe para enfrentar qualquer jornal, qualquer notícia, venha de onde vier, daqui, daí, dacolá, escura ou nigérrima.

E é como se essa boa vontade pessoal acabasse influindo de maneira positiva sobre os acontecimentos, pois descubro de repente coisas lindas, escondidas no meio da violência habitual da matéria gráfica. Leio, por exemplo, a história de quatro mexilhões, cuja salvação custou vinte mil dólares ao governo americano. Sim, senhores: cinco mil dólares cada um! Serão feitos de ouro puríssimo, de alguma substância marinha imarcescível, mais frágil que o nácar e o coral? Conterão pérolas ultrabarrocas, dignas de luziluzir no diadema das imperatrizes que-já-não-existem? Terão sabor tão sutil, que só poderiam figurar na mesa de um moderno Lúculo, disposto a satisfazer o agudo paladar de sua amada, para obter os favores que ela nega? Mexilhões de cinco mil dólares... Pois verifico, assombrada, que se trata simplesmente de quatro moluscos bivalves, chamados *Higgins Eye*, e que respondem também pelo nome de *Lampsilis Higgins*, últimos representantes de uma espécie em vésperas de extinção. Vivia a pequena e rara comunidade sob a ponte que liga, há 48 anos, a ilha Arsenal à cidade de Moline, em Illinois. Como a construção precisasse ser demolida, um grupo de técnicos, sabedores do valor dos bichinhos, passou três semanas procurando-os. Localizaram-nos afinal e os transportaram, com infinito cuidado, às cercanias de outra ponte, entre Moline e Bettendorf, em Iowa, levando, para fazer-lhes companhia, um cardume de mil mexilhões mais comuns: que os quatro preciosos não se sentissem tão sozinhos.

– Mesmo assim: vinte mil dólares, quatro mexilhõezinhos... Certo perdeste o juízo, ó ignara! – hão de invectivar-me os quatro leitores que porventura me restarem se é que mais de um me seguiu até aqui. – E as crianças que ficariam bem alimentadas e vestidas com esse dinheiro e se salvariam do abandono – tudo o que poderia ser feito em prol da infância triste ou da velhice miserável, em mil favelas e Biafras e até no próprio Illinois?

Dou-te razão, amigo/a. Apesar da ternura que sinto pelos animais em geral e, em particular, pelos companheiros que enfeitam o meu dia a dia, confesso que essa importância me deixou perplexa. Mas os ecologistas têm razões que a cronista desconhece, e o departamento americano, encarregado de cuidar das espécies em extinção, declarou ser a quantia pequena em relação aos benefícios obtidos. Os quatro moluscos são os únicos remanescentes vivos no mundo – e como calcular o valor de uma, de quatro vidas prestes a desaparecer? – conclui, emocionado, o biólogo Tom Freitag.

O primeiro mexilhão *Higgins* foi descoberto em 1977, e só no ano seguinte uma nova investigação localizou os outros três. Com os quatro, salvou-se também uma porção mínima e fundamental da natureza, do universo, da oculta sabedoria das coisas. O dinheiro foi bem empregado.

De qualquer maneira, os americanos não dormem em serviço e, assim como enfrentaram galhardamente a despesa, não vacilaram em impor uma pena de vinte anos de prisão e multa também de vinte mil dólares aos incautos que, por cobiça, curiosidade ou falta de sorte, pescarem um dos quatro animaizinhos milionários. Dinheiro que sai, dinheiro que entra – o importante são os mexilhões.

E para que não continuem a julgar-me delirante, influenciada pela languidez destas manhãs frias, que para os entendidos já prenunciam a primavera, passo a outra notícia, publicada no jornal de hoje, só que referente a um fato ocorrido há exatamente cem anos: dois ovos foram vendidos em Edimburg, em agosto de 1880, pela soma fantástica de cinco mil cento e setenta e cinco francos! Não tenho ideia de quanto isso representa atualmente, em dólares (e muito menos em pesos ou em cruzeiros), mas, a julgar pelo susto do jornalista do século XIX, calculo que deveria ultrapassar longe o que os mexilhões requereram. Os ovos não continham contrabando de drogas ou de brilhantes: eram apenas de um pinguim do Norte, membro solitário de uma família que se julgava desaparecida desde 1842.

Não, não é o solzinho matinal que me deixa de alma assim tão leve: é a comprovação de que nem tudo o que é bom está extinto na bizarra espécie humana, já que ainda há gente capaz de empregar tempo, fortuna e amor no trabalho de preservação de alguns bichinhos ignotos.

In *O valor da vida* (1982)

PINGUINS

*C*erca de 3.000.000 de pinguins de Magallanes estão atualmente ameaçados de morte no litoral de Chubut, na Patagônia. A companhia nipo-argentina *Hino de Penguins* (cujo nome significa enganadoramente *Sol Nascente*, em japonês) concebeu o fúnebre projeto de sacrificar 48.000 animais por ano, a fim de fabricar um concentrado de proteínas de grande valor alimentício, a ser exportado para o Japão: de cada 1,300 kg de carne sairiam 360 g do preparado. Omite, entretanto, esclarecer que o grande lucro da empresa consistirá na industrialização do couro e das plumas desses esfeniscídeos, acusados por ela de consumir cerca de 720.000 toneladas anuais de enchovinhas, depois que seus depredadores naturais (a baleia, a raposa-vermelha, o lobo e o leopardo marinho, em vias de extinção) deixaram de persegui-los. São aves glutonas? Terminemos com as malditas: os demais homens paparão os peixinhos e nós os dólares!

Felizmente, num país em que a consciência ecológica é altamente desenvolvida, clamores de indignação surgiram de toda parte, e uma campanha a favor dos pinguins está sendo dirigida pela Fundação Vida Silvestre Argentina, que já convocou seus sócios para reuniões de emergência e está angariando assinaturas em massa para protestar contra tal calamidade. Os jornais ocupam-se abundantemente do assunto e a opinião pública tem se manifestado através de movimentos coletivos e particulares: na Seção de Cartas de Leitores aparecem sempre, nos últimos dias, missivas exaltadas, em defesa das aves em perigo.

Felizmente também, os sete diretores da *Hinode* (entre os quais um japonês e uma família nativa, pai e três filhos, um deles biólogo e aparentemente mais dedicado ao ódio do que ao amor pelos animais) sabem que não poderão levar adiante essa matança, sem a modificação legal do decreto 1.216 – posto em vigor em 1974, durante o último governo de Perón – que proíbe a caça de animais da costa. Um mandado de segurança, visando proteger os palmípedes, já foi impetrado por um cidadão desconhecido, e aguarda-se com ansiedade a decisão judicial.

Enquanto ferve a polêmica, decidi conversar com um dos interessados: não se inclinando meu coração pela cobiça industrial, dirigi-me a Puerto Camarones, no extremo sul argentino, onde não me foi difícil divisar centenas de pinguins, com ar preocupado, reunidos em assembleia permanente. Esquivos e perplexos, olharam-me de longe e não se moveram; só um se aproximou devagar. As pernas curtas, implantadas bem atrás, dificultavam-lhe o caminhar: – Bem merece – pensei com simpatia – o nome de pato-marinho que o povo lhe dá. Procurei tranquilizá-lo:

– Bom-dia, amigo, aqui estou em missão de paz.

O pinguim encarou-me com severidade. Sua casaca escura, sulcada verticalmente de branco, seus dois colares pretos, ao redor do pescoço e do peito, davam-lhe um ar digno e elegante. Abriu, então, sem pressa o bico de base vermelha e perguntou:

– Pertencendo, como deduzo, à espécie *Hominis*, tens alguma noção do que é paz?

Admirei-lhe a arrogância, o acerto das palavras:

– Não muita, é verdade, mas acredito na vida e na família dos *Spheniscus magellanicus*. Não será isso suficiente?

– Sim e não. Acreditas em nós como fonte de proteínas que servirão para engordar japoneses, ou como seres livres, com direito ao ar fresco do mar, à areia, capazes de encantar as crianças e os turistas?

– Nada tenho contra os orientais, querido pinguim, e desejo, sim, ver todos os meus congêneres bem nutridos, mas acho que há de haver outras formas de alimentá-los. Amo os pinguins e quero-os soltos, alegres, belos.

– Não procures iludir-me: bem sei que asas atrofiadas e pés chatos escapam aos cânones da beleza que os homens cultivam. Mas isso não tem importância; se não nos queres ver transformados em comida, que me dizes dos outros planos?

– Quais?

– Não simules ingenuidade. Ignoras que teus congêneres tencionam fabricar cosméticos com o óleo de nossos músculos e agasalhos com nossas plumas quentes? E sobretudo...

– Sobretudo... Continua, amigo, que ideias ainda mais negras os de minha raça conceberam a teu respeito?

– Confrange-me a natureza ovípara tratar disso. Não sabes então que nosso couro será transformado em luvas de golfe? Admites que um esporte de minoria seja mais valioso do que o sacrifício de 48.000 pinguins, aliás de 400.000, como se comenta à boca pequena?

Para não piorar a opinião do meu interlocutor sobre o animal dito civilizado, silenciei o fato de que também a pele humana foi transformada, em épocas recentes, em objetos ainda mais fúteis do que luvas de golfe. O pinguim continuou:

– Julgas acaso que todos esses projetos poderão executar-se só porque morreremos generosamente, de maneira silenciosa e indolor, por meio de um bastão moderníssimo, em cuja ponta uma seringa nos injetará um suave líquido mortífero? Paz é isso, em tua linguagem?

– Aceito tua indignação, mas não nos julgues com tamanha dureza. Muita gente, em nosso país, já saiu em defesa dos pinguins.
– Empregas mal o possessivo. Nós, aves, desprezamos a propriedade: contudo, se esta terra pertence a alguém é precisamente aos pinguins, que a ocupamos há 16.000.000 de anos.
– Mais uma vez concordo contigo e gostaria de ajudar-te...
– Não podes. Desconheces tudo, a liberdade, a justiça, a coragem, o tempo, a gratuidade das coisas. Volta para o lugar de onde saíste, e deixa-me ser pinguim em paz, enquanto a avidez dos homens me permitir.

Virou a cabeça preta e, desengonçado, regressou ao lugar em que seus companheiros o esperavam. Sozinha, desolada, senti inveja da superioridade do pinguim e pena de minha ínfima condição humana.

In *O valor da vida* (1982)

A BALEIA E AS MACACAS

Nesta época em que as relações mãe-e-filho são exaustivamente estudadas pela psicologia e pelas modernas teorias analíticas, duas notícias, num vespertino portenho, tocam-me de maneira particular. A primeira fala de uma baleiazinha, de dois meses presumíveis, que chegou à praia de um clube náutico de San Isidro, no Grande Buenos Aires, e morreu logo depois, vítima das feridas que apresentava. A outra, de duas macacas do jardim zoológico de Rosário, que adotaram um gatinho e acabaram matando-o, de tanto acariciá-lo.

Fiquei cismando, inquieta. Que teria levado o bebê-baleia a abandonar a mãe, em pleno oceano, e fugir para o Rio da Prata, cujas águas doces não lhe eram propícias? Com certeza se perdeu na grande aventura e, já sem fôlego, foi arrastado até as pedras arenosas da costa, a duzentos quilômetros da desembocadura do estuário. Era uma baleia-azul, concluíram os pescadores quando a maré baixou, e mais não puderam entender nem declarar. O dicionário instrui-me que, entre os cetáceos, essa espécie é a maior de todas, alcançando um comprimento de trinta metros. Isso explica talvez o tamanho do bebê, redondo e grande, medindo quase três metros, azulino no dorso e com o ventre sulcado de listras longitudinais. Ao ser descoberto, agonizava, exausto, e nada pôde ser feito para salvá-lo.

Imagino a cena, procuro acompanhar o jovem raciocínio do filhote, num momento de descuido materno:

— Ela afinal se esqueceu de mim, que alívio! Pesa-me o excesso de cuidados, de leite, de proteção. Quero reinventar o mundo, o mar, tudo por mim mesmo. A imensidão aquática me pertence, e todas as vitórias me aguardam à distância. Nunca serei realmente um ser livre e azul, se não me largar por aí. É agora ou nunca.

E lá vai o bebê, deslizando, sem fazer barulho, sem agitar demais as águas a seu redor, abrindo devagarinho a boca ainda sem barbatanas, movendo as nadadeiras com suavidade. As profundezas se dividem, dóceis, para dar-lhe passagem, e a baleiazinha se afasta, deslumbrada, feliz, ignorante. Afasta-se sem rumo, mas sempre para adiante, os pequenos olhos atentos nas comissuras labiais, a narina palpitante no vértice da cabeça. Seu corpo parece feito de espuma, tão leve se sente ela em direção ao paraíso, esbarrando com alegria nas plantas e vultos marinhos, dona de si, do seu destino, do oceano inteiro. Atrás, ficara a mãe, aconchegante e terrível, a submissão, a vida sem perigo nem atrações. E a baleinha avança.

De repente percebe que está cansada (tem somente dois meses), com fome. Ainda não sabe encontrar alimentos sozinha e as tetas maternais começam a faltar-lhe. Cogita em voltar: não quer – ou já não pode. Seu coração de bebê se constrange, respira com menos ímpeto, as nadadeiras batem com dificuldade. Ser livre é assim tão ruim, tão duro, tão ermo? Abandona-se. A suestada, soprando forte, arrasta-a longamente. A pele lisa choca-se contra as pedras, o dorso azul se avermelha, asfixia-se naquela água sem sal:

— E meus tesouros? E minha mãe? – esguicha ainda, difusamente, ao desfalecer.

E penso, perplexa, nas macacas solteiras, inteiramente órfãs de filhos. Primeiro tentaram adotar um camundongo, que morreu logo, esmagado pelo carinho desajeitado das duas: foi então que apareceu o gato. As macacas se comoveram, brincaram um pouquinho com ele, foram indo, foram indo e deram para niná-lo, coçar-lhe a cabeça, estreitá-lo contra o peito sem leite. O gatinho gostou. Quem não gosta de ternura, de atenção, de um regaço morno, de dois regaços e quatro braços envolventes, dessa cachoeira de mimos? O gatinho virou herdeiro, patrão, imperador das macacas. O instinto materno represado se desatara nelas, e as duas, com gestos bruscos mas honestos, se disputavam o afeto felino, cada uma querendo ser mais sedutora que a outra.

Ouço o bichinho ronronar com beatitude:
– Eu era livre, mas andava tão triste, tão abandonado... e eis que o acaso me oferece esse duplo amor aliciante. Já não serei obrigado a prover a minha alimentação, nem preciso mais buscar abrigo ou doçura: tenho agora duas mães, circunstância que nenhum outro gato jamais mereceu. Nesta prisão sentimental me instalo, daqui ninguém me tira.

Enquanto isso, as macacas, exaltadíssimas, cobrem de beijos, de beliscõezinhos, de tapinhas o filho inesperado que veio povoar o deserto dos corações infecundos. E levantam o animal, empurram-no, enroscam-lhe o rabo, dobram-lhe as orelhas, enfiam-lhe um pedaço de banana pela goela, cheiram-no, mordem-lhe a barriga, alisam-lhe os bigodes. Brigam também, ao pretender acariciá-lo individualmente (mais de uma vez estiveram a ponto de parti-lo pela metade, puxando-o com violência pelas patas, em direções opostas). O gatinho já não pode dormir nem comer: oprimido pela devoção sem limites, vai perdendo o contentamento, o apetite, o interesse pela vida. E à medida que definha, cresce a loucura das macacas, numa vã tentativa de reanimar o objeto amado através da paixão.

Quando os cuidadores do jardim zoológico – que até então tinham assistido com indiferença àquele espetáculo maternal – tentaram retirar o bichinho da jaula, este, pelo-e-
-ossos, só conseguia miar:
– Então era isso o amor? – antes de perder os sentidos.

In *O valor da vida* (1982)

O PARDAL

*O*s ônibus portenhos são acanhados, estreitos e não primam pelo conforto, pois neles podem sentar-se vinte e cinco passageiros e ficar de pé pelo menos outro tanto. Entra-se pela frente, onde o chofer, afobado e de mau humor, cobra, faz o troco, entrega os talões e responde às consultas sobre o percurso e paradas – sem deixar de guiar e defender-se do trânsito indisciplinado, por meio de manobras e palavras agressivas. A saída é por trás, embora muitas pessoas, espremidas e impossibilitadas de abrir caminho dentro do veículo repleto, acabem descendo mesmo pela frente, o que aumenta a confusão geral.

Pois foi no meio de um tumulto assim que, no penúltimo dia de dezembro, tentando equilibrar-se nos fundos de um ônibus da linha 59, um velho viu no chão, junto à porta de saída, uma pequena forma parda, mexendo-se entre os pés dos passageiros. Reparando melhor, comprovou que se tratava de um bichinho e, com curiosidade e aflição, cutucou o rapaz que se achava ao seu lado. Este o encarou, prestes a irritar-se, mas perdeu o ar desafiante quando o outro, com um gesto de cabeça, mostrou-lhe o animalzinho; empurrou de leve os que o rodeavam, agachou-se rapidamente, apanhou a coisa viva e mostrou-a ao velho, na concha da mão: era um passarinho, aparentemente ferido.

Ambos o contemplaram em silêncio, perplexos diante daquela presença alada, que surgira ao entardecer num ônibus cheio de gente voltando, suada, para casa. O velho soltou o encosto do assento em que estivera apoiado e passou devagar os dedos pelas plumas escuras e foscas: é um pardal – concluiu, ainda sem entender como é que uma figurinha tão absurda podia ter aparecido ali, de repente. O rapaz mantinha a mesma expressão estática, como se não atinasse a tomar uma decisão. Ninguém, ao redor, percebera nada, tensos e exaustos como se achavam todos, querendo apenas chegar ao próprio destino e livrar-se da vizinhança incômoda. Só ele e o velho, no meio do montão, tinham conhecimento do que estava acontecendo: sentiram-se, portanto, cúmplices ou irmãos, ligados profundamente por aquela espécie de milagre sem alegria, que se dava em plena cidade, em lugar e momento tão inadequados para situações semelhantes. O pardal continuava movendo-se com dificuldade na mão do rapaz, enquanto o velho acariciava a medo, com a ponta do indicador, a cabecinha pegajosa e frágil.

 Os dois homens, cada um à sua maneira, estavam convencidos de que aquele passarinho era uma forma de esperança. Para o rapaz, talvez significasse a concretização de muitos sonhos: o ano que se anunciava seria menos duro que o que estava findando, ele entraria, afinal, para a Faculdade, conseguiria um emprego, e Marcela, a namorada ruiva, voltaria para os seus beijos. Só que o triste estado do pardal toldava-lhe esse arco-íris de ilusões: estava, sim, segurando um mínimo ser vivo, no ônibus abarrotado, mas era um pássaro incompleto, que perdera sua condição essencial, pois não podia voar.

 O velho também cismava, apalpando a ave com doçura: seu quotidiano banal, os momentos dolorosos que suportara, a falta de filhos e de dinheiro, a mulher reclamando sempre, o apartamento de fundos, comprado com tamanho sacrifício e no qual o sol não entrava nunca, o ócio de aposentado – tudo isso ia desfilando por sua memória de maneira acelerada e difusa. Ao mesmo tempo era como se o pardal, fremindo devagar sob a ponta dos seus dedos, o recompensasse de tanta mediocridade, da vida inteira sem brilho e sem paixão. Lembrou-se de como era fino o perfil de Adélia, quando ficaram noivos, e teve saudades do olhar sem rugas, da pele nacarada, do corpinho jeitoso daquela moça de quarenta anos passados. Descobriu que, no fundo de si mesmo, não deixara de amar a menina silenciosa que devia estar escondida em algum canto da mulher gorda e nervosa de hoje. Distinguiu emoções contraditórias em sua alma e não duvidou de que o responsável por toda essa terna nostalgia era o pardal doente, que não trinava nem voava.

Estavam nisso, o rapaz e o velho, unidos e separados pelo segredo que compartiam, quando o ônibus freou bruscamente e a porta automática se abriu. Alguns passageiros se empurravam, outros discutiram e a maioria permaneceu alheia à confusão.

— Já disse que a saída é pelos fundos! Está proibido saltar pela frente! — berrou o chofer.

O rapaz resolveu descer também, para deixar o bichinho debaixo de alguma árvore; não tinha dinheiro para levá-lo a um veterinário e, de resto, dada a lastimosa condição do pássaro, tal providência teria sido inútil. Nesse momento exato o pardal levantou voo e, ziguezagueante como um raio, saiu em direção à porta de entrada. Pelo caminho foi esbarrando no ombro dos passageiros, de maneira tão veloz que, apesar de todos terem girado a cabeça ao sentir o toque ligeiro, ninguém conseguiu vê-lo.

Só o velho e o rapaz acompanharam a cena até o instante em que o passarinho, desobedecendo às ordens do chofer, saiu pela frente do ônibus. Cruzaram então um olhar especial e, sempre calados, se puseram a observar como os passageiros e o motorista começaram, sem mais nem menos, a sorrir uns para os outros.

In *O valor da vida* (1982)

GATA

Já contei aqui a maternidade frustrada de minha siamesa. Ela teve um ou dois filhotes (não foi possível apurar) que nasceram defeituosos ou mortos (idem) e comeu-os com a maior naturalidade. Após esse ato de eutanásia, praticado em silêncio, sem as dúvidas e o remorso humanos, e havendo cumprido serenamente o que o instinto lhe indicara, passou o dia inteiro ronronando.

Volto hoje ao tema, desculpem, não por frivolidade nem desinteresse pelos acontecimentos que palpitam ao nosso redor: é que, sendo os animais tão sábios, tenho sempre a esperança de conseguir, talvez, falando e escrevendo sobre eles, aceitar melhor as contingências da vida. Volto à mesma gata – a que, para variar, chamarei de Sissi – e à sua segunda ninhada.

Decorridos dez meses daquele mau sucesso, ela foi de novo conduzida à casa do belíssimo Blue Point, pai dos gatinhos invisíveis, lá permanecendo quatro dias. Tempo demais: o que de início a natureza lhe negara, concedeu-lhe afinal em forma excessiva. A siamesa foi tão bem amada que deu à luz sete gatinhos e ficou exausta, a ponto de perder um incisivo durante o período da amamentação. (Ela tem apenas três anos e está no esplendor da mocidade. Aumentamos-lhe as gotinhas de cálcio.)

Mas não quero apressar-me: estou praticando com a minha gata a arte da paciência. Preocupada com a experiência anterior, sentei-me, pois, a seu lado, nem bem soube que ela se acomodara desde cedo na cestinha, como a preparar-se para o seu destino biológico, sem demonstrar o menor sinal de inquietação ou alegria. Aguardava apenas – e a faixa de pelos escuros entre os olhos tão azuis acentuava o jeito grave que os felinos habitualmente têm. Não creio que se sentisse mal; aflita estava eu.

Foi quando elevador parou em nosso andar: uma das moças da casa entrava e, pela primeira vez em toda a manhã, Sissi saiu de sua imobilidade e arrastou-se pesadamente até a porta. Tenho para mim que os bichos convivem uns com os outros de forma natural, sem implicações sentimentais. O amor, reservam-no para os homens, de quem o (des)aprendem. Suplício e privilégio, portanto, dos animais ditos domésticos, o amor os perturba tanto quanto a nós e os leva a cometer imprudências que em estado selvagem evitariam. Não vejo outra explicação para o fato de, abandonando sua ancestral temperança, e sob o risco de prejudicar o nascimento, Sissi ter-se levantado para saudar a amiga. É provável também que tratasse de avisar-lhe que o momento era chegado e quisesse agradecer-lhe a presença pontual, convidando-a para assistir ao evento.

Não teve tempo de voltar à cestinha: a poucos passos desta, o primeiro filhote foi expulso. Carregamos os dois para o ninho, emocionadas. Ela observou sem surpresa o pequeno vulto informe, coberto por uma espécie de película brilhante e pôs-se imediatamente a lambê-lo, para livrá-lo do envoltório úmido. Com dentadas certeiras e ininterruptas cortou-lhe o umbigo; depois engoliu a placenta. Deteve-se alguns minutos,concentrou-se, contraiu o corpo, fez força e outro gatinho surgiu. Sissi recomeçou a operação, mas foi obrigada a suspendê-la quando: nova contração, e o terceiro siamês já aparecia. Ficou encolhido num canto da cesta, enquanto a mãe terminava de cuidar do irmão mais velho. Tudo era feito sem pressa, sem sofrimento, com precisa eficiência. Não sei se havia ternura nas lambidas; eram, isso sim, vigorosas e suaves a um tempo, já que impulsavam os filhotes, aturdidos e ainda cegos, a buscarem, cambaleando, o calor da pelagem materna.

O quarto veio menor do que os outros, mais feinho e esquisito. Sissi cheirou-o e praticamente o ignorou. De maneira equitativa, lambia os três anteriores, enquanto o recém--nascido permanecia abandonado, quase sem se mexer. Só depois que o quinto e o sexto – também miúdos, embora não tão mofinos – chegaram, ela passou a se ocupar dele sem entusiasmo, assim mesmo por insistência nossa, que decidimos interferir e colocar o solitário diante do seu focinho.

Então Sissi nos encarou e em seu olhar azulíssimo, que captara a nossa emoção, decifrei uma expressão quase humana de orgulho, esgotamento e alegria. Repetimos-lhe baixinho as palavras mais doces que inventamos na hora, acariciamos-lhe a cabeça e o pescoço. Sissi roncava e pensei que fosse descansar.

Não. Os gatinhos se esquentavam, grudados uns aos outros. A mãe procedeu, então, à limpeza do ninho: catou e engoliu minuciosamente os vestígios inúteis do nascimento. Saiu depois da cesta e, caminhando com dificuldade – a barriga pensa e o rabo ensanguentado – dirigiu-se à caixa que lhe serve de banheiro, na área de serviço. Ajeitou-se sobre a serragem, tranquila. Alarmei-me: falhara-lhe o instinto, esquecera-se dos filhotes, ou estes tinham sido tão numerosos que ela preferira abandoná-los por um tempo? Foi quando percebi que seu corpo se agitava em contrações a princípio ligeiras e pouco a pouco fortíssimas. Finalmente sossegou, levantou-se e, ao sair da caixa, lá deixou um sétimo gatinho, que nascera morto e não merecia, portanto, estar perto do resto da ninhada.

Sissi voltou para a cesta, onde deu um jeito de deitar--se de lado, e acomodar cinco bichinhos nas tetas estufadas. O miúdo estava perto, mas não mamava; no dia seguinte, apesar dos nossos cuidados, amanheceu morto. Sissi não se imutou. Quando retiramos o corpinho, ela, em sua guirlanda de filhos, começou a ronronar.

In *Um buquê de alcachofras* (1980)

PLANTAS E BICHOS

Josefina está eufórica: por decisão judicial, as belas árvores, que rodeiam na Praça Grand Bourg o Instituto Sanmartiniano, permanecerão de pé. Em março, a Prefeitura decidira deitar abaixo os plátanos que enobrecem o lugar e enfeitam os olhos e o coração dos moradores de Palermo Chico, alegando que suas raízes estavam prejudicando a segurança da construção e do terreno. Nem bem as primeiras árvores começaram a ser podadas, levantou-se um agudo protesto popular, que os jornais apoiaram. Sobre o mandado de segurança, apresentado então, pronunciou-se agora o juiz competente, afirmando que a derrubada dos onze espécimes infringia os princípios consagrados pelos artigos 28 e 33 da Constituição, que tratam do reconhecimento de direitos e garantias. As árvores tiveram sorte; assim fôssemos tratados todos os seres vivos, e o mundo estaria muito menos atormentado.

O apartamento de minha amiga fica longe desse bairro, e ela, confinada entre as ruas em que mora e em que trabalha, pouco passa por lá. Mas Josefina ama as plantas em geral, e já se aflige com antecipação diante do enorme local de estacionamento subterrâneo que está sendo construído sob a Praça Vicente López – esta, sim, vizinha do seu edifício. Que fim levarão as magnólias, as palmeiras, o cinamomo, os eucaliptos, as tipas de flores aladas, os jacarandás e sobretudo a gameleira – a gameleira! – centenária, impenetrável, que ela divisa da sua varanda? Os operários da obra (que a cada momento confundem os fios elétricos e produzem cortes de luz que deixam o quarteirão imerso em trevas) garantem que todas as plantas permanecerão intactas, com as raízes protegidas por recipientes especiais, ocultos no teto da garagem. Josefina treme ao pensar que poderá perder a companhia silenciosa e compreensiva dessas amigas de tantos anos. Agora, porém, depois da feliz solução dada ao caso dos plátanos, sua alma voltou a florescer:

– A turma aqui anda com uma tal consciência ecológica que até os bichos mais esquisitos estão sendo bem tratados.

E conta que foi oficialmente criado um *santuário* (assim batizado, não pelo fervor josefiniano, mas pela Fundação Vida Silvestre Argentina) para a preservação do *macá tobiano*. Nem ela nem eu sabemos que animal é esse, cujo nome científico, *Podiceps gallardoi*, sugere peixes estranhos, medievais. Disseram-lhe que se trata de uma curiosa espécie de ave, descoberta há seis anos e encontrada exclusivamente num lago e numa lagoa de Santa Fé. Como sobram hoje em dia apenas 150 exemplares do tal *macá*, o santuário os protegerá da ação depredadora dos turistas e habitantes da região. Mas ainda será preciso – insiste Josefina – cuidar dos jacarés, dos condores dos Andes, das chinchilas, que as dondocas adoram exibir nas festas do *Tout Paris*. E comenta o drama do *tatu carreta*, verdadeira relíquia da fauna platina, que há pouco tempo fugiu do Jardim Zoológico do Chaco e foi encontrado cruelmente ferido com pedradas e pontapés. Morreu.

– Fico só imaginando o coitado do tatuzinho, sentindo de repente um impulso de liberdade e saindo pelo mundo afora, com a cabecinha vazia de pensamentos mas cheia de curiosidade aventureira. Como deve ter caminhado, feito buracos, se escondido, vibrando de excitação e medo... E na hora em que está a ponto de entender a vida livre, lá vem o bando de malvados para assassiná-lo. Não seria melhor trancar essa gente num *demoniário*, para exterminar de uma vez a espécie (des)humana?

Aí Josefina foi ampliando seu entusiasmo ecológico e passou a dissertar sobre os poucos tigres (1.300) e baleias (900) que restam no mundo; será possível que daqui a pouco até esses animais esplêndidos desapareçam e apenas o homem continue aqui, solitário, desamparado, feroz?

Procurei acalmá-la: há sintomas de que o sentimento de proteção da natureza começa a solidificar-se em muitos países. Hoje foram os plátanos, o *macá tobiano*; amanhã...

– Aí é que eu me grilo mesmo! – desabafa Josefina. – Imagine que um amigo me trouxe de presente duas tartaruguinhas que são uma glória: desse tamanhinho, com arabescos perfeitos desenhados no casco e na barriga, verdes, castanhos, amarelados. Passam o tempo todo na travessa com água, que pus aqui no escritório, hibernando, quase sem comer, com as patinhas geladas. Ainda não descobrimos o sexo delas, mas acho que um dia desses eu vou acordar com a casa povoada de miniaturinhas coloridas.

Festejei a novidade, embora sem entender a preocupação de Josefina.

– É que me garantiram que essas tartarugas vivem no mínimo 150 anos. Não tenho ninguém para cuidar delas em 2140. Será que os tetranetos dos bisnetos dos netos dos meus filhos vão curtir tanto os bichos como eu?

In *O valor da vida* (1982)

ELES VÃO E VOLTAM

*A*ndo um pouco órfã de bichos. Durante vários anos, como já contei e glosei, tive a honra de servir a uma gatinha muito sestrosa, que se dignou a compartir comigo seus dias e noites. Foi um período delicado, em que muito aprendi sobre os felinos e sobre mim mesma. Grande mestra, a Mirandolina. O rodar da vida, entretanto, nos separou. Precisei fazer uma viagem definitiva, convidei-a. Ela fixou em mim as pupilas azulíssimas e decidiu sem pressa, em sua linguagem silenciosa:

– És livre, parte sozinha. Deixa-me também cultuar minha independência. Não me seduzem trajetos e mudanças. Consegue-me, pois, outro súdito, capaz de me adorar com a mesma intensidade com que o fizeste e assume teu próprio destino. Já te ensinei o necessário: esquece-me, que eu te esquecerei.

Com a alma em pranto, levei-a para uma casa amiga, recomendando a seus habitantes que provessem a bela de tudo de que ela necessitava: leite, carne, uma asinha de frango ou meio filé de peixe aos domingos, muito amor respeito absoluto. Soube queMirandolina pareceu sentir a minha falta, de início; porém, com a dignidade e discrição de sua raça, não se queixou, limitando-se a quase jejuar na primeira semana. Notícias recentes falam-me de uma gatinha já inteiramente adaptada a outra rotina: séria, graciosa e altiva. Isso me reconforta e ensombrece: invejo e admiro sua desmemória, mas em minha frouxa condição humana, gostaria que sobrasse em seu pequeno coração um lugar em que eu ainda coubesse, levemente.

Tudo isso me volta agora ao pensamento, ao saber da tristeza de uma senhora, que acaba de perder seu gato. O fato se deu assim: num dos últimos fins de semana, a dama em questão resolveu dar um passeio de carro, na serra, com o marido, a neta e Nepomuceno, o gatinho cor de ouro que recolhera na rua, no ano passado. Desnecessário acrescentar que a senhora (chamemo-la Lílian, nome que combina com sua natureza de flor, seu jeito lirial) é apaixonada pelos animais. No sítio que possui em Itaipava, hospeda dois cachorros, um papagaio; diversas galinhas, que naturalmente nunca são comidas, pássaros de todas as espécies, soltos entre as árvores, e até um veadinho galopante, cuja confiança conseguiu captar. Não abrigava gatos, para evitar conflitos com os cães.

Foi quando, atravessando uma praça do Leblon, escutou, certo anoitecer, um ruído tão tênue que cuidou tratar-se de ilusão auditiva. O barulhinho se repetindo e, apesar do medo que sentia dos assaltantes vespertinos, Dona Lílian se deteve. Olhou para os lados, para baixo, agachou-se: debaixo do banco deparou com um gatinho amarelado e feio, recém-nascido. Era tão inexperiente que mal se sustinha sobre as patas magricelas, e nem tentou fugir. Ela deslizou com ligeireza o polegar sobre o seu dorso suave e sujo, e o bichinho se encolheu, como agradecido. Dona Lílian não resistiu: compondo um ninho com as mãos em concha, recolheu o abandonado, com um misto de aflição e ternura. O gatinho miou de maneira diferente, mais doce, menos humilde, e a senhora teve a impressão de que naquele momento se estabelecera entre ela e o animal um pacto de amor recíproco e definitivo. Ciente de sua responsabilidade, cobriu o corpinho suave com um lenço, apurou o passo,

chamou um táxi e, com infinita cautela, transportou o novo amigo para o seu apartamento.
O marido se assustou: mais um bicho? e recolhido na rua? e se estivesse doente, com alguma praga desconhecida? como é que ela se animava a expor a saúde dos netos que quase todo os dias iam visitá-los? onde é que o animal faria suas necessidades? e que destino dar a ele aos sábados, na folga da empregada, quando a família subia para Itaipava? Dona Lílian não respondeu: seu jeito era tão firme que o marido compreendeu que seriam inúteis quaisquer objeções. Com ar incrédulo, passou a observar de longe as providências que a mulher tomou, de imediato: forrou a cestinha de costura com um retalho de flanela, colocando-a junto à cama, sobre uma folha de jornal; procurou e encontrou, entre os brinquedos que as crianças esqueciam na sala de televisão, uma mamadeirinha de boneca, encheu-a de leite morno e, instalada na poltrona, com o gatinho no colo, pôs-se pacientemente a alimentá-lo. O filhote era esperto, apesar do jeito doentio, e percebeu logo como era gostoso sugar o bico de borracha. Dona Lílian dormiu mal aquela noite, preocupada com o seu protegido, porém na manhã seguinte recomeçou. O bichinho fez alguns xixis pelos tapetes do *living*, mas aprendeu depressa a utilizar o caixote com areia, posto à sua disposição na área de serviço. O marido acabou entregando os pontos e até descobriu que o animal tinha cara de Nepomuceno; Dona Lílian achou graça no nome. Daí por diante, o gato foi crescendo, ficou louro, peludo, encantador, companheiro dos fins de semana no sítio, filho, neto, bisneto, tudo de Dona Lílian.
  Nisso aconteceu o tal passeio. O carro derrapou de repente na estrada resvaladiça, ia se despencando pela barranca, o casal viu a morte de perto, a netinha gritou, Dona Lílian esteve a ponto de desmaiar de horror. Felizmente ninguém se feriu e só uma das portas traseiras do automóvel, que se abrira com o choque, ficou amassada. Subitamente a

senhora descobriu que Nepomuceno sumira: o susto, com certeza, o fizera pular longe, em disparada. Durante mais de meia hora, os três percorreram o caminho, em todas as direções, à procura do fujão. Dona Lílian voltou ao lugar no dia seguinte, sozinha, e lá ficou longamente, repetindo o nome de Nepomuceno, em vários tons, sedutores, implorativos – em vão.

Um mês depois Dona Lílian tinha feito o possível para recuperar Nepomuceno: pusera cartazes com retratos do desaparecido nas padarias, quitandas e açougues da redondeza; fizera pedidos pelo rádio, pelos jornais e pela televisão, prometendo recompensas tentadoras; percorrera em todos os sentidos, inúmeras vezes, a mata onde o bicho se embrenhara. Tudo inútil – e ela inconformada, queixosa, pertinaz. Chegava a sonhar que Nepomuceno a chamava; acordava suada, confusa.

Surpreenderam-na telefonemas de toda sorte. Havia quem se interessasse deveras pelo destino do gato, quem chamasse para confirmar a cor, o tamanho, o jeito dele, prometendo ajudar na busca. Outros se confundiam, sem malícia: tinham visto um animal com características semelhantes e queriam indicar o lugar. A maioria, porém, estava apenas de olho na recompensa. Alguns – e não foram poucos – ameaçavam: Venha ver o seu bicho enforcado no meu quintal. Estamos acabando de comê-lo cozido, com macarrão. Descobri Nepomuceno num terreiro de macumba, cravado numa cruz, com as pupilas perfuradas, encarnando o demônio. Como é que, com tanto menino passando fome, tem gente se lamentando por um gato?

Tamanha perversidade quase enlouqueceu a senhora: então era assim criminoso gostar de bichos? Acabou desistindo da procura pública, mas em seu íntimo continuava atenta, confiante, sofrendo. Foi quando sua cozinheira resolveu fazer uma novena a São Lázaro, patrono dos animais, cuja festa se comemora a 15 de abril. Pois não é que precisamente nesse dia, uma dona de casa de Correias, ao chegar ao jardim, de manhã, deu com um gato grande e magro, todo amarelo, miando com insistência? Ao perceber o desamparo do animal, foi se aproximando devagar e, para surpresa sua, ele não se assustou, deixando-se, pelo contrário, afagar no dorso. Não teve dúvida: levantou-o com cautela e levou-o para dentro: sem reagir, o bicho abandonou-se em seus braços, como reconfortado. Viu também que se tratava de um gato de estimação, acostumado ao carinho, e continuou alisando-lhe a cabeça. Deu-lhe de comer e de beber e o coitado, sem disfarçar a avidez, papou tudo velozmente e embarafustou-se pelo corredor adentro, instalando-se na cama do quarto principal, com a sem-cerimônia e garbo de quem se sabe merecedor de quaisquer mordomias.

À tarde, a moça da casa, ao ouvir da mãe a história, identificou logo o visitante: só podia ser Nepomuceno, cujo retrato vira no mercado tantas vezes. Telefonaram depressa para Dona Lílian, que a princípio não se espantou: tinha tanta certeza de que seu amigo voltaria... Só depois chorou em silêncio, de pura emoção contida.

Contaram-me que, ao entrar em sua casa verdadeira, Nepomuceno nem parecia haver estado ausente por tanto tempo. Lançou-se imediatamente aos pés e pernas de todos os membros da família, esfregando contra eles a cabeça e o rabo, deu um pulo e se aninhou em sua poltrona predileta. E lá ficou ronronando com naturalidade.

Esse regresso me faz cismar no que Nepomuceno nunca revelará: a maneira como passou seus quarenta dias de trevas. Não consigo imaginar e não faz mal: o importante é ele ter voltado inteiro, sem remorso nem acusações.

In *Gatos e pombos* (1986)

A AMIGA QUE VIAJOU

*E*ntão, Amiga, você decidiu partir assim de repente, sem aviso, com esse jeito silencioso que nunca deixou de cultivar? Confesso que fiquei chocada a princípio, tão triste e confusa, achando que você tinha sido ingrata, egoísta, sei lá. Depois entendi e parei de me queixar. Sobrou a saudade. Foi você mesma que me ensinou a aceitar sem revolta nem excesso de júbilo a realidade, tal como se apresenta. Só que eu esperava ter tido alguma oportunidade, por mínima que fosse, de rever você: afinal três anos já decorreram desde que a vida nos separou – e nunca mais tivemos ocasião de encontrar-nos. Às vezes eu acordava melancólica, pensando em você, em sua doçura, em sua astúcia, em seu sentido de humor, entrelaçados em doses certas, mas aí me lembrava de outra lição que também recebi de você: a ausência não invalida o afeto e nem sei se o convívio permanente não será, antes, um elemento perturbador das relações do que um modo de fortalecê-las. Tudo isso aprendi com você, imperceptivelmente, durante os períodos em que, por motivos alheios à nossa vontade, tínhamos que passar temporadas longe uma da outra. O reencontro era sempre bom, apesar de você não exagerar as demonstrações de alegria por estarmos novamente juntas. Nossa amizade era profunda e recatada. Não conservo mágoa, repito, da pressa que você demonstrou em empreender a viagem:

no fundo, não podia esperar conduta diversa de alguém independente como você, mas teria sido tão lindo, tão consolador, se eu tivesse podido estar presente na despedida. Até isso, entretanto, Amiga, acabei admitindo sem acidez, pois, entendendo você como sempre julguei entender, tenho certeza de que quis dar-nos a todos, e sem ostentação, uma aula de fidelidade. O momento era demasiado importante para ser presenciado por mais de um espectador, e você precisou fazer uma opção definitiva. Escolheu então o seu verdadeiro protetor (e protegido), o Rapaz que, sendo você apenas uma esquiva miniatura de olhos azuis, apresentou-a à nossa família. Ambos formaram espontaneamente uma espécie de par insubstituível, de forma tão delicada, porém, que nunca inspiraram ciúme ou despeito. O amor que uniu vocês dois se tornou de tal sorte fundamental que permitia a ambos viverem ou não sob o mesmo teto, sem que se alterassem os vínculos do coração. Era, pois, natural que você elegesse o Rapaz como única testemunha da sua partida, apesar de saber que ele iria sofrer, e muito. Era indispensável para os dois que ele fosse a última pessoa (como antes fora a primeira) a ajudá-la, a acariciá-la, a cuidar de tudo o que lhe faria falta na circunstância. Contaram-me (e nem seria necessário, porque também conheço intimamente a alma bonita do Rapaz e posso imaginar tudo o que de fato ocorreu) que ele fez o impossível para provar-lhe o quanto desejava adiar sua viagem, convencido embora de que a sua decisão era imutável e que nenhum gesto ou súplica a teria modificado. Você fez assim questão de retribuir o inextinguível afeto que ele dedicou a você, oferecendo-lhe – como um buquê de miosótis ou uma turquesa, azuis como os seus próprios olhos – a prova indiscutível da sua gratidão. E depois, por que repartir com liberalidade a dor, se ela é intransferível? Poucos merecem dádiva tão valiosa. Obrigada pela precisão com que, às ocultas, você planejou a viagem.

Aliás você sempre teve razão, Amiga, mesmo quando, farta dos exageros humanos a seu redor, você se impacientava e decidia esconder-se, surda a rogos e chamados, para só voltar quando o tédio cessava, com o ar mais cândido deste mundo, como se tudo não tivesse passado de um capricho infantil e não de urgência de solidão. Você era mestra em pregar-me pequenas peças ou sustos, a fim de defender a liberdade de ser você mesma, de demonstrar sua altivez, sua resistência aos agrados fáceis, sua majestade. Se nasceu rainha de Sião, como poderia reagir em outro estilo?

Recordo com nostalgia as três vezes em que, sentindo a aproximação do risco, Amiga, você me procurou, calada, para que eu tratasse de solucionar as dificuldades que a afligiam: quando teve o primeiro filho natimorto; quando vieram os sete seguintes, alguns tão fraquinhos que você preferiu abandoná-los e dedicar-se aos sadios; e quando chegaram os dois últimos, também mofinos. Você nem tentou contrariar a natureza: o que fora programado pelo acaso ou por forças maiores deveria ser cumprido, e era inútil lamentar o que estivesse destinado ao fracasso. Contaram-me também que você conservou esta filosofia, digna do seu sangue oriental, até o instante de partir.

Você retribuía meu esforço com sutileza e sobriedade, Amiga, em minhas horas de tristeza ou doença: um olhar mais longo, um toque mais suave em minhas pernas, uma lambidinha áspera em minha mão, um ronronar mais forte. Retribuía sobretudo com a presença fixa e vigilante a meu lado. Você foi a melhor enfermeira, o melhor confessor que já tive.

E como você viajou tão subitamente, Amiga, só me resta dizer-lhe adeus, eu que tantas vezes escrevi sobre sua beleza e carinho. Para brincar (nós duas sempre adoramos molecagens) e para realçar a multiplicidade de sua figurinha ágil em minha vida, eu me distraía em dar-lhe, em letra de forma, os mais surpreendentes apelidos. Hoje, ao despedir-me, prefiro chamá-la pelo seu nome verdadeiro, de insinuante estirpe: Boa-viagem, Greta, gatinha querida.

In *Gatos e pombos* (1986)

BICHOS, OUTRA VEZ

*F*elizmente ainda há no mundo alguns seres de privilégio que amam de fato os animais: amam-nos com um amor desinteressado e indivisivo, amam a *todos* e não apenas os bichos de estimação de cada um. Porque o que fazemos, a maioria dos que julgamos gostar dos animais, é adorar o cão doméstico, o gatinho de luxo, a tartaruga que trouxemos da feira: cuidamos deles, brincamos com eles, asfixiamo-los com os mimos que os nossos filhos, bem mais ásperos, recusam. O resto, todos-os-bichos-do-mundo que não são nossos nem de ninguém, não existe para nós, ou existe de maneira tão vaga, que não tomamos conhecimento deles e os abandonamos, sem remorso, à incúria e à dureza imperantes. Os Seres Privilegiados, não: têm, naturalmente, os seus bichos em casa, mas estendem o carinho e a atenção com que os cercam ao destino geral e individual desse reino sedutor e desprotegido. Conheço alguns.

Aqui na Argentina tenho uma amiga que vive no interior de Córdoba com dois cachorros fixos, digamos assim, que a seguem por toda parte. Além destes, Nena hospeda em sua casinha cheia de plantas e flores quaisquer animais doentes que encontra, inclusive passarinhos, que instala, conforme o sexo e a classe, nas diversas gaiolas que lhe enfeitam a sala e o pátio. Quando se curam – e com que devoção ela se ocupa deles – solta-os ou os encaminha a gente de bom coração. Certa vez deu com um gato faminto e tão machucado, que mais parecia uma contrafação felina. Fez-lhe curativos, alimentou-o, aconchegou-o, até transformá-lo num espécime lindo, lustroso; aí descobriu que o coitado era também surdo, com certeza devido a alguma pancada ou pontapé. Adotou-o definitivamente, conseguindo até que os cachorros aprendessem a protegê-lo, alertando-o, por meio de pulos e gestos, sobre os possíveis perigos. Uma noite o gato sumiu, e Nena até hoje (já se passaram quase três anos) continua buscando-o, pensando com aflição nas dificuldades a que a surdez o poderá expor. Todas as tardes – de volta da escola onde ensina música – enche de bichos, ossos e restos de comida o seu automovinho de segunda mão, comprado a mil prestações exclusivamente para esses passeios, e parte para os descampados do vilarejo. Ao ouvir o motor, os cães abandonados da redondeza surgem em festa, à espera da ração diária que ela distribui imparcialmente, enquanto conversa com cada um e os chama pelos nomes com que os batizou. E assim Nena vai construindo sua vidinha, poética e escondida, dando e recebendo o mais puro amor.

    Tive também uma faxineira velha, com cara e cheiro mais de bicho que de gente, que não parava nos empregos: chegava sempre tarde, saía muitas vezes antes da hora e ainda surrupiava as sobras do almoço. Acabou me confessando, com vergonha e alívio, que fazia tudo isso para proteger os gatos que povoavam os telhados do cortiço em que subsistia: atrasava-se para ter tempo, de manhã, de alimentá-los com o que retirara, na véspera, das geladeiras patronais; voltava correndo, a fim de atender os mais fraquinhos ou alguma gata prestes a parir. A piedade que nutria por aqueles animais solitários ultrapassava a sua própria miséria e o sentimento de honra que lhe haviam inculcado de pequena. Honestíssima Etelvina, que uma semana não veio e depois nunca mais deu notícias: sem você, sem pessoas desse quilate, que seria dos gatos e demais bichos órfãos, como você, de afeto?

No Rio tenho a sorte de conhecer dois desses seres especialíssimos: refiro-me a Lia Cavalcanti, fada boa de todo animal que sofre, e ao Dr. Rodolfo Ferreira. Sobre Lia não preciso falar: o Brasil inteiro sabe do empenho, do trabalho, da luta dessa mulher perfeitamente franciscana, em favor de uma vida menos dura para os cachorros, burros, cutias, macacos e qualquer bicho carioca indefeso. Há muitos anos, fui um domingo almoçar no apartamento mínimo que ela alugava, perto do Corcovado. O fervor de Lia pelos animais não havia ainda atingido o grau de despojamento e lapidação que alcançou agora, mas a sala, o quarto, o sofá, as almofadas, a dona da casa, tudo e todos já pertenciam a pelo menos meia dúzia de cães e cãezinhos que ali reinavam alegremente, indignando os vizinhos. Depois foi aquela paixão: Santa Lia vive atualmente para defender os bichos que carecem de proteção. O Dr. Rodolfo também.

Quando (há tanto tempo) minha família emigrou de Belo Horizonte, levávamos conosco os melhores hábitos provincianos. Em matéria de saúde, por exemplo, só conhecíamos o Dr. Aristides, que era uma espécie de mágico indispensável aos habitantes do bairro, a Floresta, porque assistia todo mundo desde o nascimento até a morte, passando pelo sem-fim de mazelas que ocorriam em cada lar. Não conseguíamos entender, no Rio, a especialização profissional. Foi quando Aníbal Machado, que devia ter passado pelo mesmo problema, nos apresentou ao Dr. Rodolfo Ferreira, que se transformou, a partir de então, no nosso mais efetivo e encantador anjo da guarda. Adoecer passou a não ter muita importância, pois logo chegava, tranquilo e paciente, o fino, sábio e cético Dr. Rodolfo, descrente da medicina (receita tão pouco), confiando mais na vida e na força das coisas. Quantas vezes, ultimamente, saí de Buenos Aires mais depressa para poder chegar em seu pequeno consultório da Avenida Copacabana, onde reencontro os objetos de sempre, que me inspiram segurança, o diagnóstico de médicos argentinos. Ele ouve atenta e atenciosamente (seu rosto, sua fala serena já são um começo de recuperação) e vai nos conduzindo, docemente, ao passado: – "Vamos ver, minha filha, aos 9 anos você teve aqueles furúnculos que doeram tanto; aos 11, a primeira crise hepática; aos 15..." Terminada a consulta, convida-nos para ver os miquinhos que saltitam no apartamento conjugado, onde mora: Jimmy, já está velhinho; aquele, parrudo, era mofino, foi encontrado no Leme e tratado com vitaminas e injeções; esta chegou prenhe, sem que ninguém percebesse, e de repente apareceu com um filhote desse tamanhinho nas costas. As estórias se sucedem, enquanto os macaquinhos (alguns de fraldas) lhe sobem pelo pescoço ou agacham a cabeça inquieta para serem acariciados. Que enfermo, por mal que estiver, deixará de sair de lá praticamente bom?

Pois o Dr. Rodolfo, que já curou tantas doenças graves e salvou tanta gente, não encontra remédio que amenize a crueldade dos homens. Como evitar, por exemplo, que estes continuem desconhecendo o direito dos animais a viver – e a morrer – normalmente, e desistam de assassinar porcos a marretadas, de poluir a água e os ares dos peixes e pássaros, de maltratar os cavalos das charretes que ainda restam, de perseguir e dizimar os bichos indefesos? Ele está sofrendo diante de toda essa violência absurda e nos pede que o ajudemos, através de uma campanha atuante e organizada, a ensinar as pessoas, que não sabem amar, a pelo menos não odiar tanto os animais.

In Um buquê de alcachofras (1980)

ESPÉCIE DE FELICIDADE

*T*ambém aconteceu em Buenos Aires. Ao chegar em casa para o almoço, encontrei um recado singular: uma leitora brasileira telefonara, de passagem por aqui, pedindo que eu mandasse tirar um gato de uma árvore, na Rua Honduras, em frente ao número 3805. Pensei tratar-se de uma confusão da empregada nova, que não entendera a mensagem, ou de um trote. Se fosse verdade, bem que daria uma crônica...

À noite, de volta do trabalho, outro telefonema: era Neide, da Tijuca, que viera visitar um amigo argentino e regressava na madrugada seguinte para o Rio. Notara, há três dias, a presença de um gato no cimo da árvore plantada diante da casa em que se hospedava, e não sabia como ajudá-lo, pois o bichinho, que miava desconsoladamente, parecia temeroso de pular. Acudira a um veterinário do bairro, que a aconselhou a chamar os bombeiros; estes a encaminharam à Sociedade Protetora dos Animais, cujo telefone não atendia. Aí lembrara-se de mim que costumo proclamar meu encantamento pelos felinos; estivera até no meu escritório, mas já era tarde e eu acabara de sair. Queria viajar tranquila, na convicção de que eu acharia uma solução para o caso.

Senti-me comovida e perplexa, e fui dormir consciente da responsabilidade que, a partir daquele momento, caíra sobre mim. De manhã, parti depressa para o lugar indicado, na parte mais serena e modesta de Palerma. Encontrei sem dificuldade a árvore altíssima (infelizmente anônima para mim), mas não vi nenhum gato: apenas uma tábua comprida, unindo a varanda de um terceiro andar vizinho aos galhos medianos. Imaginei que, com aquele estratagema simples e eficaz, alguém pudera salvar o animal, e suspirei com alívio e uma ponta de decepção. Quando já me preparava para pegar um táxi, de volta, ouvi que me chamavam: era a moradora do terceiro andar, que desceu logo depois, seguida pelo marido.

– A senhora deve estar procurando a gata, não é? Ela está lá em cima, bem na ponta daqueles galhos, coitadinha. Daqui de baixo parece cinzenta, mas é atigrada, e acho que está prenhe.

Distingui com esforço, entre as folhas, um pequeno vulto imóvel, encolhido num canto.

– Está ali há quinze dias e chora muito. Não quer descer de jeito nenhum, nós já pusemos escadas, a tábua, tentamos tudo. Ainda ontem telefonei para a televisão, pensando que o pessoal do programa "Semanário Insólito" podia se interessar pelo assunto, mas eles me chamaram de maluca, dizendo que não têm nada que ver com animais.

– E eu fui à Sociedade Felina Argentina – comentou baixinho o marido, que a escutava com admiração.

– Ora, Pepe, como é que você queria que uma organização de gente rica, que só cuida de gatos de raça, se preocupasse com essa pobrezinha?

O marido calou-se, humilde, e aproveitei para fazer algumas perguntas. Assim, fiquei sabendo que Dona Matilde morava ali há muitos anos, que criara o filho único e agora tinha dois netinhos, mas, como não gostava da nora, pouco via as crianças e preenchia suas horas de ócio distribuindo entranhas e ossos entre os felinos da redondeza. Dava de comer a uns vinte.

– Agora tenho mais essa ali.

– E como é que a senhora consegue alimentá-la?

– Amarro pedacinhos de fígado num barbante e jogo lá da varanda. Não está vendo a quantidade de barbantes pendurados dos galhos?
– E eu jogo saquinhos plásticos, cheios de leite – completou o marido.
– Ora, Pepe, a gata mete a unha, fura o saco e o leite escorre todo.
– Mas lambe um pouquinho. Se não, já tinha morrido de sede.
– Você não entende nada disso, Pepe. Como eu ia dizendo, a gata não quer mesmo descer. O problema vai ser na hora de parir.
Dona Matilde tinha que preparar os nhoques do almoço. Despedi-me dela e do marido e fiquei por ali, atenta ao animal. Assobiei, tratei de miar, gritei algumas palavras de ternura. Depois de um tempo, ele me respondeu, baixinho. Continuei miando. O bichano se levantou, curvou o dorso, como espreguiçando-se, e com muito cuidado, muito lentamente, começou a descer. Eu o olhava com emoção, sem deixar de dirigir-lhe sons meigos. O gato (ou gata) desceu dois galhos mais. Calculei que acabaria chegando até a tábua, e animei-o, com o coração trepidante, sentindo já, vivo, o amor que me ataria a ele para sempre. Miando e movendo-se com delicadeza, ele descia, suavemente.

Nisso aproximou-se da árvore um menino, puxando um cachorro que parou e fez xixi numa das raízes. O gato deteve-se imediatamente, crispado. Quando o cachorro se foi, voltei a insistir, a miar, a chamá-lo em voz alta. A princípio hesitante, depois com segurança, ele retomou a descida, mas uma motocicleta, passando, o assustou e o fez subir, quase correndo, ao galho primitivo, de onde não saiu mais. Assobios, miados, vocativos ternos – nada o demoveu.

Ao cabo de dez minutos, vencida, decidi retirar-me.
– Miau, miau – fez então o gato, de longe, a modo de despedida, e cuidei que me dizia: – Não entendeste que

estou aqui porque quero? Da árvore posso contemplar o espetáculo do mundo, que é múltiplo e divertido; recebo fígado e leite; estou a salvo. Aí embaixo há cães, motocicletas e homens dispostos a perseguir-me. Não percebes que descobri, na altura, uma espécie de felicidade?

In *Gatos e pombos* (1986)

APRENDER A VOAR

*U*m casal de pombos instalou-se em minha varanda. Assustada com o barulho e a sujeira que (disseram-me) esses pássaros costumam trazer consigo, ameaçando a tranquilidade e a higiene domésticas, tentei afugentá-las, mas os dois nem ligaram. Felizmente. Dias mais tarde, descobri um ovo grande e bonito, no arremedo de ninho. Ovo perfeito, tão singelo, puro, alvejando no canteiro esquerdo da varanda. Parecia um milagre. Era um milagre. Eu talvez seja um pouco ingênua (admito), mas a presença daquele ovo enredou-me numa sensação indescritível, de plenitude e emoção. Um pombo e uma pomba tinham escolhido minha casa, o punhado de terra em que plantei uma palmeirinha e que pertence, portanto, à minha jurisdição, para dar prosseguimento ao ato de amor que executaram e aí depositar seu ovo e seu futuro. Era como se, movidos por não sei que intuição subterrânea, os dois, em tácito acordo, tivessem decidido ofertar-me um presente especial, na certeza de que eu saberia recebê-lo e compreendê-lo. Vi-me bafejada pela sorte, eleita, enriquecida. A cada momento eu chegava à varanda, na esperança de que o ovo estivesse à mostra, mas não era fácil divisá-lo sob as penas da pomba negra e do pombo malhado, que se revezavam permanentemente sobre o claro produto que tinham elaborado juntos, com a sabedoria imemorial que a natureza lhes inculcara.

Na manhã seguinte: outro ovo! Nítido e exato como o primeiro e tão comovedor. Minha rotina passou a girar em torno daquele par de formas lindas: ora eu me aproximava, esfuziante e cautelosa, para esparramar fardos de pão e biscoito sobre o canteiro, ora – se os pombos se afastavam, com medo – afligia-me a possibilidade de que meu gesto pudesse ter sido brusco e os incomodasse, fazendo-os desistir da lenta empreitada que pretendiam levar a cabo. A força do instinto prevalecia, contudo, e um ou outro voltava depressa, ou os dois, para meu alívio e serenidade.

Os pombos e eu nos tornamos amigos. O desagrado inicial que minha presença lhes ocasionava cedeu pouco a pouco lugar a uma sorte de aceitação, que virou confiança, talvez afeto. Eu acordava e, antes mesmo de abrir a porta, à procura do jornal, ia direto à varanda, saudar meus inquilinos: nunca deixei de encontrar a pretinha, séria, enfunada, olhando para a frente, como figura de proa, ou o macho, mais esquivo – deitados em seu canto, sem pressa, obedientes, dando sequência ao destino.

Quem se impacientava era eu: afinal os pombinhos iam ou não iam nascer? A cozinheira e o porteiro, consultados, riram da minha ignorância: isso é assim mesmo, toma tempo, não adianta afobação, os animais sabem o que fazem. E daí, se dois ovos de pombo gorassem numa varanda de Ipanema, que importância teria um fato assim banal? Há tanto pombo no Rio e no mundo... Eu devia até levantar as mãos para o céu, se os filhotes fracassassem: menos confusão, menos piolho, menos titica entre as plantas. Pombo é bicho danado, pega o costume e volta a toda hora, a senhora vai ver.

Pelo telefone recorri a um biólogo, que me acalmou: são catorze dias de choco, às vezes um pouco mais, se os pais abandonam o ninho com frequência. O remorso me consumia: de tanto querer alimentá-los, eu talvez tivesse interrompido o processo e perturbado a ordem das coisas. Continuei atenta, mas de longe, o coração intranquilo, a alma aos pulos, controlando os minutos, como num relógio de areia.

Até que, no fim da segunda semana, quando se esgotavam o tempo previsto e minha capacidade de espera, percebi algo meio creme, agitando-se quase imperceptivelmente sob o bojo escuro da pomba. Ela permanecia imóvel, panda, grave, e erguera apenas de leve uma das asas, debaixo da qual adivinhei, mais do que vi, a metade de um ovo acabando de romper-se. O macho pousara junto à fêmea, com o mesmo ar imperial dos dias anteriores. Só que, naquele instante, cada um à sua maneira, ele e eu assistíamos a uma cerimônia básica da criação: o nascimento de um pombinho. Longamente me mantive de cócoras na varanda, presenciando o mistério, em silêncio. Nada mais aconteceu. O malhado, fixo; a pretinha, solene, ambos com os olhos presos no nada.

Não podendo conter minha curiosidade, ao entardecer animei-me a dirigir à parturiente palavras menos sussurrantes do que as que geralmente eu empregava com ela:

– Por favor, querida madame, deixe-me conhecer seu primogênito.

Ela, nada. Insisti:

– Um momentinho só. Gostaria tanto de ser apresentada ao recém-nascido...

A pomba entendeu, voou e me permitiu contemplar o borracho mais feio que se possa imaginar: mole, informe, de um amarelo sujo e sem viço. A ligeira palpitação que captei em sua pele meio transparente, porém, metamorfoseou-o, para mim, num ser de estranha formosura. Logo depois o pai, como um raio, surgiu do edifício em frente e veio cobrir o filhote.

O segundo ovo gorou. Não fiquei triste: a vida tem seus critérios de escolha e não convém exigir dela mais do que o essencial. E por que é que eu haveria de me queixar se, junto ao ovo não fecundado, o borracho ia crescendo a olhos vistos, tomando jeito de pássaro, com suas peninhas incipientes, em duas tonalidades cinza, apontando sobre o esboço de asas, um bico enorme e preto, que não guardava relação com o resto do corpo, os olhos bem abertos, e ensaiando até movimentos próprios, girando sobre si mesmo, esforçadamente, no ninho? O pai e a mãe continuavam se revezando sobre ele, embora começassem a dar-lhe as primeiras noções de liberdade, deixando-o sozinho de vez em quando.

Sem saber se era macho ou fêmea, um amigo batizou o queridinho de Professor, em virtude do ar sério e empertigado que ele assumiu, desde que deu para caminhar, até com certa habilidade, de um lado para outro do canteiro. De início o processo foi lento, quase penoso. Que susto, ao não encontrá-lo, há dias, na pontinha onde nasceu e da qual nunca se afastava: cadê o filhote? Fui descobri-lo, com cara de medo, debaixo da folha maior da palmeira: o danadinho empreendera a primeira aventura e se encolhia, mais inseguro que orgulhoso. Na tarde seguinte apareceu um pouco mais longe: senti claramente que se aproximava da adolescência.

Daí por diante as coisas se precipitaram, o Professor crescendo e aprendendo. A princípio só comia pelo bico dos pais, que o alimentavam regularmente. Por mais que eu jogasse migalhas de pão ao seu redor, ele continuava indiferente, sabedor de que ainda não podia cuidar de sua manutenção. A natureza lhe ordenava secretamente que tivesse cautela – não fosse, por excesso de gula ou imprudência, envenenar-se com algum petisco menos saudável. Experimentei milho ralado, canjiquinha: infenso a tentações, o Professor não tinha pressa e esperava a presença pontual dos genitores, que vinham, bicavam a comida e passavam-na para o herdeiro, já macia, triturada. Admirei a eficiência e dedicação com que o casal nutria o pimpolho; quando me animei a tocá-lo, percebi, sob os meus dedos, um papo redondo e bem fornido.

Há cerca de uma semana, dei com o jovem bicando alegremente os farelinhos que eu levara. Felicitei-o com efusão e tive certeza de que ele me agradecia, mas preferi não aumentar as rações. Só me preocupava a ausência dos pombos mais velhos, que de repente sumiram, como se considerassem finda a missão procriadora. A pena que eu sentia diante daquele bichinho ainda feioso, vacilante e órfão, exposto à chuva e à ventania: se ao menos eu pudesse arranjar-lhe um cobertorzinho, um agasalho qualquer... Achei melhor, entretanto, não intervir e deixar o pombo enfrentar por conta própria o destino que lhe tocara. Para que complicar as coisas, se tudo parecia obedecer a um método sutil, que eu ignorava, e se o Professor, de temperamento doce, quase não piava, reclamando?

Foi então que, para satisfação minha, os pais regressaram, só que de modo diverso: já não chegavam separados, dividindo as obrigações e o lazer, como indica o Eclesiaste. Agora estão juntos e passam a maior parte do tempo perto do filho, que costuma se apoiar com mais confiança nas plumas paternas, enquanto a mãe, firme sobre os pezinhos alaranjados, vigia. Não entendi logo a razão daquele súbito amor grupal, mas achei tocante ver a família reunida, tão calma e segura de si mesma.

Finalmente matei a charada: está na hora de o Professor se tornar independente, e pombo e pomba voltaram ao ninho a fim de ensiná-lo a voar. Os três ficam parados, o pai de um lado, a mãe do outro, tentando passar para o filho, no meio, as lições profundas que herdaram dos ancestrais. Pensam, se encontram, transmitem; o moço capta, recebe, incorpora. De vez em quando a mãe dá um giro no ar, volta; depois é o pai que executa idêntico arabesco. Aí o discípulo empina o peito e, meio estabanado, rufla as asas e prova um movimento, como se pretendesse atirar-se ao espaço; detém-se. Os pais assistem a tudo imperturbáveis; recomeçam.

O Professor está aprendendo a voar. Sei que brevemente numa dessas manhãs não o encontrarei no canteiro, onde é bom observá-lo e amá-lo. Ele se lançará às nuvens e partirá, em busca do seu caminho de adulto – preparado, vencedor, solitário. Está completando a última aprendizagem básica: depois disso seus pais o deixarão livre e ele terá que reinventar a vida e os mistérios que o aguardam. Claro que vou ficar triste: a que pequeno ser emplumado darei boas-vindas? A que interlocutor sutil contarei minhas fantasias? Resta-me o sonho de que meu amigo pombo conservará em sua cabecinha vibrátil fragmentos de memória que lhe permitam regressar algum dia ao lugar onde nasceu e onde eu o estarei esperando.

No momento em que escrevo, um barulhinho na porta do escritório me interrompe: é o Professor que, pela primeira vez, conseguiu pular do canteiro para a varanda e me olha de banda, surpreendidíssimo. Não tenho dúvida de que o pequeno pombo e eu estreamos um diálogo, que é só nosso.

In *Gatos e pombos* (1986)

AS GÊMEAS

*E*u tinha jurado nunca mais escrever outra história de pombos... Exagero meu: pensei, sim, em passar um bom tempo sem voltar ao mundo columbino. Só que a gente toma resoluções precipitadas e a vida se encarrega de alterá-las.

Pois foi o caso que, depois de ter podido evitar durante uma longa temporada que as pombas da vizinhança voltassem a fazer ninho em minha varanda, descobri, há pouco mais de um mês, uma fêmea escura, bem instalada numa das jardineiras, no mesmo canto que suas antecessoras utilizaram. Os protetores de animais que me perdoem, mas, apesar de toda a graça que acho nesses columbídeos – os únicos animais, aliás, com que convivo ultimamente –, gosto de ver o chão da varanda limpinho, e curto, sobretudo no inverno, o silêncio matinal. Nada mais impertinente do que ser acordada pelo arrulho áspero das palomas, noivando junto ao meu quarto. Fiz portanto o que pude, e isso se resumia a mandar os bichinhos embora, cada vez que os encontrava (tão moleques!) pousados na grade ou me encarando através da vidraça.

Mais do que isso seria maldade. Quando dei com a escurinha, percebi logo que já era tarde e ali havia coisa. Tiro e queda: um ovo na hora do almoço e outro na hora do chá. O que mais me surpreendeu é que, dessa vez, a fêmea praticamente não abandonava o ninho e o macho pouco aparecia por perto. "Mãe solteira" – concluí, com divertida curiosidade.

E como dificilmente ela se afastava da posição que adotara, eu mal podia observar os ovos. "Ingrata! – reclamei para mim mesma. – Invade minha casa e nem me dá confiança." Se eu me aproximava, detinha-me o seu olhar hostil, talvez ameaçador.

Até que, certa manhã, o primeiro filhote nasceu, feio como ele só, todo molengo e amarelo; poucas horas depois chegou o segundo. Assustei-me, ao vê-lo, julgando tratar-se de um aleijado: é que o trapalhão, na pressa de conhecer o mundo, ainda não conseguira livrar-se da parte superior do ovo e estava com a cabeça presa numa ponta da casca. Reparei que este puxara à mãe, pois debaixo da penugem amarelada já era possível identificar-se um longínquo fundo preto.

Senti uma alegria tão espontânea que, se não fosse o respeito que a escura me impunha e o receio de prejudicar os borrachos, eu os teria posto no colo, ou pelo menos esboçado uma carícia ligeira naqueles corpinhos desarmônicos. De repente atentei na data: num dia como aquele, de fim de maio, fazia anos uma senhora que já partiu e a quem eu queria muito bem. Não tive dúvida de que o duplo nascimento era uma homenagem bonita à velhinha amada. "Então esses borrachos são borrachas" – compreendi, e logo as batizei de Leleta e Guguta, apelidos derivados do nome da antiga aniversariante.

A partir de então, a varanda virou uma festa. Guguta e Leleta cresciam a olhos vistos, bicavam-se uma à outra, brincavam, brigavam. Até esse momento, só borrachos únicos tinham sido criados aqui em casa. Pude assim, pela primeira vez, observar como a fraternidade é importante desde o berço, quer dizer, desde o ninho. "Que excelente lição de vida! – eu matutava, contemplando-as com admiração. – Juntas, Leleta e Guguta aprendem o valor do combate e da competição. Aprendem também, entre si, a divertir-se e a exercitar a necessária agressividade. Que pombas sapientes e ponderadas serão estas!"

Passou-se, nesse ritmo feliz, uma semana: minhas afilhadas cada dia mais solertes, atentas a tudo, movendo a cabeça para o norte e para o sul, ávidas de conhecimento, cômicas, valentes. A mãe sempre junto a elas, só as deixando, em busca de comida, quando o pai esquivo aparecia para preencher temporariamente o seu posto. Já não me preocupavam as sujeirinhas espalhadas ao redor, as plantas amassadas, os possíveis piolhos que surgissem. Guguta e Leleta – cuja coloração inicial se acentuara, esta quase loura, aquela meio mulata – valiam qualquer sacrifício. De resto não havia sacrifício: tudo era prazer.

De súbito, no começo da segunda semana, ao ir cedinho cumprimentar minhas hóspedes, encontrei Guguta caída num canto, abrindo e fechando o bico de maneira vagarosa e aflita. Leleta, ao lado, indiferente e esperta, e a mãe espiando as duas, sem revelar emoção. Que fazer, se não confiar na natureza? Eu poderia prejudicar ainda mais a doentinha, se a tocasse. Cinco minutos depois, Guguta ressuscitara.

À tarde, morreu. Murchou tanto que era como se tivesse voltado ao tamanho do primeiro dia. Leleta continuava imperturbável; na pomba grande, entretanto, julguei notar um fundo de inquietação, como se a incomodasse a presença do pequeno cadáver, que retirei logo da jardineira.

A sobrevivente suportaria a perda da irmã gêmea? Nas horas que se seguiram, ela me pareceu normal, embora um pouco mais agitada que de costume, abrindo com força o bico desproporcionado. Na manhã seguinte, morreu. Pousada junto a ela, a mãe a velava, com o peito estufado e o olhar impenetrável. Depois que retirei o segundo cadáver, ela voou para longe e nunca mais a vi. Uma de minhas amigas achou que as pombinhas morreram de frio; outra aludiu a uma estranha doença, proveniente da poluição atmosférica, que ataca a garganta dos borrachos.

A história era triste, precisei contá-la para livrar-me dela, e não quis mais saber de pombos. Ontem, porém, descobri outra fêmea, desta vez malhada, no mesmo canto, que está virando *nursery*...

In *Gatos e pombos* (1986)

NA PRAÇA DOS ESPAÇOS

CANTO DE GALO

Sou mulher urbana, de coração mineiro. Quer dizer: nasci num bairro tranquilo de província, onde cada carro que passava era um acontecimento, e cedo fui transplantada para uma cidade grande. Saí direto de uma casa velha ampla, com quintal e galinheiro, para o nono andar de um edifício, de cuja varanda eu contemplava, zonza, o movimento dos ônibus e automóveis, desfilando lá embaixo. Estranhei, a princípio, mas acabei me acostumando. Só que essa mudança deixou em mim uma nostalgia de coisas serenas, de plantas, do cheiro de jasmim que perfumava as noites de antes. De vez em quando esse sentimento suave reaparece e, sem dor, toma conta do meu pensamento. Lembro-me então de como eram as manhãs de Belo Horizonte, do sol muito nítido que iluminava o jardim, dos bichinhos que passeavam pelos canteiros, dos galos cocoricando por toda parte. Minha avó era sábia e ativa; antes do almoço entrava no galinheiro e, indiferente à confusão que produzia entre as aves aflitas, ia agarrando galinha por galinha; tocava-as e separava-as. Identificava sem hesitação as que estavam chocas, isolando-as num cercado de arame, junto aos ninhos; recolhia os ovos e resmungava contra os galos de crista empinada. Depois entrava na cozinha onde o feijão, já cozido, esperava os temperos. Às onze horas, quando o alho e a cebola refogados recendiam, a sirena da fábrica, pontual, cortava o ar e todos sabiam que o almoço simples dos netos já estava pronto. Os adultos teriam também, às onze e meia, ensopadinho de carne com batata, taioba, jiló ou quiabo.

Eu ficava rondando por ali, à espera do pilão com que se amassara o feijão e em torno do qual se grudava uma crosta espessa, áspera, insuperável, que a língua infantil lambia com delícia. Juntava as cascas dos legumes, para armar, num canto do alpendre, figuras coloridas; com os jilós e alguns palitos, criava animais pernaltas, de cara estranha; com as sementes de abóbora, torres esbranquiçadas e pegajosas; os quiabos eram tamanduás, cobras, peixes-voadores.

Esses brinquedos silenciosos ocupavam as horas da sesta. Havia outros, no quintal, junto aos pés de chuchu, cujas mínimas hastes (garras?) enroscadas podiam servir de colares e brincos. Era bom apertar umas florzinhas de veludo, apropriadamente chamadas bocas-de-leão, pois, comprimidas entre os dedos, formavam uma espécie de goela (reencontrei-as mais tarde no campo argentino, sob o nome ligeiro de *conejitos*). Era melhor mastigar as azedinhas; procurar os trevos de quatro folhas, que nunca se deixavam ver; descobrir o veneno vermelho de um fruto espinhoso e oval; mascar pétalas de rosa e folhas de limoeiro; colecionar violetas e joaninhas; fazer cócegas nas minhocas. Tudo parecia calmo ao redor, e até as galinhas ciscavam com menos afobação.

Às duas e pouco o movimento recomeçava, na casa e fora dela. Os enterros se detinham na igreja da esquina, a caminho do cemitério. Pelo menos uma vez por mês morria alguém da paróquia: vinha na frente do cortejo um carro preto e dourado, com o féretro de luxo; atrás, um ou dois carros de aluguel, com os parentes do morto. Os sinos tocavam, as crianças corriam para a igreja e se misturavam ao pequeno grupo escuro, choroso, entre as velas que os coroinhas acendiam. O padre rezava e benzia, a fumaça confortadora dos turíbulos se derramava pela nave. A morte era singela naquele tempo, e dessas cerimônias sobrava uma indizível impressão de festa, lágrimas, flores podres.

E da igreja – correndo! – ao quintal, onde duas árvores, repletas de mangas e goiabas, antecipavam o paraíso. Não sei o que era melhor: se comer as frutas, ainda quentes do sol, ou acariciá-las apenas, lisas, macias, nos galhos mais altos, sentindo o poder e a vertigem da altura. (Da fortaleza aérea víamos o louco, andando de um lado para o outro no pomar vizinho, inquieto, soturno, mastigando pragas ininteligíveis, ameaçador com a sua espingarda de brinquedo.) Em novembro, a jabuticabeira reunia todos os prazeres.

O jardim e a horta eram regados ao entardecer. Minha avó desenrolava a mangueira, enfiava uma das pontas na torneira do tanque e espadanava água em todas as direções, cintilante. As plantas renasciam sob aquela chuva generosa, e cada cor se tornava mais intensa: subjugavam-se os verdes, de todos os tons, o rosa vivo, o rubi, o lilás quase roxo, o festivo amarelo. O abacateiro, a ameixeira, o mamoeiro (tão esgalgo) ficavam mais bonitos molhados. Da terra desprendia-se um cheiro que fazia bem, e a noite ia se abrindo lentamente, doce, conhecida.

Depois do jantar, a bênção, no mês de maio, com aquela cachoeira de campainhas, luzes, incenso, cravos e palmas--de-santa-rita enfeitando o altar-mor. As famílias se dispersavam: os mais idosos se recolhiam, os jovens davam uma volta em torno da igreja, ao luar, ou iam até a sorveteria. No céu impecável reconhecíamos o Cruzeiro, as Três Marias, Aldebarã; em todos os portões havia um jasmineiro em flor. Hora de dormir, hora de rezar o terço, de pedir ajuda às almas, perdão para os pecadores. E baixava o sossego, que só os passos de algum notívago interrompiam.

Penso em tudo isso sem tristeza. Casas, coisas, costumes tidos e perdidos ressurgem em meu coração de Minas e frutificam subitamente em meio à trepidação que me circunda. Meu quotidiano de hoje nada tem a ver com o daquele tempo, mas já disse que me adaptei a ele. Só que às vezes, quando chego à minha varandinha atual onde reuni alguns potes com filodendros, gerânios, azáleas, ciclamens, marantas, e até umas latinhas com pés de alface e tomate – sinto que, à maneira citadina, estou querendo prolongar aquelas velhas cenas, a horta, o jardim, o milagre da província. O cheiro da terra úmida é quase o mesmo; os galos é que não cantam mais.

In *O valor da vida* (1982)

NA VARANDA

*J*á faz parte do anedotário lírico brasileiro aquele episódio (autêntico) de Murilo Mendes caminhando por uma rua, nem sei mais se de Minas ou do Rio. De repente vê uma moça debruçada na janela. Há tanto que não presenciava cena semelhante, comum no interior e em tempos idos, mas praticamente extinta na vida urbana, que, invocado e cheio de entusiasmo, ajoelhou-se e começou a exclamar aos berros, gesticulando com excitação:

– Mulher na janela, que beleza! Mulher na janela, meus parabéns!

A moça deve ter fugido assustada, provavelmente sem entender o que aquele homem alto e ossudo saudava com tamanha efusão. Como explicar-lhe que, com certeiro instinto, Murilo identificara e estava fixando para sempre, da maneira espontânea e exuberante que lhe era própria, um flagrante poético perfeito, o milagre que ela própria, sem perceber, corporizava? Moça que, em plena cidade e infensa à agitação a seu redor, dispunha ainda de lazer e prazer para pôr-se à janela e contemplar a rua, os transeuntes, a tarde, as nuvens. Mulher na janela...

Pois a mim também, há pouco, me foi concedido o privilégio de captar um momento desses, tão impregnados de passado que dir-se-iam irreais nos dias de hoje – coisa de outra civilização. Eram quase duas horas de uma quarta-

-feira e buscávamos, meu amigo e eu, um lugar tranquilo para almoçar. Apesar do mau tempo, ou por causa dele, todos os restaurantes do Leblon, com mesinhas na calçada, estavam repletos. Numa esquina de Ipanema encontramos um, semivazio, onde se costuma comer uma boa massa, e para lá nos dirigimos às carreiras, impulsionados pela fome e pela chuva. De repente, estacamos diante de um sobradinho, desses que vão se tornando raridade no Rio. Não fizemos o menor comentário, mas ali permanecemos alguns minutos, imóveis, perplexos, enquanto a água ia caindo. A casa estava rodeada por um mínimo jardim e tinha à frente um alpendre também pequenino, protegido da chuva. Nele, um casal de velhinhos conversava.

– Velhinhos na varanda! – gritei dentro de mim mesma, deslumbrada. – Que coisa mais linda, velhinhos na varanda!

Os dois nem repararam em nossa presença curiosa, ou, se o fizeram, acharam-na corriqueira. Talvez estivessem acostumados a despertar a atenção dos que passavam, pois, ao vê-los, tive imediatamente a certeza de que sentar-se na varanda à hora da sesta era um ritual que ambos executavam regularmente. As cadeiras eram de vime, colocadas uma ao lado da outra; não havia mesa entre elas, só vasos com plantas e flores pelos cantos. Junto à porta aberta, um capacho. Os dois se olhavam, falavam sem pressa, quase sem gestos, e sorriam de leve. Tudo muito devagar, como se nada urgisse, e aquele colóquio, diante da chuva, tivesse a importância natural das coisas mais simples.

Velhinhos na varanda... Nem eram assim tão velhos – meu amigo e eu comentamos depois. O diminutivo surgia instintivamente, como demonstração de ternura, e me lembrei do que outro poeta, o Bandeira, explicava a respeito do Aleijadinho, cujo apelido refletia apenas a solidariedade e o carinho que a doença daquele mulato robusto e de boa altura despertava no povo da Vila Rica. Velhos na varanda – não, isso não expressa o que vimos. Eram um velhinho e uma

velhinha, numa varanda de Ipanema (ou seria em Mariana?), conversando tranquilamente depois do almoço. Como não confiar na vida, depois desse *flash* apenas entrevisto, mas tão bonito, tão comovedor, que imediatamente se cristalizou em nós? Em janeiro de 1980, quando a cidade se desequilibra entre a inflação e a violência, quando o mundo assiste, aflito e impotente, aos desvarios que ameaçam dilacerá-lo, quando...
Um casal de velhinhos se senta na varanda, num começo de tarde chuvosa, e conversa. Sobre quê? Sobre tudo, sobre nada – não interessa. Estão sentados e conversam. Ela nem sequer faz algum trabalho manual, uma blusinha de crochê para a neta, um paninho para colocar debaixo da fruteira da sala; ele não tem nenhum jornal ou livro no colo. Estão ali exclusivamente para conversar um com o outro. Olham a rua distraidamente. O fundamental são eles mesmos, conversando (pouco), sentados nas cadeiras de vime, num dia de semana como qualquer outro.

É, nem tudo está perdido, pelo contrário, se ainda resta gente que pode e quer cultivar essas delicadas flores do espírito, comentando isso e aquilo, o namoro da empregada, a nova receita de bolo, o último capítulo da novela, o preço da alcatra – esquecida de tudo que é triste e feio e ruim, de tudo que não cabe naquele alpendre úmido. Velhinhos na varanda...

Enquanto almoçamos, fico imaginando que não há de faltar muito para cumprirem as bodas de ouro; que os filhos se casaram; que devem reunir-se todos no sobrado, para o ajantarado de domingo, gente madura, jovens, meninos, bebês e babás, em torno dos dois velhinhos. Talvez tenham perdido uma filha ainda adolescente, vítima de alguma doença estranha que os médicos não souberam diagnosticar. Talvez tenham feito uma longa viagem à Europa depois que ele se aposentou, ou passado uma temporada nos Estados Unidos quando o caçula esteve completando o PhD. Talvez nada disso. Fico imaginando, mas nenhuma dessas histórias me seduz. Gostei mesmo é do que vi: o casal de velhinhos conversando na varanda.

Comemos quase em silêncio, meu amigo e eu, sem reparar se a massa estava gostosa. À saída passamos diante do sobradinho, em cujo alpendre não havia mais ninguém.

In *Um buquê de alcachofras* (1980)

NA PRAÇA VICENTE LÓPEZ

Gozo de um privilégio pouco comum em Buenos Aires: da varanda de fundos de meu apartamento, num 11º andar em plena Avenida Santa Fé, vejo a copa das árvores da Praça Vicente López. Um quadrado verde e ondulante, rodeado de edifícios escuros, que era mais extenso quando me mudei; há um ano, uma construção nova encobriu-lhe um ângulo. Não importa: continuo me sentindo latifundiária visual das folhas de palmeiras, magnólias, eucaliptos, da belíssima gameleira de mais de um século, plantada bem no centro da praça, de uma oliveira (sem azeitonas). E ainda disponho das flores perfumadas (cheiro-as em pensamento) de um cinamomo – tão lindamente conhecido pelos argentinos como *paraíso* – e das flores violáceas, delicadíssimas, dos jacarandás que, em dezembro, atapetam a praça. Mas são as tipas que me invocam, com seus frutos providos de asas e capazes de voar longe, cujo nome, em si, já é uma pedra preciosa: sâmara! Imagino um emir e sua donzela:

– "Que me trazes de presente?
– Minha sâmara indeiscente."

Amo essa praça que diariamente me oferta sua beleza – fresca, se ainda é cedo, arrebatada ao sol, esmaecida ao entardecer, soturna na escuridão – e me exibe infinitos matizes sob a chuva e, ao vento, um oscilante balé. Todas as manhãs chego ao meu pequeno mirante, e, diante desse verde que me dá lições de vida, sinto que o prazer de existir é uma realidade quase palpável e que as angústias não são dignas de serem cultivadas.

Às vezes, se me acontece algum ócio, desço até a praça. Sento-me num banco e observo. Contaram-me que em seus 20 mil m², encaixados entre as ruas Montevidéu, Paraná, Arenales e Las Heras, havia antes uma quinta senhorial, que foi doada à Prefeitura. Alguns velhinhos ainda conservam dessa época uma vaguíssima lembrança, mas não me foi possível obter outras informações no Jardim Botânico, tal a burocracia exigida àqueles que pretendem saber um pouco mais sobre a cidade. A área hoje é menor: há alguns anos, aparentemente para aliviar o trânsito, a Rua Juncal foi ampliada e invadiu a praça, dividindo-a em duas partes: numa ficou isolada a estátua de Leone, uma sorte de *Penseur* estilizado. Ao redor funciona um estacionamento de automóveis (há até uma bomba de gasolina), explorado por concessionários vigilantes. Também não importa: os velhos e cachorros que por ela circulam parecem imunes à devoração urbana.

Os parques portenhos são curiosos: por algum acordo imponderável, que o hábito sedimentou, os namorados preferem beijar-se junto aos lagos de Palermo; as crianças também vão a Palermo, na parte mais ensolarada, ou a certas praças menores; os mendigos e excêntricos se concentram nas que estão em frente ao Foro e ao Correio Central. A Vicente López é frequentada sobretudo pelos aposentados e pelos cães. Há naturalmente meninos nas gangorras e escorregadores, escondidos num engenho espacial ou dirigindo o trator fora de uso, pintado de amarelo. Mas são poucos, talvez porque a sombra das árvores e dos edifícios cada vez mais altos, que vão se erguendo em volta, não filtra bem o sol. Um ou outro casal se acaricia.

Praticamente a metade da população da praça é constituída de aposentados, que aparecem para tirar um cochilo à hora da sesta ou respirar a brisinha vespertina. Chegam pontualmente, sentam-se nos mesmos bancos, cumprimentam-se e silenciam. Nunca jogam xadrez nas duas mesinhas de cimento sempre vazias, com tabuleiro pintado no tampo e armadas na pérgula. Parecem detidos num passado/presente, que as buzinas, a afobação dos transeuntes, a vertigem da cidade, nada consegue sacudir. Solenes e melancólicos, preparam-se para...

A outra metade é de cães, que desfilam entre os canteiros de grama, levados pelos donos. Estes se conhecem e conversam uns com os outros; os cachorros também: cheiram-se, sacodem o rabo, latem, às vezes se agridem, outras – na época de cio – tentam inutilmente amar-se. A maioria é de raça, cuidadíssimos, com medalhinhas de prata ao pescoço e mantas de lã escocesa, se o tempo é inóspito. Mas passam também os vira-latas bem-amados, que recebem a mesma carinhosa atenção dispensada aos animais finos. Encontro sempre um de pelo castanho e sujo, que deve haver fraturado a espinha, pois carece do sentido de direção e caminha dando voltas sobre si mesmo. O dono, obeso, o conduz pela correia com a mais doce paciência, e só o carrega na hora de atravessar a rua. Outro, um cachorrinho preto, perdeu as patinhas traseiras, mas consegue se locomover ajudado por uma armação de madeira, com rodinhas, presa à cintura. Ele e sua dona madura aparecem de noite. São tão naturais que, juntos, dão a impressão que saem àquela hora, não para evitar a piedade, mas por preferirem a lua.

Os animais investigam o pedestal da estátua de bronze de Vicente López y Planes, autor do hino nacional argentino. Ao lado, um pequeno terreno coberto de areia, com três tronquinhos fincados e a inscrição *Pipi-Can*, é desprezada por todos. Levantam a pata em cada raiz, em cada pedra conhecida. Os aposentados continuam imóveis. Até hoje não mereci um cachorro (em matéria de bichos tenho apenas uma gatinha hospedada aqui em casa) nem os favores do DASP e do INPS, mas sinto que sou aceita pela praça e seus habitantes.

In *Um buquê de alcachofras* (1980)

A NOVA PRAÇA VICENTE LÓPEZ

Gosto das praças de Buenos Aires e costumo escrever sobre elas. A Vicente López, cujas folhagens contemplo da minha varanda, é uma das minhas prediletas. Somos vizinhos há dez anos, e o tempo e a proximidade criam laços profundos. Cruzo-a duas, quatro vezes por dia, indo para o trabalho e voltando, de manhã, antes e depois do almoço, à tardinha ou no anoitecer precoce do inverno. Conheço-a sob todos os ângulos, todas as luzes, identifico a vestimenta de suas árvores em cada estação. Até o canto de seus pássaros me é familiar, nas horas de sol leve ou forte e nos momentos que antecedem a chuva. Somos amigas, a praça e eu.

Este ano, uma obra da Prefeitura isolou-a durante vários meses. Estavam construindo um estacionamento debaixo dela, e cercaram-na com tapumes. As árvores ficaram assim vedadas ao nosso olhar, embora fosse possível divisar-lhes as copas, de longe, secas, despojadas, quase pardas. Os jornais garantiram que nada lhes passaria, pois as raízes estavam sendo protegidas em recipientes especiais, embutidos no teto da edificação subterrânea. Os operários também afirmavam a mesma coisa, mas não era fácil acreditar em uns e outros, e passei a evitar minha praça, utilizando roteiros diferentes. Os próprios pássaros pareciam ter tomado igual decisão, e o quarteirão ficou mais barulhento, mais áspero, povoado do ruído das serras e veículos, sem os trinos e chilros que antes adoçavam a conspurcação sonora do lugar.

A obra terminou, afinal. Dizem que há muitos carros comodamente estacionados no novo recinto, onde ainda não entrei; a impressão que tenho, porém, é que ainda continuam invadindo e tumultuando as ruas ao redor. O calçamento foi perfeito, estreou-se uma vereda de pedrinhas, muito catita. (Quase nunca tenho oportunidade de usar esta palavra antiga, e se ela me veio hoje, espontaneamente, ao espírito é porque se ajusta à cuidadosa aparência do sendeiro.) As árvores resistiram. E agora, neste pré-verão, o verde já tomou conta da vegetação renascida; as folhas vicejam alegria. Os jacarandás estão quase florindo, e daqui a pouco a praça inteira se cobrirá de um roxo belíssimo. Voltei a frequentá-la.

Há uma novidade. Num dos cantos, onde antes havia gangorras e areia para os meninos pequenos brincarem, foi inaugurado um rinque de patinação. A praça, que era propriedade quase exclusiva de bebês e babás, cachorros e aposentados sonolentos, pertence atualmente aos jovens. A qualquer hora do dia e da noite lá estão eles patinando: desde cedo, os que têm aula à tarde; depois, os que estudam de manhã; os adolescentes, à noite, sob a luz dos refletores; na madrugada dos fins de semana, os notívagos. Entre buzinas e gorjeios, patinam, giram, caem, rodopiam, gritam, riem. A Praça Vicente López congrega neste momento toda a população moça do *Barrio Norte* e de outros bairros portenhos. Os garotos vão chegando de lugares próximos e distantes, vestidos com *jeans* e camiseta, absolutamente iguais uns aos outros, com os patins balançando nos ombros, afobados, suando. Vêm aos grupos, falando alto, depressa, e tomam conta do rinque, da praça, do quarteirão, cuja fisionomia remoçou. Florescem por toda parte e deslizam daqui para ali, em todos os sentidos, executam piruetas, malabarismos, passos de dança, apostam corrida, organizam concursos, flutuam, desaparecem. São meninos voadores, ligeiros, vertiginosos, trepidantes. Discutem às vezes, num linguajar próprio, misturando gíria e termos ingleses que só eles entendem, e continuam patinando, compondo arabescos, levemente, longamente.

Detenho-me às vezes junto ao rinque, para observá-los. Já reconheço os campeões, os rapazes invencíveis, as mocinhas que lideram as sinuosas procissões. Há uma loura ziguezagueante que concentra a admiração e a inveja do grupo. E estão os namorados, que patinam de mãos dadas e levam tombos juntos; os gordos se tornam esgalgos, os magrinhos passam como exalação, os tímidos se arriscam pouco a pouco e terminam por diluir-se na massa elétrica. Um ou outro, menorzinho, chora. Acompanho os nervosos, os irritados, os que nasceram para destacar-se, os triunfantes, os que nunca serão chefes, os resignados, os alegres. São irmãos nesse movimento ininterrupto, do qual as discriminações desapareceram: aglutinam-se simplesmente, corpos e almas em crescimento, corrupiando sem cessar.

À sombra da gameleira, habituei-me a distinguir a figurinha graciosa de Mariana, morena de nove anos e olhos orientais, que patina sozinha. Ela costuma ficar parada no mesmo lugar, quieta, contemplando os companheiros mais velhos que circulam sem vê-la; de repente se lança entre os outros, dá uma volta, duas, e retorna para debaixo da árvore, sempre séria, sempre calada. Na argolinha de ouro da orelha esquerda, usa um dentinho pendurado; seu ar é grave e lúdico.

Foi bom reencontrar minha praça em sua roupagem quase estival. Acho-a tão linda, tão vigorosa, tão menineira, assim enfeitada de patinadores! Acontecem coisas na vida coletiva da população, na íntima de cada um de nós; as ruas, as casas, os rostos se gastam, envelhecem, perdem a cor. Só as praças, em meio à decomposição do tempo, são perenes à sua maneira, e preservam em nós e na cidade o verde-gaio poder de renovação.

In *O valor da vida* (1982)

FLAGRANTES NA PRAÇA

*A*costumei-me a vir passar janeiro e fevereiro no Rio, e fui pouco a pouco me esquecendo de como esta cidade é deliciosa no inverno, tão mais linda do que no verão, quando o excesso de sol a faz selvagem, incandescente aos olhos e à pele. Foi-se-me a memória dos dias delicados, em que a justa medida luminosa realça e diferencia com exatidão o verde-azulado dos morros e o azul-esverdeado do céu e das ondas. Não recordava as noites quase frias, que impõem suéter e cobertor ligeiros, e o ventinho marítimo que de manhã cedo vem nos fazer cócegas na cama; nem as vésperas, que acontecem logo depois das 5, meio de repente. Que prazer, que encantadora surpresa, pois, desembarcar aqui no penúltimo dia de julho e recuperar esse ramalhete de sensações, aparentemente diluídas, que se tornaram tangíveis nem bem me envolveu a doce temperatura carioca. Ah, minha cidade de antes e de sempre, de todas a mais bela, como consegues resistir à devoração imobiliária, aos desatinos dos que não sabem conservar-te, à poluição, a todos os pecados mortais da (anti)vida moderna, e manter intacto teu esplendoroso fascínio e tuas nuanças mais sutis? Que bom rever-te, amar-te e fruir-te devagar, em agosto.

    Tive tempo de ver os meninos se preparando para a volta ao colégio; pude comparar a praia cheia, da última manhã de férias, com a vazia – ampla, apesar do reduzido espaço de areia – do primeiro dia de aula; assisti em Ipanema ao desfilar de estudantes, a caminho da escola, e das gaivotas, que nessa faixa do ano gostam de pescar junto aos banhistas. Não quis (não quero) perder um só flagrante, um só aspecto da cidade ameigada pelo inverno.

Fui depressa à Praça Nossa Senhora da Paz, onde a exposição de esculturas, organizada pelo *Globo*, pela Funarte e pela Sul América, estava prestes a terminar. Já tinha lido várias reportagens a respeito e visto fotografias das obras rodeadas pelos visitantes, mas não imaginava o espetáculo que encontrei. Entardecia e o ar era fresco: a praça estava povoada de crianças, adolescentes, de casais maduros e de velhos; os postes e refletores, acesos. Tive a impressão de estar sendo admitida numa comunidade especial, bastando franquear o inexistente portão para ser tacitamente aceita pelos que lá se achavam – e brincavam. Sim, foi exatamente isso que senti e comprovei na praça: as pessoas brincavam, alheias à brisa, à noite chegando, ao ruído dos carros e ônibus que disparavam nas ruas circundantes. Uma inconsciência infantil, que nenhuma relação tinha com a idade de cada um, se apoderara de todos e os igualava na mesma curiosidade, na mesma alegria da descoberta, no mesmo estado lúdico. Despreocupação parecida só tinha visto, há alguns anos, na desaparecida sala Di Tella, em Buenos Aires, quando Jules Le Parc expôs seus engenhos animados: mas era num recinto fechado e pagava-se entrada. Na Praça da Paz tudo era gratuito, em qualquer sentido desta palavra.

Integrada no ambiente, aproximei-me do *Espaço Circular*, de Weissmann. Uma jovem mãe e seu bebê, que mal caminhava, entravam e saíam pelos arcos caprichosos, reinventando um labirinto aberto, sem angústias. Não resisti e segui-os, festivamente. Outros visitantes logo nos imitaram, mas um novo jogo já me convocava: o mármore branco e móvel de Sérgio Camargo, que três crianças faziam girar, imprimindo-lhe tantas formas diferentes, que era como se

o nome pouco sugestivo da obra, *Escultura nº 387*, lhe tivesse sido posto para indicar que se tratava de inúmeras esculturas numa só. Saí correndo em direção ao *Megálito II*, de Maria Guilhermina. Um garotinho encarapitado nele me chamou cordialmente:
— Não precisa ter medo: meu jacaré é grande, mas não morde.

A velha preta que passava sorriu:
— As crianças ficam sempre achando que esse *neolítico* é um bicho.

Vim a saber que ela percorria a exposição pela terceira vez e só lamentava que estivesse terminando:
— Acabei gostando de tudo, mas o *Navio Fantasma* é o mais bonito — e levou-me até o bronze de Mário Ormezzano.

Menininhas passaram voando, apostando corrida:
— Quem montar primeiro o cavalo ganha!

Acompanhei-as: a atmosfera mágica que reinava era tão intensa que, entre os vários possíveis cavalos expostos, haviam escolhido, para galopar, a cintura sinuosa da *Mulher Reclinada*, de Abelardo da Hora.

Diante do *Zebu*, de Brecheret, dois casais inquiriam:
— É um boi qualquer.
— Qualquer, coisa nenhuma: é um bisão.
— Vocês, mulheres, não entendem nada: obra de arte não tem por que representar uma forma conhecida.
— Mas esta representa, ora essa.
— Então consulta o jornalzinho — e para decifrar a charada, folhearam, excitados, o suplemento ilustrado que era distribuído na praça.

Entre lírico e malandro, um mulato observava o *Oitavo Véu*, de Maria Martins:
— Se for moça, é pouca-vergonha, mas se for sereia é um barato.

E todos, livremente, acariciavam o aço, a madeira, o bronze, o concreto. Pensei: somos incompletos se não nos permitem exercitar o tato; para conhecer, precisamos segurar, apalpar, aconchegar entre os dedos.

Afastei-me, comovida, enquanto, na praça, esculturas e gente continuavam irmanados num todo harmonioso, palpitante. Atravessei a Rua Maria Quitéria: de longe, a versão moderníssima da *Vitória de Samotrácia*, de Caciporé Torres, pareceu-me quase clássica em seu brilho argênteo e venusino.

In *Um buquê de alcachofras* (1980)

NOIVAS NA PRAÇA

*M*ais de uma vez andei escrevendo sobre as praças portenhas. São tantas, diferentes umas das outras, de formas e tamanhos tão variados, que é impossível conhecê-las todas. Estou sempre descobrindo alguma, velha ou nova; às vezes, trata-se de praça já vista e revista, que se desvenda subitamente, sob um ângulo inesperado. Foi o que se deu comigo há pouco tempo, ao sair com um amigo de um restaurante típico da Avenida Córdoba, de um desses lugares que os argentinos chamam de *cantina*, onde se saboreiam massas especiais, italianíssimas e se toma, em canecas, o vinho tinto da casa, de bom corpo, entre famílias inteiras que, apesar da crise econômica, mantêm o costume de jantar fora aos sábados – pais, filhos, avós e até bebês, que choram, agasalhados, nos carrinhos, ao lado da mesa.

Deviam ser umas dez horas e fomos devagar até a Praça *Monseñor De Andrea*, inaugurada há cerca de três anos, entre as ruas Ecuador, Anchorena e Paraguay. A noite era doce, sentamo-nos num dos bancos, sem pressa. Meu amigo, amante da cidade, contou-me que antes, nesse quarteirão, havia uma série de cortiços, habitados exclusivamente por ciganos. A prefeitura desapropriara as casas e construíra aquela praça moderna (em que, até então, eu reparara pouco), com duas fontes e muitos canteiros, tendo tido ainda a gentileza de conservar as árvores que embelezaram os antigos pátios. Ao redor, ônibus, carros e muita gente configuravam o movimento alvoroçado das noites de sábado em Buenos Aires.

De repente, vemos um Chevrolet grande, de luxo, parar diante de nós: descem dele um rapaz de terno escuro e uma moça vestida de noiva, atrapalhada com a cauda de filó. De outros carros, surgem cavalheiros e damas com roupas de festa, que se dirigem a uma das fontes; atrás, correndo, um fotógrafo procura alcançar o jovem casal. Vozes, *flashes*, risos e palmas. Eu ainda não me refizera da surpresa, quando mais um automóvel, obviamente alugado, estaciona junto aos anteriores: outro noivo e outra noiva aparecem e, quase imediatamente, outros membros de um novo cortejo. Encaminham-se todos à fonte seca, seguidos por um segundo fotógrafo, igualmente apressado.

Sem entender, quis aproximar-me deles. Meu amigo me reteve, com um gesto ligeiro: uma terceira noiva, saída de um terceiro automóvel rutilante, esperava, na calçada, que o primeiro grupo se afastasse da fonte e voltasse aos carros. E já uma quarta e uma quinta irrompiam, quase ao mesmo tempo. Tive a sensação mágica de estar, sem mais nem menos, participando de um desenho animado, com noivas e noivos brotando daqui, dali e dacolá, padrinhos, *demoiselles* e *garçons d'honneur*, mães comovidas.

– Mas, afinal, o que é que está acontecendo aqui? – perguntei, confusa e lírica.

Meu amigo (já disse que é portenho convicto) explicou-me, então, que se tratava de um costume local: depois da cerimônia religiosa, os recém-casados costumam passar por certas praças ou monumentos da cidade, para tirar fotografias. Traz sorte, parece. Por que escolhem este e não aquele recanto? Mistérios urbanos. E daí o fato de o bairro ter sido pouso de ciganos...

As noivas iam e vinham, sem pausa: em meia hora, contamos vinte e duas. Faziam fila diante das fontes, aguardando vez para os retratos: o casal juntinho, de braços dados, beijando-se, ou rodeado pelos pais e amigos íntimos. Depois se retiravam, exaltados, com certeza, para a festa que já começara. De serena e outonal, a noite virara jubilosa, feérica, repleta de sedas, tule esvoaçante, grinaldas, buquês, estrelas de *strass*, lantejoulas, plumas brancas. Uma sorte de particularíssima escola de samba, dividida em vários pequenos desfiles nupciais.

Vi noivas adolescentes, magrinhas; roliças, de trinta anos, sérias, ruivas, envoltas em cetim e pérolas; uma lembrava Maria Antonieta; nervosas, tímidas, saltitantes, desembaraçadas. E os noivos? Dos mais diversos tipos físicos e morais, barbudos, com ou sem bigode, gordos, compridos. Todos tradicionais; nenhum tinha aspecto *hippie*, cabeleira encaracolada ou túnica indiana. Os casamentos eram de classe média, organizados como indica o figurino, com pompa e emoção. Perdi-me entre os jérseis enviesados das madrinhas, paetês, canutilhos, capelinas inimagináveis, coques trançados com miçangas, e corria de uma fonte para a outra, leve, deslumbrada, perplexa, radiosa. Do banco, meu acompanhante (tão argentino!) me observava com benevolência. Julguei-me transportada à igreja mineira onde cada casamento, em minha infância, era um banquete para as almas.

Às 11 horas, as noivas começaram a escassear. A última veio de uma sinagoga, com os homens (até o fotógrafo) de cabeça coberta, e o esposado de solidéu preto. A praça recuperou pouco a pouco o sossego de antes; pelo chão, esmagadas, algumas flores caídas dos ramalhetes. Pensei, com ternura e intensidade, em todos aqueles casais que acabavam de partir, buscando reinventar novas fórmulas de vida em comum. Desejei-lhes ventura, alegria, mas meu coração estava apreensivo: que seria deles dentro de um, de cinco anos, ou mesmo no dia seguinte, quando a trepidação noturna se diluísse? Que suspiros de prazer ou arrependimento lhes nasceriam das entranhas, que nebulosas descobertas os espreitariam, que rosário de coisas boas e más? O choro dos filhos, o sarampo, a conta da luz, o ordenado insuficiente, a desconfiança, a primeira discussão, a milésima, a última... Quantos resistiriam à ação subterrânea da rotina, à procissão dos mínimos combates diários, aos bocejos, às palavras nunca proferidas, às artimanhas do tédio? Chegariam alguns a comemorar bodas de prata? Já maduros, sorririam, com saudade ou com remorso, ao reencontrar, no álbum, aqueles retratos junto à fonte, tirados numa noite fresca de sábado?

    Pedi a meu amigo que me trouxesse para casa. Caminhamos a pé, em silêncio, vagamente envergonhados de ter assistido, sem convite, a cenas tão iniciais, talvez reveladoras.

In O valor da vida (1982)

COISAS DE ANTES E DE AGORA

*H*á muitos anos, quando vim morar aqui, encontrei uma cidade onde viver era delicioso. Instalei-me sem dificuldade num apartamentinho novo, que não era de luxo, mas já tinha (lá se vão mais de cinco lustros) campainha automática – dessas que eu só conhecia através do cinema, e que permitem ao dono da casa saber quem está chamando e abrir-lhe a porta mediante um simples botão, comprimido na cozinha – ar refrigerado e calefação centrais, duas geladeiras idem, máquinas de lavar e de secar roupas, importadas, e até um gracioso *playground* no térreo. Todo esse conforto californiano, e minha rua, por onde ainda circulava uma ou outra carroça, era de pedras, a duas quadras de Santa Fé, a avenida principal.

Em uma semana consegui telefone e empregada, uma espanholinha veloz, que arrumava, cozinhava e servia a mesa – de luvas! –, e para a qual eu era a *señora menor*, diferençando-me de minha mãe, a *señora mayor*. A roupa mais fina era lavada e passada por uma velha que vinha buscá-la pontualmente e a devolvia dois dias depois, imaculada, numa cesta oval. Em noites de festas, a mulher do porteiro se oferecia para ajudar.

Todo o resto, no mesmo estilo: táxis vazios e baratíssimos, com motoristas engravatados, que durante o percurso faziam comentários sobre a política e o tempo e não aceitavam gorjetas; o metrô, que não atrasava nunca; bondes fechados e cômodos, onde ninguém ficava de pé. Os restaurantes cheiravam bem, quase todos forrados de madeira, em estilo inglês, com grandes ventiladores no teto. Comia--se divinamente e bebia-se... Ah, encontrava-se qualquer vinho estrangeiro nas adegas, e todos acessíveis. À tarde, as senhoras tomavam chá nas confeitarias, com pãezinhos de minuto recém-feitos, sanduíches de todo tipo, *petits-fours* e bolos recheados, sublimes e irresistíveis, que passavam sobre um carrinho, de mesa em mesa. Como tudo isso custava poucos níqueis, havia muita gente gorda naquela época.

    Ir ao cinema: que prazer! Compravam-se as entradas cedo, sem fazer fila e, antes da sessão, tinha-se tempo para tomar um café com creme na esquina, ou descobrir e folhear preciosidades nos sebos que ficavam abertos até de madrugada. Com lugares marcados e vaga-lumes solícitos, não havia atropelo à entrada; na saída tudo se processava com a mesma ordem e educação: as pessoas se desconcentravam vagarosamente e desfilavam pelas ruas centrais, muito iluminadas, comentando o filme e olhando vitrinas. Vivia-se numa atmosfera refinada e lenta, em que os costumes da grande urbe não escondiam a marca de certa rotina provinciana.

    Mendigos, nenhum; os homens mais modestos usavam sobretudo, chapéu e luvas de lã, no inverno. As crianças, redondas e coloridas, floresciam pelas praças, onde jardineiros permanentes impediam que a grama fosse invadida por grandes e pequenos. E como tudo era limpo... Não se viam papéis pelas sarjetas; os garis mantinham as ruas impecáveis; os lixeiros, que nunca faziam greve, chegavam ao amanhecer, em silêncio; as feiras, armadas em lugares fixos, vendiam um peixe inodoro e, pouco depois do meio-dia, não sobrava uma folhinha de alface no chão.

    Bons tempos, esses tempos de outrora. Pouco a pouco foram sendo substituídos por outros, tão sutilmente, que a princípio a gente não dava pela coisa. Era preciso que algum viajante comentasse, depois de uma ausência prolongada: "Está tudo tão difícil: que é que houve?" – para começarmos a perceber a mudança. Víamos então que as poucas carroças haviam sumido junto com os bondes; o metrô passara a ser um dos meios de transporte mais impontuais; os ônibus, de tão cheios, estavam inabordáveis, e os táxis só podiam ser tomados (quando apareciam) nos primeiros dias do mês, logo depois do pagamento. Onde estavam os trabalhadores gentis e as copeiras eficientes? Sorte se ainda se podia conseguir alguma meninota inexperta, ensinar-lhe os rudimentos culinários e perdê-la assim que ela se sentisse apta para buscar nova ocupação.

Apartamentos bem apetrechados, *playgrounds* a domicílio, praças vicejantes, restaurantes bons e baratos, confeitarias cheias, cinemas tranquilos, ruas limpas, povo bem-vestido: Que é isso? – hão de exclamar, se inquiridos, os pálidos garotos modernos, que nunca viram nada parecido. Em compensação, não haverá um que ignore a inflação e o desafio diário que os pais têm de enfrentar para subsistir nesta capital, que perdeu o encanto antigo e se deixou asfixiar por todos os vícios da chamada civilização. Hoje, aqui, falta sossego, falta tempo, falta lugar, falta luz, faltam coisas – falta dinheiro. Mas sobra lixo.

Eis a última perplexidade dos portenhos: como a fumaça do lixo queimado nos fornos, que todos os edifícios sempre tiveram no porão, estava contaminando demais o ambiente, uma saudável portaria municipal acaba de proibir essa operação. As lixeiras individuais foram clausuradas e a população instruída no sentido de reunir as sobras domésticas em sacolas de polietileno, que depois das 9 da noite devem ser colocadas ao lado do elevador de serviço. O porteiro as recolhe de manhã e junta todas em outra sacolona, a qual por sua vez é posta na calçada. Assoberbados de trabalho, os lixeiros vêm tarde ou não aparecem. Os depósitos gerais também não estão preparados para receber tal quantidade de detritos, mas as autoridades se sentem em paz, pois estabeleceram um prazo máximo de dois anos para que os moradores dos edifícios de mais de 25 apartamentos instalem, no lugar do forno inútil, máquinas compactadoras, que reduzirão o lixo a pequenos e confortáveis volumes. (Estão sendo fabricadas a toque de caixa e algumas empresas já as anunciam, por preços inatingíveis). A quinta-feira, 12 de janeiro último, em que essa medida entrou em vigor, foi sugestivamente batizada pelo prefeito de "Dia do ar puro".

Pensando bem, talvez não haja motivos para queixas – pelo contrário. Em primeiro lugar, e até que a cidade se transforme, inteira, numa gigantesca lata de lixo, respiraremos um oxigênio refinado que nos fará bem ao corpo e à alma, habilitando-nos a empreender com entusiasmo a batalha de cada dia. Depois, os fabricantes de sacolas enriquecerão rapidamente (não assim os de compactadoras), o que não deixa de ser exemplo estimulante para o povo. E por último, por que não simpatizarmos um pouco com a alegria dos ratos argentinos, que já existem na proporção de oito para cada habitante urbano, e que daqui a pouco poderão superar amplamente esse recorde?

In *Um buquê de alcachofras* (1980)

IMAGENS

DA PRAIA

A praia começa numas pedras, que são ásperas para os que não conhecem o caminho. É preciso andar descalço sobre elas e manter um certo equilíbrio. Vou subindo. Vejo um tapete íngreme e verde, brilhando ao sol quando as ondas se retiram: são os mariscos, inúmeros, variados, que aderiram à pedra e ali deitaram raiz. Em seguida é a pedra, pura, sem ornatos. Logo depois aparece a terra e nela uma vegetação reles, que o vento endureceu.

Continuo, dobro à direita. Novamente o mineral nu: ao longe, o mar. Sento-me e penso em como seria difícil descrever o mundo contemplado aqui de cima. Há o mar, fundindo--se com o céu. Digo (sem palavras) que ambos são verdes, ou azuis, ou plúmbeos, ou das três cores ao mesmo tempo. Mais do que isso não posso definir, pois só os olhos distinguem – e ainda assim mal – a infinidade de tons e nuanças que o fluido movimento do ar e das águas produz, numa paleta instável e sem contornos. Explico a mim mesma, simplesmente: Isto é o mar (já que nenhum adjetivo poderia sugerir como ele é movediço, furta-cor, secreto) e isto é o céu. Depois: São as pedras. A solidão. A espuma!

Lá embaixo, uns meninos mergulham. Observo os corpos jovens desferirem um semicírculo elástico e penetrarem nas

ondas. Escuto o som distante das palavras e risos, perdendo-se no barulho das águas. Um navio vai entrando, pequeno vulto escuro, impreciso, que pouco a pouco se firma e se afasta. Só a fumaça leve, que se desfaz, lembra a rápida presença. Distingo duas, três gaivotas; uma delas se detém, arma o bote, falha. As outras prosseguem, pelas nuvens afora.
Sempre o mar. As ondas crescem, quebram-se, dividem-se, recomeçam. Cachos de espuma sobem e descem. Respinga água em meu rosto salgado. Que magia se desprende dessa lenta contemplação? que não desvenda coisa alguma e embala, perturba, volteja e...
Mais embaixo ainda, na areia, estão os homens deitados. E em cima de todos, de tudo, o sol.

DA ROÇA

Na cidade é o espírito que trabalha; na roça, é o corpo.

Levanto-me cedo e vou ao curral, onde tomo leite, de que não gosto, ordenhado na hora. Monto, sem saber montar, um cavalo manso; fico horas debaixo da cachoeira; aprendo a melhor maneira de conversar com os bois, de olhar doce. Apanho bicho-do-pé e sinto cócegas no dedo grande. Já não reconheço minha pele morena (de um dourado que o sol do mar não produz), essa agilidade, os músculos atentos, o desejo desconhecido de prolongar o cansaço até o momento de cair na cama, de onde insônia e exames de consciência estão rigorosamente banidos.

Passa então o espírito a refletir o novo corpo: desenvolve-se em mim uma leve operação mental, certa moleza no pensamento, certa dificuldade em buscar a razão das coisas – situação quase agradável, que produz "uma exaltação muito vaga e faz conhecer um estado que parece tão longe da alegria quanto do sofrimento. Talvez seja a felicidade" – como tão bem explicava o velho ídolo, hoje quase esquecido, André Gide.

Acompanho a vida intuitiva dos colonos, seres diferentes, de fala pitoresca, que conhecem todos os caminhos, defendem-se de todos os perigos, sabem benzer-se com plantas, nas quais ninguém poderia suspeitar propriedades medicinais. Os meninos crescem sozinhos, sem medo. Como os pintinhos, evitam a cobra e o córrego, com essa sabedoria subterrânea, que não possuo. Meninas de cinco anos passeiam o irmão caçula por entre gado, numa dolência... Já entendem de remédios e do tempero dos chouriços: estão prontas para a vida. São crianças dotadas de uma brandura particular, que nem os estragos produzidos pela bebedeira do chefe da família – que costuma lavar a alma aos domingos, no botequim da estrada –, nem a seca, nem a miséria conseguem endurecer.

O contato permanente com a vida ao ar livre como que preserva nos colonos uma ilha de poesia. À noite, sob a lua (lua da roça, mais redonda, mais leitosa, delinquescente), eles vão chegando e se sentam no chão, a uma distância respeitosa do patrão. Todos têm pé chato e unhas que parecem de metal. Reparo naquele, de calça arregaçada, toquinho de cigarro na boca, e chapéu (nunca o vi de cabeça descoberta). Sem avisar, começa a desfiar penas e alegrias na sanfona que nunca aprendeu. A voz é funda e desafinada; a toada, monótona, triste.

Em frente, reconheço Mané Frozinho, de cócoras, com a filha pequena nos joelhos, respondendo, no escuro, ao desafio, longamente.

Vejo tudo isso e não penso em nada. Sinto a noite, o cheiro do campo; a alma dos colonos, a brisa envolvente. Tenho sono e, exausta, vivíssima, vou dormir.

In *O valor da vida* (1982)

SOBRE O CARNAVAL

Confesso que nunca fui carnavalesca e, à medida que o tempo corre, é maior a apreensão com que vejo aproximar-se esses três ou quatro dias em que a rotina se interrompe e um tédio crescente vai se apossando daqueles que não se dedicam à folia e se sentem massacrados pela televisão, a transmitir, sempre e sem trégua, os mesmos bailes e os mesmos concursos de fantasias. Nenhuma novidade, nenhuma surpresa, nada que os diferencie dos do ano passado e de todos os anos anteriores. As ruas vazias do bairro ficam deprimentes, sobretudo quando surge – cada vez mais raramente – algum melancólico bloco de sujos; as praias estão repletas, a fisionomia dos que não foram passar os feriados fora só refletem lassidão.

Positivamente não há lugar na cidade para os que nela permanecem, sem saber curtir o carnaval e seu feitiço. Devo talvez essa balda à sobriedade dos meus antepassados mineiros, tão estrita em minha formação que não me permitiu assimilar a influência do Rio, apesar de eu me haver mudado para aqui aos seis anos de idade. Talvez não.

Lembro-me ainda da ansiedade com que, nessa época, esperei o meu primeiro carnaval longe de Belo Horizonte. Duas coisas exerciam então um fascínio completo sobre as crianças da província: a pronúncia chiada dos *s* cariocas, que procurávamos inutilmente imitar, e os festejos de Momo, que não ousávamos sequer imaginar em nossos sonhos acanhados. Como eu era uma menina miúda, que crescia e engordava muito devagarinho, minhas roupas nunca ficavam pequenas e duravam várias temporadas. Assim, dispunha nesse ano de três fantasias: a de coelho e a de cozinheiro, com que me havia apresentado em dois festivais do jardim da infância, e uma dama antiga, feita de um áspero organdi, que parecia cravado de alfinetes nas costuras, toda enfeitada de fitinhas de veludo preto. (Ao observar-me hoje nas fotografias de antes, fico perplexa diante do sorriso com que eu era capaz de disfarçar a dor e a aversão que aquela vestimenta me produzia.) Tive a vaga esperança de que me oferecessem uma quarta, mais digna de um carnaval de verdade, mas, conhecendo as limitações da economia familiar, calei-me. Ficou pois tacitamente resolvido que cada dia eu usaria uma daquelas roupas – novas para o pessoal da vila onde morávamos.

No domingo, depois do ajantarado, vestida de dama antiga (era preferível terminar logo com o suplício), saí com meus pais de bonde, rumo à cidade. Ganhei confete, serpentina e lança-perfume, e preparei-me interiormente para o grande espetáculo... que não houve: o desfile de carros e de blocos pareceu-me inferior ao que eu estava habituada a ver em minha terra. Nem o gosto dos picolés de nata que tomamos se aproximava do que era vendido na incomparável sorveteria da Avenida do Contorno. Voltamos exaustos, mas ainda confiantes em que no dia seguinte seria outra coisa.

Na segunda-feira (eu de cozinheiro, com um chapelão incomodíssimo), repetimos a façanha, com idêntico resultado. Concluímos que gostávamos mais do carnaval belo-horizontino (ou de nenhum), e na terça desistimos da longa excursão ao centro. Enfiei o maiô de coelho – quentíssimo, embora decotado, porque, além de ser de pelúcia, tinha uma touca ajustada, da qual pendia um par de orelhas asfixiantes – e decidimos ir tomar lanche na Confeitaria Brasileira, em Copacabana, onde uns docinhos recobertos de creme de laranja me deslumbravam. Satisfeitos com a decisão sábia, mas com um secreto travo de frustração (seria realmente o carnaval menos ofuscante do que havíamos suposto, ou a insensibilidade estaria em nós, pobres provincianos, desajeitados a ponto de não decifrar-lhe a resplandecência?), empreendemos lentamente o caminho de volta. Um ou outro grupo de fantasiados inglórios aparecia de vez em quando, cantando e pulando com pouco entusiasmo.

Às 4 horas, com o nosso carnaval terminado, estávamos em casa. Enquanto meus pais descansavam, meio sem ter o que fazer fiquei andando pela vila, erma de crianças, pois todas haviam saído para os bailes infantis. Cheguei até a Avenida Princesa Isabel (naquele tempo Salvador Correa), e de repente vejo sair do Túnel Novo um bloco animadíssimo, com baianas, índios, homens vestidos de mulher e de bebê, gente tocando cuíca e batendo caçarolas – de todos os que havia observado até então, o mais cheio de vida, o que mais me transmitia um ritmo e mensagem revigorantes. Recompensada finalmente, aguardei a passagem dos foliões. Quando chegaram à entrada da vila, um dos comparsas, vestido de morcego, de máscara preta e manto amplíssimo, decidiu brincar comigo. A princípio, quase honrada com aquele gesto de cordialidade, que não me deixava tão infensa ao ambiente, tentei acenar para ele, mas, ao perceber que se aproximava, senti que a insegurança incipiente que brotara em mim se havia transformado velozmente em pavor. Com as orelhonas de coelho tapando-me a vista, consegui disparar vila adentro, perseguida pelo morcego, que, sem notar meu pânico, pensaria com certeza que o jogo continuava. Não sei como cheguei em casa, onde, alertados pelos berros, meus pais devem ter achado graça e calmado minha angústia.

A cena não passou disso – tão pouco para uma crônica... Já ouço as reclamações do leitor, justamente impaciente, que esperava um desenlace qualquer: que lhe importa o velho susto sem consequências de uma menina recém-chegada à metrópole? É verdade talvez não seja mesmo matéria jornalística, sobretudo para um domingo como este, em que muitos se preparam para sambar logo mais, ou enfrentar o fastio da data, assistindo pela televisão ao desfile das escolas, alheios todos ao drama insignificante de uma criança antiga. Mas são esses mínimos episódios cruéis (e inesquecíveis) que configuram nossa vida e nossas limitações. É provável – fico cismando – que, se essa minha primeira experiência no Rio tivesse sido diferente, eu poderia ser hoje, quem sabe, uma foliona quase tão jubilosa como a nossa Eneida, de encantadora memória, capaz até de animar os leitores com uma história mais colorida e carnavalesca.

In *Um buquê de alcachofras* (1980)

FANTASIAS

*E*ntão fiquei achando que, como não costumo cair na folia, está na hora de eu inventar um Carnaval só para mim, particularíssimo. Não gosto de bailes, nem de multidões e, para dizer verdade, ainda não aprendi a sambar. Mas bem que seria lindo imaginar umas fantasias deliriosas, dessas que nunca tive, e passar os três dias incógnita, indo de um lado para o outro, clareando meu coração. Descobri três trajes, um para cada noite. Assim:

DOMINGO

Visto-me de Estrela Ofuscante, para brilhar até a alvorada. A roupa não está pronta, muda sem interrupção: feita de pequenos raios luminosos, milfurada, assume todas as formas etéreas, é o próprio claro-escuro tremeluzindo. Nem branco nem prateado, o tecido lembra a lua, o cometa que não pude ver, água escorrendo pelo mármore de algumas estátuas, versos de Cruz e Sousa – a mais bela vestidura que qualquer pessoa já cobiçou, diáfana, ebúrnea, inefável.

Cintilo primeiro sobre a Rua Marquês de Sapucaí, onde a formosura é de tal modo colorida que, por momentos, chego a temer que ela roube o meu ástreo resplendor. Sob o fascínio das Escolas de Samba desfilando, ninguém pensa em olhar para o alto. Só uma criança, exausta na multidão,

talvez encare o céu, tentando inutilmente chamar a atenção da mãe, presa ao som das baterias:
– Olha aquela estrela fantasiada de mulher!
E, dona solitária do segredo, esquecerá o sono e a fome, com forças para esperar a última Escola, que vai passar em pleno dia.
Agora prefiro fulgir sobre o Oceano Atlântico, longe da música e da vibração urbana. Vejo-me refletida no vaivém líquido; atravesso a água e reencontro minhas primas opacas, as estrelas-do-mar, que subitamente se incendeiam e dançam o baile abissal. Penso em Monteiro Lobato, lido há tanto tempo: foi Emília ou Narizinho que, ao desposar o príncipe submarino, ganhou um vestido mágico, com todos os peixinhos nadando nele? Aliso minha fantasia de estrela cadente, circumpolar, fugaz, fundamental, nuclear, variável, Vésper... Só não tenho tempo de ser a estrela-da-manhã, porque o domingo acabou, e está na hora de trocar de fantasia.

SEGUNDA-FEIRA

Hora de vestir a roupa de Borboleta. Há muitos anos, Zélia Hoffman (por onde andará ela?) exibiu no Municipal uma túnica parecida, em vários tons (*sur ton*), que iam do azul-pombinho ao azulão, passando pelo turquesa e quase chegando ao azul-ferrete. Tempos depois, consultando um tratado de História Natural, concluí que aquela moça bonita e esguia se fantasiara especificamente de Azul-Seda, o lepidóptero da família dos Papilionídeos, cujo macho é azul-fino, tendo a fêmea asas bordeadas de azul mais escuro. Só não pude precisar se ela escolhera modelo masculino ou feminino. Há de haver sido hermafrodita, de tal maneira em minha memória azuleia um inseto grande e delicado, azulinamente furta-cor.
Minha borboleta é tão deslumbrante quanto a de Zélia, embora às vezes recorde também certas mariposas noturnas

ou crepusculares, ninfas recém-saídas do casulo, ou libélulas de safira, adejando, libentes. Quero mariposar por toda parte, passando junto às janelas dos apartamentos, em que moradores insones assistem ao Carnaval televisionado. Eles já se esqueceram dos bichinhos do campo e hoje, em matéria de borboletas, só conhecem as bandejas e pratos, que as casas de artigos para turistas vendem, recobertos de asas coloridas. Pode ser, entretanto, que algum distraído, chegando à varanda para descansar da monótona programação festiva, me enxergue de relance, sem entender, quem sabe vagamente assustado:
– Que borboleta esquisita, com jeito de mulher...
E sentirá o corpo mais leve, os músculos distensos, a ponto de sentar-se outra vez diante da tevê, com o ânimo carnavalesco, que andara bruxuleante, redivivo:
– Bruxa engraçada... – cismaria em silêncio. – Dir-se-ia azulíssima...
Tanto borboleteamento acaba fatigando. Depois, já a segunda cedeu lugar à

TERÇA-FEIRA

Em apenas dois dias fui estrela luminescente e inseto da madrugada, resplandeci no firmamento e no oceano e voei entre edifícios: cansaram-me os indumentos feéricos. Desejo terminar meu Carnaval de um jeito humilde, humano. Quero ser Pierrô.
Revejo os pompons, as golas franzidas dos sucessivos pierrôs que Zacharias do Rego Monteiro mostrou na passarela, ano trás ano, acho que na década de sessenta. Aquela amplidão, aqueles panejamentos vaporosos, ondulantes, claros; o barrete negro, parecendo tonsura; as sapatilhas de cetim; o rosto de alvaiade... a roupa mais suave, a que melhor me poderá envolver nessa véspera de Cinzas. Escolho um pierrô ainda mais simples, o de Debureau, liso, despo-

jado, pregas e largura somente. Com a mandolina cheia de fitas brancas a tiracolo, pouso num dos trapézios do Golden Room e observo de longe a *Noite Dourada* do Copa.

Sem queixas nem melancolia, acompanho os últimos foliões, sentindo desabrochar em mim *a profunda, a silenciosa alegria*, que o poeta Bandeira encontrou em outro Carnaval, *todo subjetivo.*

In *O valor da vida* (1982)

A TRADIÇÃO NAS CIDADES

A caminho do Chile, Baby passa três dias aqui e, no segundo, prefere mudar-se do hotel moderno e confortável, em que se achava, para o Plaza. Estranhei, por tão pouco tempo, tamanha mão de obra.
– O Plaza é o meu hotel sonhado – explicou-me, radiante. – Hospedei-me nele há vinte anos e foi uma glória. Agora quis reviver aquela temporada e não me decepcionei. Pelo contrário: ele continua tão perfeito, tão antigo como antes. Os guardanapos ainda são de linho; os bules ainda são de prata; as paredes e o pé-direito ainda são, como antes, altíssimos e aconchegantes.

Julguei compreendê-la, em parte: não era propriamente o Plaza que agradava Baby dessa maneira, mas o tempo nele acumulado, as tradições que mantém, a permanência do bom gosto, a sua invariabilidade tranquilizadora. Trata-se de um hotel de mais de setenta anos que, em vez de ser demolido, para dar lugar a outro mais novo, mais feio, mais..., continua soberanamente de pé em frente à Praça San Martín, vigiando as árvores e o rio circundantes. Reformado por especialistas em 1978, a fim de receber os turistas esperados para a Copa Mundial, nada perdeu da sua imponência, das nobres linhas iniciais, nem se modificou o tratamento que oferece aos hóspedes. Para Baby, o Plaza simboliza o que Buenos Aires conserva de constante, essa capacidade de ser orgulhosamente igual a si mesma, a admiração que os portenhos sentem pelo que possuem e tem valor, a inteligência com que preservam costumes, prédios, monumentos e instituições que enriquecem a cidade. Levei-a aos bosques de Palermo, aos arredores, a Vicente López, a San Isidro. Em toda parte reconhecia os gramados, os jacarandás, as estátuas, a região ribeirinha – tudo, quase sem modificações, como deixara há dois decênios. E de alegria em alegria, ia identificando:

– O *Arqueiro*, de Bourdelle; o *Penseur*, meditando até hoje diante do Congresso vazio; as pombas e fotógrafos da Praça de Mayo, as quintas de Olivos; o roseiral, na ponta de Palermo; as casinhas coloridas do porto; a gameleira junto ao cemitério da Recoleta, em cujo oco vivia uma velhinha maltrapilha! Nada mudou nesta cidade?

Jantamos em La *Cabaña*, restaurante tradicional, que há quase cinquenta anos serve a melhor carne de boi Shorthorn. Há muito não o frequentava e, influenciada pelo espírito entusiástico de minha amiga, surpreendeu-me rever, intatos, o mesmo touro embalsamado ao lado da porta, as mesmas paredes de madeira escura, os mesmos cozinheiros gordos, de gorro branco, lidando com os costilhares que se assam à vista dos fregueses. Pedimos um *baby-beef* imenso, como sempre, que dividimos entre as duas, e achei reconfortante mastigar a mesma carne insuperável que me fora indicada como um dos mais deliciosos privilégios argentinos, quando descobri a cidade, há tanto tempo. E até o *sabayón*, à sobremesa, era a mesma gemada morna, espessa, sabendo a xerez, derretendo-se como espuma na garganta.

Na noite seguinte tínhamos entradas para o Colón. Esse teatro (o segundo com o mesmo nome) foi construído em 1908, no quarteirão limitado pelas ruas Libertad, Tucumán, Cerrito e Arturo Toscanini. Como Cerrito acabou fazendo parte da amplíssima Avenida Nueve de Julio, o teatro, à semelhança do que aconteceu com a nossa Candelária, dá hoje os fundos para a principal artéria. Há alguns anos, o pintor Raúl Soldi redecorou-lhe o teto, lindamente. Nenhuma dessas inovações, entretanto, alterou a essência do casarão quadrado e cinzento, da sala toda-vermelha-toda--dourada, do esplendoroso lustre, do ambiente versalhês.

No palco, *Giselle* – o balé em forma de continuidade: estreado há cerca de cento e quarenta anos em Paris, passou a ser incluído em todos os repertórios românticos. E ali, diante daquele espetáculo de beleza atemporal, em que cenário e plateia, os que dançavam e os que aplaudiam formavam um todo indivisível, acompanhando os movimentos de pura delicadeza de Cynthia Gregory, os inconcebíveis *entrechats* (*six, dix?*) de Fernando Bujones, harmonia relampejando no ar – diante de tudo aquilo entrelaçado, pareceu-me compreender, afinal, em profundidade, o encantamento de Baby por Buenos Aires.

Mais ainda, o segredo, o motivo da minha própria fidelidade a esta urbe que é e não é minha. Não disse à viajora que muita coisa mudou e continua mudando por aqui, que as ruas estão cobertas de edifícios deselegantes, de galerias sem personalidade, de construções frágeis e atuais, que me deixam desolada. O importante – concluí – é o que fica, o que resiste ao desgaste do tempo e das modas, o que é capaz de chegar até nós inteiro, firme, consequente.

Recordei a estreita Avenida Atlântica de quando eu era uma jovem provinciana; o Hotel de Londres, no Posto 4 ou 5, onde se provava, na sala de jantar que dava para o mar, a mais doce das ambrosias; as perigosas praias desertas de São Conrado, onde se mastigavam roletes de cana; a areia repleta de tatuís; os refrescos de coco, sorvidos em pé no Largo da Carioca; a fila de passageiros, no Tabuleiro da Baiana, à espera do bonde vespertino; o Monroe, bizarro e sugestivo; os namoros que se teciam e desteciam nas duas Confeitarias Americanas, da cidade e de Copacabana; o Metro Passeio... Recordei tudo isso e entendi, sem nostalgia, a lição de continuidade que Baby, turista judiciosa, acabara de dar-me.

In *O valor da vida* (1982)

A TERRA DE GÜIRALDES

*F*undada há 250 anos, San Antonio de Areco, uma das cidadezinhas mais antigas da província de Buenos Aires, fica a 113 km da capital argentina, com 15 mil habitantes, campos excelentes para o cultivo de trigo, milho e soja. Junto ao rio, uma ampla zona está reservada para acampamentos de estudantes. Seus artesãos, famosos no país, trabalham a prata, o vidro e a madeira e são procurados pelos colecionadores de outros núcleos urbanos. Além disso – indicam os folhetos de propaganda – possui hotéis confortáveis, duas igrejas, três centros protestantes, vários clubes, dois cinemas (um ao ar livre), e confeitarias onde se organizam reuniões dançantes. Mas a sua maior glória provém do escritor Ricardo Güiraldes, que lá passou parte da vida e celebrizou a região, seus homens e costumes no livro *Don Segundo Sombra*.

Aos domingos, sem praias nem serra para refugiar-se, os minituristas portenhos partem para San Antonio. Orgulhosos, os *arequeros* se prontificam a mostrar-lhes a Prefeitura, o Arquivo, a Biblioteca e o Museu de Artes Plásticas que rodeiam a praça. Pracinha como a de qualquer cidade do interior, brasileira ou argentina, presidida pela Igreja e pela Prefeitura, que funciona num casarão colonial, recém-pintado de cor-de-rosa, com grades de desenhos caprichosos nas janelas. De noite, moças e rapazes moderninhos, de *blue jeans*, caminham vagarosamente entre bancos e árvores, repetindo o passeio imemorial dos provincianos.

Depois começa o desfile pelos Lugares Significativos, denominação criada por portaria municipal em 1971. Alguns, de nomes pitorescos, fazem a imaginação galopar: Armazém da Esquina, Ponte Velha, Prado Espanhol, Casa do Padre Inglês... São dezessete por enquanto, mas vão aumentando, pois os nativos rendem culto ao passado e amam as festas cívicas. Ainda o último domingo de novembro, uma posta semiderruída, onde os cocheiros substituíam os cavalos das carruagens, foi honrada com a designação; houve hino, discurso, inauguração de placa comemorativa. Entre os assistentes, um homem idoso, conservador de museus na Áustria, assistia ao ato com atenção. Pensaria nos filmes de *cowboy*, compararia as antiguidades americanas com as vienenses? Seu rosto se manteve impenetrável, enquanto um intérprete lhe traduzia as palavras entusiásticas da professora de história, escolhida para oradora.

Tudo isso, porém, é apenas preparação para as visitas fundamentais às estâncias dos Güiraldes: *La Blanqueada*, atualmente propriedade municipal e sede do Museu Ricardo Güiraldes, e *La Porteña*, que ainda pertence à família. No imenso vestíbulo da primeira, separado em três partes por belíssimos portões de ferro, gáuchos (com acento no *a*, diferenciando-os dos nossos gaúchos) de cera, de tamanho natural, estão reunidos. De um lado, numa taberna, reproduzida com fidelidade; do outro, preparam cavalos para atá-los a uma carroça. Suas fisionomias estáticas, que procuram inutilmente imitar o gesto vivo, e das quais os *arequeros* tanto se envaidecem, causam no visitante a impressão incômoda de estar participando de um conto infantil, penetrando num reino subitamente imobilizado por algum sortilégio. Sobretudo porque acaba de atravessar o parque, em que todos os verdes se conjugam, e onde uma cisterna vazia convida mais intensamente ao passado: nela, antes, um sapo ou uma tartaruga se ocupava de purificar a água para os estancieiros, comendo os bichinhos.

Nas outras salas, a vida do gaúcho: ponchos, bombachas, faixas, arreios, rebenques – alguns modestos, outros elaboradíssimos, de prata. E móveis, bandeiras, manuscritos, livros, quadros, um retrato enorme de Ricardo Güiraldes, vestido com minuciosa elegância. Não é fácil para quem vem de outras terras identificar na *aisance* desse homem de traços finos e bigodinho cuidado, cuja postura impecável não pretende dissimular os muitos anos vividos na Europa, a síntese da alma gauchesca. Apesar de os tradicionalistas ortodoxos e os menos rígidos haverem durante muito tempo discutido se Güiraldes era um literato afrancesado ou um autêntico crioulo, a verdade é que o povo – único juiz que sempre tem razão – vê em *Don Segundo Sombra* a expressão da terra e do ser argentinos. E ainda: hoje em dia, mais do que a personagem, é o próprio autor quem encarna tudo isto. Seu ar de grande senhor não contradiz a imagem campesina: o importante é encontrar um símbolo.

Em *La Porteña* mora uma sobrinha de Güiraldes com a mãe anciã. A estância foi dividida em lotes, arrendados a pequenos lavradores. As duas mulheres conservam alguns hectares, onde criam vacas; vivem dos aluguéis da terra e da venda do leite. A sobrinha é quase bonita, com cara de gata. Talvez seja ainda jovem, mas tem na pele um labirinto de rugas, dessas que o sol e não o tempo produz. Percebe-se que é culta, delicada, triste, apesar da vivacidade, do dinamismo com que se ocupa do gado, do jeito firme com que descreve – em espanhol e em francês – a história dos antepassados. Orgulhosa do seu sangue e do tio, tem prazer em ensinar às crianças e adolescentes, que costumam armar barracas na área da estância destinada a acampamentos escolares, a história da família Güiraldes. O que explica é dito com fervor, não se nota decadência no seu vestido desbotado: ainda aqui, não é a imagem que conta.

Depois vai mostrando o parque, com plantas, flores e árvores magníficas. No descampado, com o olhar acostumado à distância, descobre uma pata imóvel:
— Está chocando. Construímos uma casinha para ela, mas o vento carregou.
Alguém pergunta quanto tarda o período de incubação.
— De 32 a 36 dias. Quando estão *echadas*, as patas quase não se mexem, nem para buscar milho. Preferem comer pasto, mas, se são atacadas, se defendem.

O dicionário esclarece essa acepção de *echada*: "Tratando-se de aves, especialmente se são de granja, aplica-se à que está no ninho, botando ou chocando". Mas indica outras, das quais as mais correntes são: "Deitada, atirada em algum lugar". Uma reflexão ocorre a alguém que observa a cena, depois de haver percorrido naquele dia todos os caminhos de San Antonio de Areco:
— A natureza ensina mais que os livros: aquela pata *echada* à intempérie, no campo aberto dos Güiraldes, cumprindo com precisão seu destino biológico, não seria, entre todos, o melhor símbolo do gaúcho, resignado, altivo, atento, na solidão pampiana?

In *Um buquê de alcachofras* (1980)

PRESÉPIOS

*H*á muitos anos, em minha terra, o Natal eram os presépios. Havia-os de todos os tipos, nas salas de visitas, nas igrejas, nas praças. O mais importante, sem dúvida, era o do Pipiripau, de que conservo uma lembrança vaga e feérica: funcionava num lugar ermo e elevado, e para chegar lá subíamos por muitos atalhos cheios de plantas silvestres. Ir ao Pipiripau: que alumbramento! Numa espécie de barracão, uma infinidade de figuras de madeira que participavam da natureza dos trens elétricos, dos bonecos de engonço ou simplesmente da coisa mágica – andavam de um lado para o outro e davam voltas, movidos por um mecanismo primitivo, que nos parecia maravilhoso. É uma recordação tão antiga, que às vezes não tenho certeza se o Pipiripau existiu de fato ou se o sonhei – mas como era belo!

Na igreja e nas praças, o presépio nunca deixou de ser convencional: as mesmas imagens coloridas, de rostos inexpressivos, colocadas todos os anos no mesmo sítio. (Nem sequer variava o tamanho do Menino Jesus, sempre desproporcionado em relação ao das outras personagens.) Contudo tinha também o seu encanto, porque o poder de sonho, que estava em nós, dissimulava qualquer monotonia.

Já nas casas de família, o presépio era um desafio: inventá-lo, armá-lo, transformá-lo – que nunca repetisse o dos Natais anteriores. Tudo começava pelo menos uma semana antes, porque era preciso comprar papel crepom de vários tons, cartolina para pintá-la de marrom e de verde-escuro e espalhar-lhe purpurina em cima (só em certas partes e quando a tinta ainda estava úmida) – cortar estrelinhas e armar o cometa, forrando-os de papel prateado, conseguir areia, grama, pedrinhas. Depois juntar espelhinhos de bolsa, patos e peixinhos de celuloide, remexer nos guardados da avó, atrás de broches, contas de colares, pedaços de enfeites que, incrustados no conjunto, pudessem cintilar. Só então as figurinhas de cerâmica – o Menino, Nossa Senhora, São José, o boi e o burro, os Reis Magos, o preto de tanga que conduzia o camelo, os pastores – eram cuidadosamente retirados da caixa onde jaziam há um ano, envoltos em algodão.

Vinha então o tio boêmio, que andava sempre viajando mas chegava pontualmente para essa data. Serrote, martelo, pregos, tesoura eram postos à sua disposição. Provido de todos os elementos, começava a criar. Silencioso e concentrado, ia preparando os alicerces com pedaços de tábuas extraídas de caixotes velhos. As crianças o acompanhavam com paciente admiração, honradíssimas se o tio se dignava a pedir-lhes alguma ajuda:

– Segura esta ponta. Estira um pouco mais ali. Me passa o balde de terra.

As ordens eram cumpridas com unção, e a nossa alma se ampliava de orgulho: as coisas que o tio sabia...

Finalmente, construído sobre a mesa retangular do lado direito da sala de jantar, o vilarejo ficava pronto, com montanhas, desertos, rio e lagoas, feitas com baciinhas de barbear fora de uso, cheias de água de verdade. Não havia, não podia haver nada mais lindo. O arquiteto contemplava a obra, ajeitava daqui e dali, e concluía com ar displicente:

– Pronto, agora só falta iluminar a gruta.

E começava a puxar fios até conseguir instalar uma pequena lâmpada azul, que só seria acesa depois da Missa de

Galo, quando o Recém-nascido era solenemente colocado na manjedoura por um dos sobrinhos, enquanto as vozes do órgão e das Filhas de Maria ainda ressoavam nos corações infantis. Como no bairro não se usavam árvores de Natal, os sapatinhos ficavam junto ao presépio até a manhã seguinte. Começava então a consoada. Nas festas do interior, tão diferentes das cariocas, não havia rabanadas nem *Christmas pudding*; o centro da mesa, sobre a qual fora estendida a toalha de adamascado das grandes ocasiões, ostentava um bolo em forma de tronco, recoberto de chocolate, com folhas tingidas de anilina verde. Peru, nunca; leitão assado de véspera, de pele dourada e crocante, com os dentinhos crispados num sorriso aflitivo, que tirava a fome das crianças, lombo de porco (ninguém criticava a redundância), frango com farofa de miúdos e arroz. Nenhuma salada. Na copa, um barril de chope espumejava. Como sobremesa, a imensa gelatina cor de opala e arroz-doce, receita especialíssima que passara de avó a avó, amarelo, com muitas gemas e mil arabescos de canela. Tudo isso está tão longe, e até hoje não se perdeu aquele sabor irreproduzível, em que se entrelaçavam a consistência perfeita do grão de arroz, nem duro nem tenro, e a suavidade envolvente do creme.

No meio da festa, as crianças adormeciam. Acordavam cedinho no dia 25, enquanto os adultos desfrutavam a ressaca cristã: as pequenas se atiravam aos presentes, as mais velhinhas se perdiam na contemplação do presépio que, à luz da manhã, apresentava uma beleza diferente, menos fantástica e mais nítida. O Menino estava sadio, como se tivesse crescido naquelas poucas horas, Nossa Senhora e São José sorriam e até o boi e o burro vigilavam com maior serenidade. Só os Reis Magos permaneciam imperturbáveis, no cume da montanha mais afastada. Urgia mudar-lhes a posição fazendo-os avançar alguns centímetros, senão jamais chegariam ao destino na data prevista. A partir daí, a cada momento o presépio era modificado por todos, de acordo com o humor e a fantasia de cada um. No Dia de Reis, pouco restava da fosforescente precisão inicial. Rodeada pelos netos, a avó procedia a desarmar a obra, num rito que não era melancólico: a missão de fervor e encantamento fora cumprida, e em dezembro recomeçaríamos.

In *Um buquê de alcachofras* (1980)

LIÇÕES DE VIDA

LIÇÕES DE VIDA

*P*recisávamos de um empregado para ajudar na limpeza da repartição e servir café. Apareceu Júlio César, trazido pelas mãos de um dos funcionários: menos de trinta anos, claro, cabelos encaracolados, um ar estranho que os olhos ligeiramente vesgos acentuavam. Como era brasileiro, todos simpatizamos logo com ele. Explicou que tinha vindo a Buenos Aires para estudar (nunca pudemos averiguar o quê) e aqui se apaixonara por uma argentina, com quem se casara. A partir de então as coisas se complicaram, porque a moça era epilética e sua saúde exigia cuidados e despesas. Desistira dos estudos e, como não tinha profissão, não conseguira emprego fixo: vivia de biscates e, nos intervalos, aperfeiçoava a alma com a sogra evangelista, que o havia convertido à sua religião. Realmente andava sempre lendo a Bíblia – tanto que quase não limpava as salas – e cantando hinos protestantes, em voz alta e entoada, que perturbava o trabalho alheio. Mas sendo patrício e risonho, ninguém dizia nada.

Na primeira semana chegou atrasado duas vezes: a mulher tivera um ataque de madrugada – desculpou-se. Na segunda, faltou um dia, pela mesma razão; na terceira, também, porque perdera os documentos. Começamos a perder a paciência. Logo depois – fato inédito na casa – desapareceu um dinheiro grande da bolsa de uma funcionária, em circunstâncias inexplicáveis. Júlio César mostrou-se consternado com

233

o incidente, mas continuou cantando e lendo o Antigo Testamento com tamanho fervor, que nenhum de nós ousou imaginá-lo culpado. Quando, porém, deu para não querer servir café às secretárias, alegando estar ali para servir exclusivamente às autoridades, e colou na parede da copa um papel com os dizeres: *É favor cada um lavar o copo e a xícara que usar para não sobrecarregar o meu trabalho* – achamos que era demais. O administrador convocou-o, entregou-lhe uma indenização bem superior à que tinha direito e fez-lhe ver que prescindiríamos dos seus serviços. Júlio César ouviu tudo com dignidade, assinou o recibo em silêncio e retirou-se sem se despedir.

À tarde, encontramos debaixo da porta da entrada um envelope com a seguinte carta, que transcrevo literalmente, respeitando a sintaxe e a pontuação (limitei-me a ajeitar as poucas faltas ortográficas):

"Ao Pessoal da Repartição":

A mí me encanta el castellano pero como yo sé que les gusta el "portugués", les escribo en el idioma mío con todo gusto. Bueno allá me voy, hein?

Vou embora em corpo mas o meu coração fica aqui com vocês (um pedacinho do Brasil) recordando os bons (e maus) momentos que passamos juntos neste lugar. Foi um prazer conhecer todos vocês, os funcionários, ótimos, amorosos (e isso graças ao meu bom amigo Sr. Belmiro) e muito respeitosos. A simpatia da Sílvia, a educação da Mª. Teresa (ou Tereza), a capacidade de atender ao público da Mª. Rosa e o seu cuidado pelos papéis, a jovial e exuberante simpatia da Graciela (gorda), a capacidade e firmeza da Mª. (esqueci o outro nome) em comandar o pessoal da Secretaria, o firme desempenho da Gracielita (magra) na contadoria, tendo a contabilidade sempre em dia, o caráter firme e decidido da Sra. Diretora que não seria tão importante sem essa sua educação tão fina e aprumada, de uma verdadeira Dama, digna da Embaixada do Brasil, a "cancha" do Guilherme de estar

sempre em tudo e resolver qualquer problema em instantes e a simpatia do Sr. Jorge, sua alta "postura" de um verdadeiro Senhor, um cavalheiro que dá muito que invejar a muitos. Todos vocês, todos. O semblante de cada um vai como lembrança de uma etapa nova em minha vida, a qual (penso eu) haver passado sem maiores problemas; sim, porque, eu não considero problema os choques, os "desentendimentos passageiros" que pôde haver entre algum de vocês e eu; porque assim como as pedras ao rio se "pulem" e ficam lindas, brilhantes, assim nos passa também quando encontramos a alguma pessoa, com um caráter diferente, o qual chocamos com ele. Isso só serve para nos ir pulindo, aperfeiçoando, até (quando cheguemos à perfeição) que possamos brilhar para os demais, em todo sentido. Em todos casos se em algo falhei me desculpem, e se o faço assim, não é por covardia mas porque: não gosto das despedidas.
"Felices Fiestas".

Maria Santa, minha empregada paraguaia, se expressa mal em espanhol, pois até vir para Buenos Aires, há dois anos, só falava guarani. Contudo, em sua meia língua, tem demonstrado possuir um raciocínio excepcionalmente agudo e conciso.

De manhã, se encontra uma só pessoa na sala, cumprimenta com muita correção: – "Buen día." Mas se somos vários, utiliza uma fórmula que deixaria muito linguista moderno cismando: "Buen días." Condena com severidade o nosso hábito de dar costeletas à gata: – "Os animais não deviam comer carne de humanos."

Não entende que casais separados possam manter boas relações entre si: – "Aqui os que foram maridos dão presentes. No Paraguai, matam."

A respeito de uma amiga nossa, que se queixava de um cálculo renal: – "Isso é coisa da cidade. Na minha terra, as pedras ficam no chão."

Finalmente, recompensou-me ontem com um dos mais confortadores elogios que já recebi, ao ver-me suportando, silenciosa e resignadamente, os desacertos dos operários que ladrilhavam a cozinha: – "A senhora é muito letrada."

Não há dúvida de que o mundo andaria bem melhor, se houvesse por aí, nos catequizando, mais filósofos e pensadores como Júlio César e Maria Santa.

In *Um buquê de alcachofras* (1980)

CHOVE, EM ABRIL

*D*e um sétimo andar o dia avança, e vem pesado como um fardo. Nenhum brilho, apenas luminosidade seca, e tão forte que os olhos mal podem suportá-la. A sala muda de tom: todos pressentem ou percebem o que está a ponto de acontecer, e acontece: chove. Escureceu tanto – e a noite demora ainda – que se acendem as luzes, mas aí já não é dia, porque onde penetra eletricidade penetrou também a noção noturna, de tempo que foi claro e se perdeu. As pessoas se movem lentamente, em sons abafados (os móveis, os tapetes tornam-se quase pretos); são 4h30 da tarde, mas tudo no escritório é artificial.

A princípio grossos e espaçados, os pingos enviesam, afinam-se, multiplicam-se. Nas janelas, os vidros vão se derretendo e logo se incorporam à própria chuva, sem consistência e contudo protetores. Um grande cinzento substitui o céu, que está desnudo, pois nele já não voa nada: só um avião passa de repente, atrasado, e desaparece. A impressão é de abandono, de extrema solidão, porque chove, chove, e a vida se escondeu, ou pelo menos se disfarçou de algum modo. Outros edifícios em torno, do concreto inicial, conservam agora apenas a solidez, já que os ângulos e as cores se diluíram, cedendo lugar a objetos fechados, úmidos, contra os quais a chuva, sem misericórdia, bate rudemente.

Venta um pouco. A água muda de direção, inclina-se, imperceptível, para a esquerda. Dentro, o ar é cada vez mais tépido, sufocante. Algumas pessoas, vindas do desabrigo, começam a trazer nas roupas e sapatos molhados um leve cheiro de mofo, agora mais forte no ambiente recluso, e logo insuportável. Há de súbito uma precisão geral de liberdade, de atmosfera lavada, livre dessa fumaça ruim, em que se misturam suor, guarda-chuvas e uma série de outras substâncias e objetos, até então inodoros, que a partir daí se transformam, emprestando ao conjunto características que o deturpam ainda mais. Assim, eis que as pontas de cigarros semiapagadas recendem, soltam-se dos livros e pastas indícios de cola, identificam-se os cheiros particulares da madeira, das cortinas, do bolor, detritos de borracha. Pela porta da varanda, entreaberta um instante, chega uma onda fresquíssima em meio a vários pingos; o interior se renova, numa lavagem rápida, porém decisiva, feita de vento e olor a terra.

Gotas espalham-se pela varanda: os ladrilhos vermelhos do chão brilham; num canto, à direita, o sujo – que antes se distribuía igualmente pelo pequeno espaço e agora se acumula, em destaque. Vê-se através das vidraças o desenho dos fios d'água, longos e oblíquos, ligando uma parte confusa, que não se distingue bem, ao mosaico, onde se desfazem por meio de um pequeno salto ou pirueta, que os faz subir alguns milímetros depois de haver tocado o chão, para tombar de novo, à moda de um repuxo. Isto muito ligeiramente, sem descanso, aqui, ali, depressa, num estalar monótono, ritmado, compasso que varia se os pingos são mais ou menos espessos. Entre todos um se destaca, escoando, metálico, de um cano na parede.

Agora a rua, separada do espectador pelo retângulo isolante da vidraça. E bichos mínimos (serão?) arriscam-se lá embaixo: correm ou deslizam, parecendo divertir-se em suportar sobre os ombros esta água imensa. Esgueiram--se, velozes, junto às casas e se detêm sob as marquises. O guarda-chuva lhes encobre a parte superior: vistos assim, de cima, não são homens e semelham brinquedos mecânicos, talvez aracnídeos. Até os automóveis tomam a forma de insetos coloridos.

Chove ainda. O complicado arabesco de água despencando já deixou de ser belo: é estranho, incolor. As árvores saciam-se, limpam-se e curvam-se, fatigadas. Chove há duas horas, sem intervalo. Confundindo-se com a penumbra, a noite se completa, despercebida. Agora faz frio. A sala, até então imune ao que a rodeia do lado de fora, é no entanto permeável à umidade – e isto a põe de novo em contato com o mundo, restabelecendo-se nas pessoas que nela se abrigaram a condição humana, que parecia a ponto de esfumar-se.

Vencidos os sete andares, na rua – verifica-se – nada escapou à ação da água. O movimento é intenso. Os fios caem finos, exatos. Em cada poste, trêmulo através das gotas, formou-se um halo de névoa, em que a luz se deposita, vacilante. Não se distinguem os rostos, atentos, mas encobertos por chapéus, lenços ou simplesmente pela chuva. Ainda assim há transeuntes que passam bem-humorados, e as risadas se perdem na confusão. Carros espirram água, indistintamente, chiando as rodas de encontro ao asfalto. De vez em quando reluz no chão um vestígio de óleo: forma-se um bizarro arco-íris, em que predominam o roxo e o verde-azulado de uma asa de borboleta. O céu assumiu uma tonalidade escura, que não é negra, mas parda, cheia de vapor prestes a dissolver-se. As árvores são fantasmas que não lembram o antigo ser vegetal.

Até onde o olhar alcança, percebe-se a líquida cortina, de agudos movimentos, ora dura, ora mais suave, às vezes rala... quase extinta... todavia se reconstrói. Em tudo existe a chuva – e é como se fosse para sempre.

Pela noite adentro, chove.

In *Um buquê de alcachofras* (1980)

FINADOS

*P*enso em meus mortos devagarinho. São poucos – vou contando – e formam no entanto uma legião. Há muito começaram a partir, quando eu era ainda pequena, uns até antes de eu nascer. Tinham sido tão fundamentais, ouvi falar tanto sobre eles, que os fui incorporando, sem sentir, à minha galeria de finados. Finados? Pelo contrário: são os seres mais permanentes que existem, imunes ao tempo, pois não se alteram, não acabam e permanecem intactos (em geral adormecidos) dentro de nós.

Os avós foram embora na hora habitual; só um se adiantou de repente, sem dar-me oportunidade de nos conhecermos melhor, mas fez tudo com tamanha discrição que não lastimou a sensibilidade infantil. Dos outros pude me despedir e mesmo acostumar-me à ideia da separação, tal a gentileza com que prepararam tudo. Vários tios também – e muitos sem avisar. Não me queixo: eu estava longe, nem sempre se pode morrer do jeito mais delicado. Já os primos, tão novos alguns, esses eu preferia que tivessem esperado um pouco: para que tanta pressa? Se ainda não consegui cristalizar na memória as brincadeiras de antanho, as partidas de amarelinha que disputávamos, os campeonatos infinitos, que terminavam sempre em briga ou em risada solta, de "Os escravos de Jó", as comidinhas que inventávamos no terreiro, em panelas de pedra-sabão, o mistério que íamos descobrindo juntos. Por que não ficaram um bocadinho mais? Às vezes reaparece algum flagrante, aquele dia; fica faltando um detalhe, porém, um nome, uma cor, para fixar a cena imprecisa. Se os primos estivessem por aqui, com certeza me ajudariam a recordar, completando o *puzzle*. Agora é tarde. Sinceramente não gostei dessa forma de partir.

E – além e aquém do sangue – algumas colegas da escola primária, companheiras de ônibus ou de carteira, no ginásio, ou de bonde, na época da Faculdade, também fizeram o mesmo. Uma bateu com o carro numa noite de *réveillon*, outra perdeu o controle do automóvel (ao meio-dia, quando ia buscar os garotos na praia), uma terceira não resistiu a um choque na estrada, numa quinta-feira santa. Imobilizaram-se três na mesa de operação e houve até uma – era elegante, dentucinha – que nos deixou com o primeiro bebê. Quem é que entende, morrer de parto assim sem mais nem menos? Ah, não me parece sensato.

Mas, por favor, não me interpretem mal, não estou revoltada: meus mortos, os moços, os velhos, os maduros, os meninos fizeram tudo como foi possível; nenhum deles teve má intenção, nem sequer os que tomaram voluntariamente a decisão de retirar-se – se é que se pode falar em decisão voluntária a essa respeito. Sei que todos agiram da melhor maneira, sem querer ferir nem ofender os que os amamos. Penso neles devagar, vou enumerando um por um. Que saudade. Não os invejo, admiro-os: foram-se, transpuseram a barreira: já compreenderam o incompreensível, tão superiores a nós. E tão serenos. Não há de incomodá-los o nosso tormento de gente viva – estão em paz. Sinto, porém, que de um modo isento, embora tangível, participam do nosso atribulado quotidiano, não direi com pena (felizmente já não sabem sofrer) mas com imensa ternura.

Reúno os meus mortos num canto e aí os mantenho, ligados uns aos outros, amigos entre si pela intensidade do meu próprio afeto, pois nem todos se conheceram antes.

Agora, constituem para mim essa família silenciosa que me acompanha de vez em quando. Abandono-os com frequência, voltada como estou para o que me rodeia e solicita, sem tempo para a contemplação do que já foi e hoje é docemente estático. Não reclamam: muito raramente me visitam em sonhos e nunca me perturbaram um pesadelo. Recolhem-se em geral nas campinas distantes por onde deslizam, em bando, sérios e a um tempo quase sorridentes. Conservam alguns dos costumes terrestres. Este, por exemplo, a quem eu tanto quis, tinha um jeito particular de apoiar o polegar e o indicador direitos na testa e caminhava meio de lado. Sei que estará fazendo o mesmo gesto (que não abandonou nem na hora precisa de morrer), andando inclinado, tudo de leve, fino e europeu como era. Fecho os olhos e vejo os que eram agitados, vivazes, os que conversavam sempre. Os que nos faziam rir, os cacoetes de alguns, os calados, os pensativos, os que usavam palavras difíceis. A que, de moça, foi tão bela, de cabelos negríssimos e um olhar que parecia ônix, mas não indicava dureza, só infelicidade. Não a vi envelhecer: para mim continua jovem, perfumada, esguia, solitária. E a outra, de voz rouca, sempre vestida de preto, com o chapéu de feltro dos dias mais solenes. O velho capitão de olhos azuis e ventre volumoso. Os doidos, os iluminados, os que sabiam tudo, os que não sabiam nada, aquele professor sempre bêbado, que gostava de discursar. Tão diferentes uns dos outros, e agora unidos, congregados por mim, vão chegando e me olham de longe, suavemente. Não me julgam, não me acusam, não reclamam da minha ingratidão – observam-me apenas de maneira complacente.

    Gosto dos meus mortos (tanto!) e lhes sou grata pela singeleza com que desaparecem (sem desaparecer), quando os deixo para debruçar-me sobre a confusão do mundo. Quero encontrá-los algum dia como os vejo hoje, juntos, calmos, severos, difusos e autênticos. Ingressarei com naturalidade no grupo e, com eles, passarei a acompanhar os que continuarem por aqui e, num dia como o de ontem ou em qualquer outro, de repente pensarem longamente em mim.

In *Um buquê de alcachofras* (1980)

A ANGÚSTIA DOMADA

Tão lindas as manhãs de junho, delicadamente frias e transparentes, luminosas... Acordo, entretanto, com dificuldade e um travo ácido na garganta. É a garra da angústia – reconheço com desânimo, e dou volta na cama, fecho os olhos, ignoro a beleza, o privilégio desta hora, quero voltar ao sono e não posso. É uma sensação tão antiga, deve ter nascido comigo, mas não consigo acostumar-me a ela: como a dor – quem é que se acostuma à dor? Ela chega assim, com o primeiro pensamento, antes dele talvez, pois já está ali, vigilante, quando, ao emergir do poço dos meus sonhos, identifico o mundo ao meu redor. Ou se não, surge, irrompe, insidiosa, com passos de flanela, perturba o meu dia de repente, em momentos em que eu já não a esperava, em que havia esquecido até que ela existia, e se instala no meu ser, verme escondido na goiaba. Ah, por que depois de tantos anos ainda não sou capaz de conviver com a minha angústia, de aceitá-la sob os mil disfarces em que se dissimula, sempre igual a si mesma, sempre intolerável, estreitando o peito, impedindo a respiração?

Tenho de enfrentá-la! – resolvo, subitamente rebelada. – Quero encarar-te, angústia, desmascarar-te, lutar contra ti em plena luz. Odeio os teus métodos ardilosos, vou destruir-te.

Continuo de olhos fechados, os punhos tensos. Choro um pouco, muito, choro até soluçar – mas em silêncio. A angústia não se encolhe, não retrocede; pelo contrário, cresce, estende seus tentáculos de fel, talvez me estrangule.

Não! Hei de pisar-te, monstro de todas as cabeças, de todos os rabos, tua presença me fere, me deixa ensanguentada. Não suporto mais o teu veneno.

Ela se desenrola, avança, é uma serpente quilométrica, e sua língua fina, seu aguilhão vão se cravando em meu peito já sem força, em meus dentes enrijecidos, em meu corpo úmido, nos cabelos embaraçados, na testa que arde. Estou fixa na cama, qualquer movimento dói, preciso cuidar-me, preservar-me. Concentro-me num esforço único, sou um arco rígido, globo prestes a explodir – e não explode. Tenho de salvar-me, fugir deste cerco de arame farpado.

Uma pausa – respiro. Engulo a saliva acumulada (a simples função de engolir, tão habitual em nossa rotina fisiológica, transforma-se em ato importantíssimo, quase impossível de ser executado). Estou suando, não choro. Recupero lentamente a consciência: sei que não nasci para o sofrimento, minha vocação é para o riso, a saúde, o prazer, a alegria das coisas mínimas, que tenho em mim, e das grandes que me circundam. A angústia é minha inimiga e só prezo os muito amigos. Tenho certeza de que ela continua a postos e que esse instante que me concedeu não foi um gesto de piedade: ela também necessita recompor-se e já se prepara para novo bote. Que não dará. Hoje, pelo menos, não. Talvez daqui a pouco, ou amanhã, depois de amanhã. A angústia é imortal, ou por outra, é mortal na medida em que também o sou: veio comigo, partirá comigo. Agora, porém, vou reprimi-la. Não vivi inutilmente: a felicidade e as tristezas sedimentaram-se em mim, construíram uma argamassa que me forra inteira, ensinaram-me a defender-me. A dor, as dores (e foram tantas) não me debilitaram nem mutilaram. Estou intata e cada vez mais dura, de aço. A angústia terá de ceder, estou aprendendo a domá-la, hei de obrigá-la a murchar, contraída em sua própria seiva escura. Vou vencê-la.

Penso nos que sofrem, como eu, nesta manhã. Nos que vão morrer e sabem disso, nos que não encontram alívio em remédios e frases, nos que perderam o que adoravam, nos que neste momento soluçam, inconformados, nos que têm medo. Penso em meus irmãos espalhados e perdidos pelo mundo, com fome, órfãos de tudo, solitários, sem casa, sem amor, sem água, cobertor, coragem, sem sol, sem, sem, sem. Penso em todos e tenho vontade de ajudá-los, de unir-me a eles, ingressar nesse batalhão semiderruído, e abraçá-los, acarinhá-los, sussurrar-lhes, berrar-lhes uma palavra, uma única palavra de consolo. Não sei qual, não faz mal, eles me entenderão. Vamos adiante, venham comigo, desconheço o caminho, não tenho armas, nunca tive, mas, juntos, encontraremos a saída. Abaixo o labirinto e o minotauro, venham, venham comigo! Para onde? Não importa. Já não seremos o que fomos, mas somos os mesmos, sendo outros. Também não importa. Só interessa a certeza de que estamos aqui, frágeis e imbatíveis, e de que lá fora – é junho! – a manhã nos aguarda, bela, indiferente, radiosa.

In *O valor da vida* (1982)

A ÉGUA-DA-NOITE

Certas línguas têm mais força expressiva que outras. Em português, por exemplo, dispomos apenas da palavra *pesadelo* para designar, na definição de Aulete, essa "agitação profunda ou opressão do coração durante o sono, resultante de sonhos maus, desagradáveis ou aflitivos". Aparentemente tem a mesma origem que *pesadilla*, feminina em espanhol, que para alguns significa literalmente "pequeno peso" (o sufixo "illa" indicando diminutivo), ou se relacionaria com *pesadumbre* ("sentimento de desgosto físico ou moral, motivo ou causa de pesar e inquietação"), ligando-se à forma arcaica *pesombre* ("algo que pesa sobre o homem", *hombre*) ou às catalãs, em desuso, *mampesada* ou *mampesadilla*, para indicar "mão pesada que oprime o coração". Outros idiomas possuem termos bem mais vívidos, que dispensam definições. Em francês, a palavra *cauchemar* formou-se do antigo verbo *chaucher* (atualmente *fouler*, afastar, expulsar) e *mar* (variação ao monossílabo germânico *mahr*, "demônio" ou "demônio da noite"). *Nightmare*, em inglês, é ainda mais intenso: égua-da-noite.

Folheando livros de arte, encontro sempre representações fantásticas de pesadelos, em que estranhas figuras de cavalos galopam na escuridão, sobre cidades, arrastando mulheres e crianças. Outros no gênero, simbolizam a guerra, o que vem a ser a mesma coisa. Tenho diante de mim, enquanto escrevo, a reprodução de um óleo do suíço Johann Heinrich Füssli, datado de 1781 e atualmente exposto no Goethemuseum de Frankfurt. Em alguns álbuns encontro-o com o título de *Íncubo*; em outros, de *Pesadelo*. Ambos lhe servem, pois, sobre o corpo, em primeiro plano, de uma donzela desfalecida – com a cabeça pensa, os cabelos ruivos em desordem, os braços abandonados – um pequeno demônio grotesco, com aspecto de gato, sorri desagradavelmente; no meio da composição, assomando por entre as aberturas de uma cortina marrom, uma cara equina, de olhos ocos, narinas muito abertas, expressão alucinada. À esquerda, num canto, dois objetos mínimos, delicadíssimos, de toalete feminina, em que um vago azul se destaca. Outros azuis se insinuam nas vestes da jovem, o mais nítido em sua testa, acima dos olhos (fechados ou vazios também, como os da égua).

Este quadro me impressionou desde o momento em que o descobri, há poucos anos. Contemplei-o tantas vezes, sobretudo no álbum sobre a *Pittura fantastica e visionaria dell' Ottocento*, que pratimente sei-o de cor. Não consigo explicar-me, entretanto, se o que sinto diante dele é sedução ou repulsa. Incomoda-me a insuportável figura do felino endemoninhado; comovem-me a moça abandonada em sua roupagem leve, branca, a pureza e o desamparo que transmitem suas formas arredondadas, capitosas, o braço solto, tocando o chão. Mas talvez seja a cabeça do cavalo o que realmente me fascina, assustadora, inquietante, séria, ou quem sabe apenas indiferente, como a representar o destino da jovem ou de cada um de nós. Vejo nela, provavelmente, a personificação romântica do que hoje em dia chamamos tão naturalmente de estatística. Deve ser isso o que me atrai nessa fantasia de Füssli. Qualquer coisa assim: as éguas-da-noite não existem; espreita-nos a Estatística, com o mesmo olhar inexpressivo, o mesmo jeito nem bom nem cruel. Somos nós, humanos e desamparados, que lhe atribuímos nossos próprios sentimentos, nossa confusa noção ética.

Os pesadelos são ferozes – afirmamos. Engano: são belos, pois desaparecem quando acordamos, e permanecem em nós apenas como um travo, uma respiração de angústia, um vago mal-estar de que nos vamos liberando, à medida que a luz e as horas se condensam, confirmando-nos a irrealidade noturna.

Brutais são os pesadelos da vigília, as éguas-do-dia, *daymares* diria eu – escondidas na esquina, no fundo da gaveta, no bojo da mais clara manhã, prestes a dar o bote, no momento (ainda bem!) mais inesperado. De repente abrem a cortina e nos encaram com o atroz não olhar.

– É um pesadelo! – gritamos desavorados, na esperança de um despertar que não vem.

Não é: as éguas-da-noite se desvanecem sem dureza. Implacáveis são as diurnas, que chegam para ficar, instalar-se no nosso quotidiano, devorar-nos, consumir-nos. Ainda podemos rebelar-nos:

– Eu quero a égua-da-noite! Abomino-te, égua-do-dia!

Inicia-se o combate: súcubos, íncubos, gatos malditos, legião de demônios soltos, de um lado; do outro, somente a donzela e seus vidrinhos de perfume. As éguas relincham, o inferno se amplia. Restam as pequenas sombras azuis de um (im)possível amanhecer, escudos diáfanos, aparentemente frágeis, mas os únicos que nos ajudarão, talvez a conjurar os fantasmas diurnos, transformando-os em inofensivos animais da noite.

A força da aurora!

– Amanhece! – imploramos, ordenamos, exigimos.

E, lentamente, gatos, vampiros, cavalos desatinados, morcegos de puro veneno, aguilhões, todo o sangue derramado, o perdido que jamais voltará – os monstros dele, *Ottocento*, subjugados pela pureza do azul, regressam, impotentes, ao cárcere da noite.

A donzela de Füssli poderá despertar, inquieta, naturalmente, mas tão suave e intocada quanto antes.

In *Um buquê de alcachofras* (1980)

A AMIGA PROFUNDA

*I*nteiro-me, pelo obituário do Globo, da morte de Regina Maria Rangel Rios, vítima de um acidente automobilístico no mês passado. Carioca, assistente social, deixa viúvo e dois filhos; morava em Laranjeiras. A notícia, tão curta (e tão ampla), me paralisa: não há dúvida, é mesmo Regina, a amiga profunda que encontrei na Faculdade Católica, quando ambas estudávamos Didática. Desconheço todos os detalhes do seu fim e procuro não imaginá-los, pois nada quero saber além do que já sei e não entendo: Regina morreu. Fecho o jornal, fecho os olhos e passo a viver Regina e sua morte, Regina e sua vida, as duas igualmente discretas e silenciosas. Nem me revolto: durante os muitos anos em que nos vimos pouco e nos quisemos sempre, tentei aprender com ela a aceitar as coisas como elas vêm, sem gritos nem indignação.

Já não me lembro de como nos aproximamos uma da outra: foi há tanto tempo... Muitos alunos novos haviam ingressado na turma, e Regina era um deles; com certeza um dia fizemos algum comentário (eu rebelde, contestatária na época; ela calada, perspicaz, intensa em sua aparente serenidade), e nos entendemos. Tornamo-nos inseparáveis. Estudávamos juntas, íamos ao cinema (como nos emocionamos com Barrault, vestido de pierrô, apaixonado por Arletty em *Les enfants du paradis*), conversávamos, conversávamos. Regina me entendia sempre, apesar da nossa forma diferente de ser, e nunca procurou modificar-me: se eu lhe pedia, buscava então, com infinita cautela, acalmar meus pensamentos arrebatados. Ouvia, sobretudo. Era tão modesta, que quase não falava de si mesma. Só inquirida, animava-se a alguma pequena confidência, que eu recebia como um presente especial. Não ia à praia, não dançava, mas gostava de reunir-se com o grupo de jovens intelectuais que rodeavam mestre Alceu e frequentavam o São Bento. Católica praticante, respeitava minha falta de fé e sorria das *boutades* irreverentes com que − adolescente pretensiosa − eu a desafiava. Suas convicções eram tão firmes, seu carinho por mim era tão verdadeiro, que ela não precisava argumentar para manter-se fiel à fé e à amizade.

Resolvi concorrer a uma bolsa de estudos para a Sorbonne. Regina acompanhou-me durante os trâmites, que não eram simples, animando-me constantemente. Sua alegria, quando obtive o que desejava, foi maior do que a minha. Quando de repente, pouco antes de embarcar para a França, mudei de ideia e decidi vir definitivamente para Buenos Aires, foi ela a única pessoa que não quis influenciar-me. Percebi que minha determinação lhe era penosa, mas o respeito que tinha pela personalidade alheia era de tal modo autêntico que, com a mesma boa vontade e dedicação, passou a ajudar-me nos preparativos apressadíssimos que a mudança de viagem acarretou. Deixei-lhe de lembrança um vestido de flanela roxa, quase novo, de que ela gostava; soube depois que o usou durante várias temporadas. Ofereceu-me uma caixinha chinesa, que adorava, de esmalte azul, com mínimos desenhos caprichosos. Tenho-a até hoje numa estante e, neste momento em que escrevo, aqui a meu lado; de vez em quando interrompo o trabalho para passar a mão sobre a sua superfície lisa e fria: sinto-a bonita, delicada e preciosa como a alma de Regina.

O tempo e a vida foram se acumulando. A princípio nos escrevíamos regularmente: ela sempre atenta, de longe, às mudanças radicais por que fui passando. Um dia avisou-me que conseguira uma bolsa para Londres. Conservo suas cartas, escritas em letra arredondada e firme, nas quais me fala da solidão que a feria na cidade que tanto ambicionara conhecer. Epistolarmente, Regina tinha menos pudor em expressar suas dúvidas e perplexidades, mas – gentil como era –, depois de uma carta mais deprimida, e antes mesmo de eu ter podido respondê-la, enviava imediatamente outra, em que procurava desfazer a preocupação que porventura me houvesse causado. De volta ao Brasil, perdeu o pai (ouço até hoje a voz lenta e comovida com que me agradeceu o telefonema que lhe dei, daqui, na ocasião) e continuou a trabalhar como assistente social. Depois, através de um bilhete conciso, comunicou-me que ia casar-se.

Conheci depois Gilberto, o marido, e, no decorrer dos anos, Paulo e André, os meninos louríssimos que tiveram. Que estimulante espetáculo o de Regina mãe, companheira a um tempo séria e compreensiva dos filhos, dialogando permanentemente com eles, nunca lhes pedindo mais do que podiam fazer, embora sabendo conduzi-los ao ponto exato que, cada um à sua maneira, podiam atingir. Ela, que fora filha única e solitária, soube dar-lhes uma casa alegre e luminosa, centro de reunião de todos os escoteiros da paróquia, que ali se juntavam para discutir, combinar acampamentos e devorar os bolos e sanduíches preparados nos fins de semana.

Quase não nos víamos ultimamente. Quando eu chegava ao Rio, no verão, ela em geral havia ido para Teresópolis. Falávamos pelo telefone e era difícil marcar um encontro. Uma tarde ou outra, se acontecia ela descer da serra, dávamos algum passeio de automóvel e retomávamos então o fio das conversas interrompidas na Faculdade: pouco nos contávamos sobre a família, o trabalho, as pequenas situações do quotidiano – nosso assunto era antigo e eterno, a vida em si, independente das circunstâncias e acontecimentos. Contudo, às vezes, nosso contato era maior. Certo sábado fui visitá-la, e desabou um desses dilúvios cariocas, que ameaçam engolir a cidade. Regina e Gilberto pretenderam levar-me em casa; ficamos presos em Botafogo e passamos a noite, descalços e famintos, tentando inutilmente abrigar--nos sob uma marquise gotejante. Já amanhecia quando pudemos regressar a Laranjeiras, onde Regina me preparou um chocolate delicioso e uma cama no quarto dos meninos. O carro, praticamente inutilizado, passou um mês na oficina. Regina não fez o menor comentário ágrio, e ainda achou graça no episódio.

Este ano não a vi em fevereiro. Estou certa, contudo, que ela devia estar me acompanhando através desta coluna, satisfeita de ter notícias minhas pelo jornal. Não sou mulher de fé, já disse, mas acredito em Regina. Imagino-a, o com jeito doce e reservado que sempre teve, com o rosto surpreendentemente parecido ao de Jeanne Moreau, lá das campinas de sossego por onde há de estar, sorrindo aliviada hoje, por eu ter finalmente aprendido a resignar-me.

In *Um buquê de alcachofras* (1980)

INDAGAR

*P*ercebo de repente que estou confusa, precisando entender as coisas, a essência do que me escapa. Bem sei que não tenho direito a explicações: cada um deve descobrir por si mesmo o de que carece, plantar sua própria horta e aguardar, inquirir sozinho as soluções (se existirem). Estou consciente disso, mas ao mesmo tempo sinto minha fraqueza, meu desamparo, minha completa escuridão diante de cada pequeno mistério e PEÇO AJUDA! Venham, por favor, e digam-me, digam-me o que não compreendo, o que me *buleversa* tão agudamente e se endurece em mim como um banquete mal digerido.

Necessito desvendar, por exemplo, o que é a pressa, o tumulto interno e externo, essa vertigem que se apodera do homem/da mulher de vez em quando, ocultando o pensamento sereno, o mínimo raciocínio, qualquer ilha, reduzida que seja, onde se respire o oxigênio não conspurcado do sossego. O que é a pressa? – respondam-me com urgência, para que eu não me perca, sem bússola, nessa falta de horário em que mergulho subitamente, longe das pausas e dos freios.

O que é a insônia? Não se riam, não afirmem que é falta de sono, cansaço, preocupação, doença nervosa. Nada disso me satisfaz, ou por outra, essas palavras, ouvidas há muito tempo, nunca foram suficientes. Informem-me um pouco mais sobre a consistência da insônia, a matéria de que é povoada, o que se deposita em seu bojo extensível, que fluidas fronteiras a afastam do sono, dos sonhos, do pesadelo peludo. Pretendo muito se tento invadir essa região de lucidez e sombra, pura contradição noturna? Estou certa de que a verdade há de estar por aí, boiando; indiquem-me onde – é tão importante!

Nada me ensinaram tampouco a respeito da tristeza e da alegria e sobretudo dessa absurda capacidade de sentir as duas ao mesmo tempo, uma superposta à outra, uma dentro da outra, ambas fundidas num círculo espinhoso e rutilante. Como todo mundo, passo de um estado a outro, vou e volto, tenho dias, momentos, temporadas em que sou triste ou alegre. Só que, quando a vida galopa a uma velocidade que excede meu próprio ritmo, os dois estados desabrocham em meu corpo, em minha alma de um jeito único, que me desconcerta e enche de perplexidade. Ah, se fosse possível dividi-las, caracterizá-las, ordenar:

– Tristeza, espera o teu instante, deixa a alegria cintilar intata!

Ou:

– Afasta-te, alegria, não exageres, cede tua maré ao abandono, à solidão, à delicada melancolia, que é também fundamental para o equilíbrio de cada um.

Haverá quem me consiga esclarecer essa dualidade, cujo núcleo se esquiva ao meu entendimento?

E depois está a luz. Não me acabrunhem com definições científicas, que não me interessam. Navego hoje na penumbra e busco termos simples, que me apaziguem, mesmo que não sejam definitivos. Como quando era menina e tinha medo e curiosidade, e os adultos que reinavam em meu território de dúvidas contavam histórias fantásticas, sem nexo, que aplacavam minha inexperiência. A luz é o contrário da sombra? Mas as velas, os lustres não clareiam a noite? A lua e as estrelas não abrem no céu, no nosso coração, veredas leitosas? Não será a luz algo bem mais íntimo, tesouro que carregamos preciosamente em nosso templo? Venham, insisto, em meu auxílio, transformem-se em minha lâmpada de Aladim e não me abandonem, obscura e fosforescente, sem teto. Por favor!

    E daí, desconheço o girassol: o que é o girassol? Se dogmatizarem que se trata de "uma planta sublenhosa, de porte amplo, dotada de grande capítulo com numerosíssimas flores de corola ligulada amarelo-laranja e de corola tubulosa amarelo-pálida, tipo de corola este que pertence às flores do disco, as quais têm entre si palhetas pretas, o que confere ao disco..." etc. – se me repetirem isso, vou tapar os ouvidos com impaciência: não! Quero penetrar no âmago do girassol, na sua cor intransferível, no impulso subterrâneo que o leva a abrir-se, a orientar-se para o astro, a sedimentar em nós essa vibração de beleza e força. Quero o segredo do *Helianthus annuus* – só isso. Há de existir alguém que possa agora, neste minuto exato em que estou obnubilada, abrir-me a porta do amarelo. A porta de Alice, em sua terra maravilhosa.

    E o verde? O vermelho, o branco? O azul, principalmente, essa concentração marinha que se instala em meus olhos, como a indicar-me que os túneis não foram de todo bloqueados e de que mais adiante (onde?) esperam-me a zona azul que o astronauta divisou, a turquesa intensa, o miosótis, não-me-esqueças, não-te-esqueças-de-mim. Aproximem-se, falem-me depressa: o que é o azul, então?

    Não quero cansar ninguém, vejo que estou pedindo demais. Sobram-me, entretanto, todas as perguntas não formuladas e, mesmo que eu me dirija somente ao eco, continuarei interrogativa. Desculpem, mas o que é o sangue? Os laços do sangue? O filho? A ternura miúda? O encontro amoroso? A despedida? Isso: o que é a despedida? E a música, nos dias de chuva? O choro? A borboleta adejando na varanda? A formiguinha marrom claro, daqui para ali? Cada carocinho redondo e lustroso do mamão? O galinheiro da minha infância? O chegar e o partir? O que é a velhice? E a vitória dos vinte e um anos? O penoso reumatismo? A tua voz envolvente? As unhas crescendo, o cabelo que cresce, a barba que se imprime no rosto da mulher que beija? O que somos tu e eu? O que é tudo isso?

    O que é...?

In *O valor da vida* (1982)

NO RESTAURANTE

Sentou-se numa mesa pequena, junto à parede: felizmente o salão ainda estava quase vazio. Ela gostava de vez em quando de sair mais cedo do trabalho, caminhar pelo bairro ao anoitecer e, a caminho de casa, entrar naquela *pizzaria* confortável, onde já conhecia os garçons e podia comer um bife com salada, tranquilamente. Cultivava com prazer certos hábitos de solidão: a carne macia, a meia garrafa de vinho tinto, a desnecessidade de conversar, o livro que lia sem pressa, enquanto esperava o pedido. Nem precisou do *menu* para encomendar o filé ao ponto e o agrião temperado com limão e azeite de oliva. Ao retirar da bolsa o volume de memórias que acabara de comprar, seu corpo afrouxou-se inteiro, num completo bem-estar: o cansaço do dia desaparecera.

Antes de começar a leitura, viu um homem seco, de óculos e cabelos grisalhos, sentado no canto oposto ao seu: folheava o jornal da tarde, tomando chope e mastigando um pastel, distraído. Intuiu que uma vaga cumplicidade a ligava àquele companheiro desconhecido, que também jantava sozinho e parecia em paz consigo mesmo, orgulhoso. Outras pessoas entraram, mas, imersa no primeiro capítulo das memórias, viu e não as viu passarem.

Quando o bife chegou, enorme como sempre, fechou o livro para ocupar-se da carne olorosa. Sabia que os comensais a seu redor estariam provavelmente observando-a com estranheza: quem seria aquela mulher de ar satisfeito, bom apetite, que ia a um restaurante em companhia de um livro? Na mesa à direita, duas senhoras gordas de meia-idade desviaram o olhar ao cruzar com o seu, e continuaram devorando uma *pizza* gigante, coberta de queijo derretido; quase não conversavam. Pensou que as duas há muito teriam desistido de qualquer regime para entregar-se à fruição de pratos untuosos, repletos de proteínas, que as recompensavam das frustrações de cada dia.

Mais adiante, estava a mesa das sexagenárias, viúvas talvez, vestidas com capricho e penteadas com *spray*. Hão de reunir-se uma vez por mês para ir ao cinema, sessão das 6, e jantar – concluiu. Falavam todas ao mesmo tempo, repartiam *pizzas* diversas, bebiam refrigerantes, descontraídas, achavam tanta graça umas nas outras. A noite da alegria. Depois do sorvete voltariam para casa com a quota de diversão cumprida, para enfrentar a família ou o que restasse dela, as obrigações e o desânimo, as lembranças nem sempre doces. Esforçavam-se para não ser infelizes.

Chamou-lhe a atenção, na outra ponta, o casal com a filhinha de uns cinco anos, que insistia em cortar o frango sem ajuda, sujava-se, espalhava fiapos de galinha pela toalha e pelo chão. A mãe impacientou-se, o pai quis conciliar a situação, inutilmente: a menina acabou jogando os talheres sobre o prato e se negou a continuar comendo. A mãe se conteve, mortificada, só para não estragar o jantar, a festa de jantar fora em noites especiais. E como tudo anda tão caro, foi engolindo também, disfarçadamente, entre ravióli e ravióli, os pedacinhos de frango que a filha desprezara. O marido terminou as batatas fritas, uma por uma, e a cerveja, cheio de tédio.

Reparou no casal, ao lado, já maduro, e no de namorados – dezoito, vinte anos – absortos na mútua contemplação, esquecidos da *pizza* pequenina que encomendaram, abandonados um no outro. Fixou-se no braço direito dela, imobilizado pelo esquerdo dele, e na mão esquerda dela presa ao cotovelo direito dele. Com a mão livre, o rapaz alisava um cacho comprido do cabelo claro da moça, moldando-o, envernizando-o como se estivesse compondo escultura delicada. Detinha-se muito de vez em quando, para comer depressa (ou oferecer à namorada) um pedacinho de *pizza* já frio. Falavam pouco ou nada, expressando com os olhos, com os gestos lentos, com a inapetência, o delírio que antecede o conhecimento que precede a paixão e que os tornava únicos, insubstituíveis naquela noite de outubro.

Quando pediu o café, percebeu que o casal maduro discutia diante da *pizza* enfeitada com rodelas de abacaxi e fatias de enchova, que já tinham dividido em porções.

– Assim não podemos continuar, quero uma explicação! – clamou a mulher, com voz ágria, mastigando.

O homem manducava também, de cabeça baixa, impassível.

Exijo uma resposta, uma palavra qualquer!

– Hum... – grunhiu ele finalmente, de boca cheia.

– Se você não disser alguma coisa, juro que me levanto e vou-me embora. Deixo aqui esta *pizza* toda e desapareço.

– Hum... – repetiu o homem, enquanto a mulher, desesperada, mas sem parar de comer, implorava:

– Antes não era assim, foi tudo tão diferente. Como é que eu posso entender o que houve entre nós dois?

Alheios a tudo, os namorados continuavam a adorar-se, sem precisão de palavras e de alimento. As duas senhoras bem nutridas terminavam o pudim de chocolate. O solitário se fora, deixando o jornal sobre uma cadeira. As viúvas riam. A menina ainda estava emburrada e os pais tomavam café, silenciosos. O casal maduro se dilacerava, sem saída.

– Hum... – respondia o homem, servindo-se outra porção.

Ela percebeu que ali no restaurante se formara, entre as mesas, o ciclo da vida mais completo: o antes e o depois de cada um, o que a esperava, o que já tivera, o amanhã, o agora mesmo, o perdido, o nunca mais, o de sempre, a continuação... Sentiu ternura e piedade por todos, inclusive por si mesma. Pagou a conta e saiu.

In *O valor da vida* (1982)

OUTONO

*R*egresso à casa depois de uma ausência de dois meses. Chego para o começo das aulas e, mais uma vez, faço os mesmos gestos, ando os mesmos passos de tantas temporadas anteriores, vejo os meninos que se renovam anualmente, mas são sempre iguais aos de outros marços –, de uniforme e caderno na mão, a caminho da escola. É o outono que se anuncia. As ruas, que estavam desertas, se enchem de automóveis, ônibus e gente; ermas em janeiro e fevereiro, as lojas funcionam novamente; a cidade perde o aspecto estival e volta a parecer-se a si própria, séria, confusa, ativa, ruidosa, tal como a venho amando e desamando, num só ritmo, há tanto tempo. É o outono.

O outono, em Buenos Aires, chega antes da data fixada pelo almanaque e pela natureza. O fim das férias indica oficialmente o fim do verão, e mais da metade da população, que estava fora, retorna ao lar e à rotina, até fins de dezembro. A maioria dos viajeiros andou este ano pelo Brasil, e não é difícil reconhecer, entre as pessoas nervosas que se acotovelam na calçada, os turistas sem preocupação que estiveram em Camboriú, em Salvador, no Baixo Leblon. Camisetas, sandálias de plástico, um jeito tropical, esse tom de pele que somente o sol brasileiro produz, certas gírias escutadas de passagem, com sotaque platino, servem como elemento de identificação. Todos percorreram nossas ter-

ras, compraram (pouco) o necessário e (muito) o supérfluo; agora estão aqui, obedientes, para enfrentar o outono.
Digo *enfrentar*, e me arrependo. Enfrenta-se o que o outono acarreta consigo: as obrigações, o despertador na alvorada, o almoço sem pausa, o jantar com sono, a cama aflita, para onde se levam os problemas diurnos, que a noite não consegue minimizar. Enfrentam-se o trabalho, as filas, os preços em ascensão, a falta de dinheiro, a expectativa política (governo novo, governo velho, ministros indo e vindo), a luta urbana. Mas não se enfrenta o outono. Este é para ser entendido, pensado devagarinho, fruído com silenciosa emoção. O resto, o quotidiano frio, árido, cru, despojado de meios tons, é que precisa ser suportado – ao passo que...
Mas não posso perder-me no calendário lírico. Acabo de voltar à casa, e as tarefas urgem. Convenhamos que sessenta dias em longes plagas é tempo bastante, excessivo quase. Curti minhas férias, clareei o espírito, mas já estava necessitando o meu canto, nacional, intransferível, nessa avenida estrangeira que, há anos, me abriga. Os quadros; as paredes brancas; o cheiro inconfundível de cada quarto, unindo-se aos outros para compor o cheiro geral, que aspiro com prazer do elevador – cada pedacinho desse apartamento estava me faltando, separadamente e em conjunto. Saudades de minha casa.
Abro a porta com uma sensação entremesclada de alegria e temor. É sempre assim, e de cada vez me surpreende descobrir que nada mudou durante o período em que estive fora: os móveis continuam nos lugares habituais, e cada enfeite, o cinzeiro em forma de caracol, a naveta, a lâmpada de bronze – sentinelas fiéis do dia a dia – me aguardam com uma indiferença que é só aparente e sob a qual detecto uma sutil cumplicidade.
Procuro as gatas, amor total. Não duvido da afeição que me dispensam, mas – como para humanos e felinos, dois meses é demais – antes de demonstrá-la, elas me obser-

vam com atenção, escondidas debaixo do sofá e da cama. Reencontro, cravadas em mim, nos menores movimentos que executo, as quatro pupilas turquesa, que à contraluz se volvem transparentes, cor de fogo. Convoco, sem eco, as duas amigas; simulo cortar um pedaço de carne: não se deixam enganar. Finalmente, quando desisto, aparecem desconfiadas, junto à porta. Xica vem dengosa, linda, em cio. Mais madura, Ingrid demonstra que sentiu a solidão: seu pelo café com leite está menos lustroso, e o focinho, que há dois meses era marrom, quase preto, parece claro, bacento. Consigo chegar perto e acarinhá-la: é bom o calorzinho do seu corpo. Abraço-a, ela me cheira sem pressa, e ronrona. Conversamos:
— Ah, Ingrid, estamos juntas de novo, e você vai ficar tão brilhante, tão escura quanto antes. Quero a sua beleza!
E as plantas? São estas as que, em geral, mais sofrem quando me ausento. Costumo perder duas, três por verão, mas desta vez só um pequeno cacto está murcho, infeliz. Passo a ponta dos dedos sobre os espinhos miniatura: durinhos e ásperos. Com certeza poderão recuperar o antigo esplendor; precisam, aliás, de tão pouca coisa: uma colherinha de abono, terra remexida, algumas palavras de ternura.
De repente me detenho, sem entender: a trepadeira que há cinco anos ilumina um canto da estante e cujo nome nunca aprendi, mudou o rumo de suas folhas e grudou-se à parede. Chego a supor:
— Será que, num ímpeto de gentileza e boas-vindas, a faxineira fixou o galho com fita adesiva?
Não: o ramo se prendeu, sozinho, à parede, por meio de uma série de raízes mínimas, ou garras, que eu nunca advertira. Ligada como eu à casa, e tão superior a mim, foi a própria planta quem concretizou assim, de maneira efetiva, a íntima união.
Afinal é outono — concluo. Daqui a pouco folhas amareladas, pardas, castanhas, cairão sobre os livros, como, nos

bosques de Palermo, outras, inúmeras, belíssimas, hão de cobrir a grama seca. Olho a meu redor: bichos, plantas, volumes encadernados, lembranças – e sinto que é hora de outonar discretamente.

In *O valor da vida* (1982)

PEDRA!

Março termina, e quantas coisas trouxe e está levando consigo, das que quase não tomei conhecimento: fim das férias, fim do verão, início das aulas e do trabalho, lojas em liquidação, outras exibindo a nova moda, a cidade se preparando para reassumir o ar civilizado e sério, que a caracteriza de abril a novembro. Outono está aí, recém-chegado, com os seus dias suaves, frescos, enfeitando as praças com os botões roxos e cor-de-rosa dos jacarandás e paineiras, em floração atrasada. (Não vi nenhum.) Duas semanas mais, e todas terão desaparecido; nos cantos e atalhos de Palermo se depositarão folhas cada vez mais pardas, à medida que, sem elas, as árvores darão ao entardecer portenho um perfil estranho e despojado. Sei de cor essa mudança de estação, e poderia evocá-la aqui do meu quarto, mas é espetáculo tão perfeito, tão variado em sua minuciosa regularidade, que não me conformo, este ano, de ainda não o haver contemplado pessoalmente.

Também pouco me disseram a respeito da rebelião incendiária, no cárcere de Devoto, em que mais de cinquenta detidos morreram e cerca de cem ficaram feridos, sem que se esclarecesse a origem do drama. Nem me foi possível ir à 4ª Feira Internacional do Livro, que durou vinte dias e, como as anteriores, foi uma extraordinária festa de cultura, com um público maciço, de todas as idades, lotando os dois andares do gigantesco recinto, pesquisando os *stands* estrangeiros e locais – das muitas editoras argentinas –, assistindo a conferências, exibições de cinema e representações de teatro infantil, participando ativamente dos debates, perseguindo os escritores que autografam suas obras, e – sobretudo – comprando, comprando. (Que beleza, um país de tantos leitores.) Pois não apareci por lá, nem sequer no domingo passado, dia dedicado ao Brasil, em que o nosso *stand* verde, atendido por duas graciosas vendedoras, vestidas de amarelinho, e os 2.200 volumes em português constituíram o centro da atenção geral. Contaram-me, mas não vi nada.

Tudo por causa de uma pedra. Não se trata de metáfora ou alusão a certa pedra lírica (ou de escândalo), que um poeta ousou encontrar em seu caminho, há exatamente cinquenta anos. Nem de pedreira ou pedregulho, ou de qualquer pedra especial. E isso que há tantas, que conhecemos ou imaginamos cintilantes, induzidos apenas pelo intenso poder de sugestão de seus nomes. A responsável, a quem acuso publicamente, não foi uma pedra afeiçoada (muito pelo contrário), nem uma pedra angular, sequer uma pedra de toque, pedra seca ou rolada. Pedra preciosa? Quem me dera... Ah, se eu tivesse estado confinada todo esse tempo por artes de alguma pedra-azulense ou verde, de uma pedra da lua ou pedra do sol, de pedras-lipes, pomes, ume ou alar... teria talvez valido a pena. A minha – ai de mim! – foi com certeza pedra-braba, pedra-fogo ou, pior ainda, foguense, pedra-infernal e, apesar de tudo, e no sentido menos nobre do termo, uma pedra fundamental.

Se deixei de despedir o verão e de receber o outono, se me desinteressei de Buenos Aires, se não me perdi alegremente na Feira do Livro, se passei o mês inteiro sem fazer nada do que gosto só fazendo o de que não gosto, se escrevo hoje com tanta dificuldade – não me interpretem mal. Culpada exclusiva de tudo isso foi uma pequena (enorme) pedra anônima, de oxalato de cálcio, feia e retorcida, cheia de arestas e reentrâncias, de indefinida tonalidade marrom, que durante onze meses constituiu a tortura máxima de minha vida. A cruel se formou em mim, de mim, num dos rins, que eu sempre julgara órgão excelso e nunca supus capaz de traições dessa natureza. (Corpo amado, como pudeste assim desamar-me?) Não contente de existir onde nunca deveria ter sido, começou a deambular penosamente por estreitíssimos caminhos que não lhe correspondiam. E como maltratava! Um dia empacou e, odiosa esfinge, desafiou-me: "Retira-me ou devoro-te!" Não me agradando a alternativa, quis contemporizar: especialistas, urografias, injeções, remédios antiespasmódicos, regime, jejum, abstenção total das mais insignificantes alegrias quotidianas. A perversa, nada: só doía.

Vieram os amigos, os conselheiros, os curandeiros: "Converta-se à homeopatia. Beba 32 copos de água por dia. Tome chá de quebra-pedra. Faça como meu cunhado: arranje um Ford velho, sem amortecedores, e despenque a toda velocidade, dentro dele, pela ladeira mais íngreme que encontrar – é tiro e queda. Reze a novena de São Judas Tadeu: não falha nunca. Fique uma semana de cama, em repouso completo. Corra e dance sem parar". Tudo em vão.

Descobri a Confraria dos Enfermos Renais (CER), que nunca pensei ser tão numerosa. De repente era como se a maioria das pessoas a meu redor tivesse suportado padecimentos semelhantes (pelo menos sempre havia alguém na família de cada um que possuía ou expelira um ou inúmeros cálculos). Escutei casos mirabolantes: uma mulher que mandara encastoar um, lindo, verdadeiro cristal de rocha, de fazer inveja a todos; outra, que conservava como relíquia, num vidro de farmácia, todas os que o pai, já falecido (vítima de enfarte), eliminara durante trinta anos; o homem que encomendara uma vitrina rococó, para exibir orgulhosamente, no *living*, uma espécie de ovo de avestruz que lhe fora extraído, junto com o rim.

Essas histórias, que me aterrorizavam e fascinavam a um tempo, são as que me levam agora a falar de minha pedra, assunto aparentemente tão particular. No fundo, generalizo, pois estou segura de que, entre os que me leem, muitos haverá que já passaram ou estão passando por semelhante calvário. A estes me dirijo: salvo em casos muito felizes e especiais, leitores, se algum dia lhes acontecer um cálculo renal, desistam de dialogar com ele ou de ouvir conselhos inócuos e inúteis. Na disjuntiva, façam como eu: operem-se e recuperem o prazer de viver. Sintam, sobretudo, a inexprimível vingança de, ao acordar da anestesia, apertar duramente entre os dedos o cálculo nefando. Em poucos dias, livres do pesadelo, estarão como espero estar agora em abril, aptos para acompanhar o delicado desenvolvimento do outono.

In *Um buquê de alcachofras* (1980)

FEITAS DE AFETO

ABACATE

*S*e não fosse um sacrilégio, gostaria de acrescentar mais um verso ao poema de Manuel Bandeira, e proclamar: "O abacate é um milagre." Mas como o poema em si já é um milagre de contenção verbal e emocional, o jeito é tentar glosar em prosa, mesmo canhestra, a condição mágica desse fruto da família *Persea americana*, ou mais propriamente do seu caroço. Sempre acreditei nas palavras e em sua origem: nenhuma ciência, a meu ver, ensina tanto quanto a etimologia. Por isso, em minhas perplexidades, ando sempre às voltas com o dicionário, em busca não apenas da significação de cada vocábulo, mas do que ele realmente exprime em sua essência, e que em geral nos escapa. Não me surpreendeu, pois, verificar que *caroço* provém da forma *coroço*, derivada de cor, *cordis*: sendo o núcleo da fruta, é sobretudo o seu coração, sua parte sensível e palpitante. De outra maneira não se explicaria que um simples caroço de abacate pudesse resumir tanto mistério, tanta beleza prestes a eclodir e a assombrar-nos com a sua perfeição.

Vamos devagar. Tomemos o coração dessa grande baga comestível, depois de (se não tivermos problemas de colesterol) haver-lhe saboreado a polpa, como primeiro prato – à moda argentina, com molho americano – ou como sobremesa. Tem a forma arredondada, com uma das extremidades ligeiramente pontuda, e está recoberto por uma película áspera, quase marrom. Será necessário lavá-lo e observá-lo com cuidado: nada nele faz supor o que depois acontecerá: coloquemo-lo então numa vasilhinha de vidro qualquer (indispensável apenas, para nossa futura alegria, que seja transparente), com a parte mais chata para baixo e um pouquinho de água em cima o suficiente para cobrir-lhe um terço do volume.

A partir desse momento é preciso saber esperar. Os que não souberem, desistam. Ou por outra, tentem, pois provavelmente acabarão aprendendo a exercer essa virtude, capital sob todos os pontos de vista. E os que já nasceram ou se fizeram tranquilos aperfeiçoarão esse pendor – o caroço de abacate beneficiará a todos. Enquanto aguardamos, todos os dias mudemos a aguinha do recipiente (onde aparentemente nada se está processando), reinventando um Valéry caseiro: *Patience, patience, patience dans le vert!*

Cerca de um mês depois, um embrião de radícula começará a despontar sob a água. É tudo muito vagaroso no começo (a natureza nunca tem pressa): a segunda e a terceira ainda vão demorar. Só então notamos que o caroço começa a rachar-se pelo meio, no sentido vertical, de cima para baixo: despega-se primeiro a pele escura, deixando entrever a rósea matéria úmida que estava encoberta. Tudo isso ocorre com muita reserva (a natureza detesta ostentações) e durante a nossa ausência, provavelmente no escuro. Todas as manhãs percebemos que a fenda se aprofundou, sem contudo separar o caroço em duas metades, pois cessa antes de chegar à base.

É então que um pequenino volume verde, a princípio quase imperceptível, vai surgindo de dentro do caroço, intenso, brilhante, fresco. A emoção que sentimos e particularizamos: o abacate parece finalmente haver respondido ao nosso apelo! Só que ele não se dirige a ninguém em especial, e seu trabalho, silencioso e sábio, tem a precisão das coisas desinteressadas, que acontecem porque sim, movidas pela lei mais forte da vida, e não para deslumbrar-nos. Novamente uma dose extrema de paciência se torna fundamental, pois o broto cresce com infinita cautela e tem o seu tempo próprio, paralelo e alheio ao nosso.

Finalmente uma haste leve, delicadíssima, aparece, exibindo projetos mínimos de folhas, bem separados uns dos outros. Então o ritmo se modifica literalmente: a lentidão inicial se transforma num crescimento veloz, mas regular. Já mais grosso, embora sem perder a finura essencial, o caule se alteia dia a dia, até superar o cume do caroço e, liberto da concha que o encerrava, lança-se ao ar, com duas folhas ovaladas – de uma tonalidade ligeiramente menos viva que o chamado verde-abacate – tremulando na ponta.

A partir daí, já nada reterá o vigor e o ímpeto de expansão do nosso pé de abacate: seu prazer de existir é tão íntimo, tão completo, que basta a gente virar as costas para ele crescer um ou dois milímetros. E sobe ereto, despojado, com vários projetos de folhinhas despontando ao longo do caule e as primeiras folhas, já grandes, produzindo outras, lá no alto.

Admirável abacateiro doméstico: pergunto-me se estás sofrendo, contido em tua limitada panelinha de vidro, e me sinto tentada a transplantar-te para a terra, onde com certeza poderás vir a ser uma verdadeira árvore e frutificar. Ao mesmo tempo não ouso tocar-te, tão belo em tua solidão e em tua nobreza vegetal. Contemplo-te a cada momento e todo o meu ser te agradece: quisera poder imitar tua singeleza, tua frescura, a naturalidade com que aceitas a precária condição de vida que te ofertamos. Não será por acaso que, parente do loureiro, fazes parte das lauráceas. Se continuares subindo desse jeito – fico imaginando –, um dia hás de perfurar o teto de minha casa e te lançarás ao espaço, cada vez mais inatingível. Com as folhas que tombarem tecerei uma coroa para com ela cingir a fronte do meu bem-amado. Soberanos, ele e eu, da Ordem do Abacateiro, serás proclamado nossa Árvore Sagrada e, à sombra de teu exemplo, aprenderemos finalmente a viver – com paciência, altivez e liberdade.

In *Um buquê de alcachofras* (1980)

NOTÍCIAS DE MARÇO

*O*s dias estão coloridos, nesta primeira quinzena de março. As aulas recomeçam depois de amanhã e a maioria dos portenhos já deu o verão por encerrado. Com a vida cada-vez-mais cara e o dinheiro cada-vez-mais curto, as férias foram menos festivas para todos: pouquíssimos puderam sair do país e não muitos conseguiram bronzear-se em praias e serras argentinas. O dólar alto impediu o êxodo em massa de temporadas anteriores e a inflação, sempre galopando, dificultou as viagens estivais, grandes ou pequenas. Tenho para mim que a pele tostada que, no momento, quase todos os homens e mulheres continuam exibindo vaidosamente nas ruas, provém sobretudo do sol de fim de semana, tomado nas varandas e terraços da cidade.

Enfim, o outono está às portas, e não há dúvida de que se trata de uma ótima notícia. Talvez não seja surpresa para ninguém comprovar que os dias se vão tornando menos longos, a temperatura mais doce, a luminosidade levemente difusa, as noites frescas. Estamos acostumados a isso, ano trás ano, e achamos a mudança natural. É pena: se nos puséssemos a pensar no (claro) mistério das coisas, na regularidade com que se sucedem, na sabedoria que encerram... Infelizmente não sobra tempo para essas meditações delicadas, a vida urge, o trabalho exige, a confusão urbana domina – e a natureza, perfeita e invariável, e seus milagres já não assombram o homem moderno, que sai de óculos escuros e se recusa a ver o que se passa a seu redor. Pior ainda: não sabe ver, e caminha apressado, de olhos baixos, alheio ao variado espetáculo que lhe daria lições de beleza, paciência, comedimento. Mas como tais qualidades já não gozam da preferência popular, o outono vem chegando em silêncio – como, de resto, é do seu feitio.

Outra notícia de março: há dias aniversariei. Aqui me detenho, dubitativa: se o início da mais linda estação não chega a ser matéria de interesse geral, como animar-me a cuidar publicamente de circunstância assim desimportante, além de particular? Não estarei traindo minha tarefa de cronista, ao enveredar por lugares tão íntimos e insignificantes, correndo ainda o risco de ser julgada indiscreta ou pretensiosa? Peso prós e contras e concluo: aniversário de quem quer que seja será sempre notícia – e notícia boa, pois significa um ano a mais vencido, dever realizado, etapa atingida. Cada um de nós, que aniversaria, está provando a si mesmo e ao próximo que superou galhardamente um desafio e se dispõe a aceitar outro. Há de ser por isso que nos presenteiam e nos parabenizam nessa data. (E faço aqui outra pausa para confessar, com estranho orgulho, que pela primeira vez em minha vida – coragem de *post*-aniversariante – consigo usar este verbo extraordinário.) Pensando bem, não há motivos para recebermos felicitações, já que, se alguém é responsável pela aventura de nascer, não se trata de quem nasceu, mas dos pais, que providenciaram o evento. Depois, sim, a coisa muda. É por isso que, quando ouço: – Parabéns! – entre flores e sorrisos, agradeço com enorme falsa modéstia, sentindo-me no fundo merecedora desses votos de estímulo e orgulhosíssima de andar por aqui, cuidando com jeito das minhas coisas e do meu aniversário.

Aniversários houve em que temi envelhecer: alcançar a casa dos trinta, entrar na dos quarenta, pular para a... Não preciso de minúcias para esclarecer meu ponto de vista: à medida que o tempo foi passando... (Ele passa mesmo? Qual o verbo mais adequado: o tempo se acumula? se condensa? se deteriora? Ou somos nós que passamos e deixamos atrás um tempo intato, talvez inexistente? Não é hora, entretanto, de reinventar um léxico metafísico. Meu pensamento de hoje é menos sutil e essencialmente comemorativo.) Então: à medida que o tempo... (cada um encontrará aqui o verbo que preferir), fui percebendo o sentido amável dessa ação, tenha ela o nome que tiver, e hoje fazer anos é para mim um prazer, uma vitória.

Tenho passado (e aqui, sim, o verbo se impõe) por boas, quer dizer, por más, ou – para maior precisão – por péssimas, na vida. Posso mesmo declarar, sem rancor nem exagero, que mais de uma vez tocou-me enfrentar situações sombrias dessas que vulgarmente se denominam *limites*. Limites de quê? De nada, porque as encarei, lutamos, continuei e até, de certa maneira, as esqueci. Certa vez chegaram a falar-me em *sobrevida*. A expressão me feriu a princípio, senti-me ofendida, injustiçada:

– Serei, então, uma sobrevivente? Já vivi o que tinha para viver e o que me resta são sobras, migalhas depois do banquete, cacos que não me pertencem?

Acabei entendendo. O tempo da sobrevida é o tempo melhor, aquele que supera a vida em si, e adquire, em nós, a dimensão da alegria, da intensidade, da vida completamente vivida. Estarei divagando, exaltando-me? Afinal, sou de um signo contraditório, em que dois peixes nadam em direção oposta, e tenho direito a sonhos confusos, a crônicas desconexas. Por outro lado, atenção, mulheres piscianas! Dizem os entendidos que este será o nosso ano, sobretudo em matéria de amor. Portanto, viva março! com seu cheiro, sua graça, suas folhas de outono e suas notícias que, se não dão manchete, clareiam os nossos corações em meio tom.

In *O valor da vida* (1982)

VITÓRIA

*B*em sei que ainda falta mais de uma semana para o Dia dos Mortos, mas não estou pensando, jornalisticamente, na véspera de Finados, que é no próximo sábado, nem sequer no calendário emotivo que a sociedade nos impõe. Penso em você, simplesmente. Hoje acordei com o seu rosto no meu pensamento, na memória. Ia acrescentar: no meu carinho permanente – e isto seria e não seria verdade. Claro que me esqueci de você (não gostaria de enganá-la e, de resto, seria impossível), esqueci-me até demais, durante todos esses anos, praticamente desde o momento da partida. Coincidência: você se foi e, de maneira inversa, eu também saí da minha terra, para outros lugares, para as descobertas fundamentais. Não havia sítio para você em minha nova casa, em minha situação nova, pois em ambas, ninguém, a não ser eu, conhecera você. É como se você tivesse sido eliminada do que, a partir de então, passou a rodear-me. Aconteceram coisas; nasceram pessoas, algumas entranhavelmente ligadas a mim; parentes e amigos começaram a percorrer o caminho que você, tão cedo, inaugurou. Minha atenção, minha alegria, minha dor se transferiram para os recém-chegados e para os viajeiros que se despediam.

Disse que a sua presença constante no meu carinho era e não era verdadeira, e acabo de explicar como aparentemente abandonei você. Hoje, entretanto, compreendo que nunca a perdi, senão me teria sido impossível recuperar de repente, de modo tão claro e natural, tudo o que você foi, tudo o que já não é (ou continua sendo). Sinto a sua figura em mim, esse tempo todo, não sepultada (que palavra triste! e a sua natureza era risonha), plantada talvez. Isso mesmo: germinando, longamente. Revejo as árvores secas, escuras, dramáticas, que me assustaram no inverno europeu. Diante daquele cemitério de esqueletos vegetais, como acreditar no que os habitantes da região garantiam, e que é exato: quanto mais enrijecidas, quanto mais isoladas, mais brilhante seria o verde que as recobriria na primavera? Assim você – em mim.

Esta manhã de outubro você floresceu, lindamente, viçosa, com aquela trepidação que eu captava, sem entender. Gorda também, como sempre foi (salvo no final), de uma gordura firme, que não era feia, antes saudável, aconchegante. O rosto moreno, aberto, sem mistério. A voz – como era a voz? Não estou segura, mas sei que era boa de se ouvir, em vários tons, mineira. Você ia e vinha constantemente, organizava as festas de coroação da Virgem, na matriz, treinava as crianças (com indisfarçável preferência pela sobrinha), embrulhava as balas, distribuía flores pelas jarras alongadas.

A sua importância naquela igreja... Aliás, foi lá que você se casou; lá que os seus filhos se batizaram; lá que... mas isso me contaram, não estive presente. Que beleza a matriz iluminada! É como se eu estivesse folheando agora, neste momento, um álbum de retratos: nenhum amarelado, nenhum esmaecido – todos nítidos, tirados há pouco. Talvez não seja exatamente um álbum, mas um filme, desses que as famílias conservam, lembrança das grandes ocasiões, e passam quando as várias gerações se reúnem para jantar.

No dia do casamento, você saiu a pé da casa em que morava; atravessou a rua e entrou na igreja. Era em frente, mas qualquer outra moça teria contratado um carro de aluguel e dado umas voltas pelo quarteirão, para descer solenemente diante da porta principal. O vestido era de uma seda branca que aderia às suas formas abundantes, endurecidas pela cinta apertada. O noivo, de bigodinho, mais baixo do que você, sério, penteadíssimo, ajudava a levantar a cauda sobre os paralelepípedos. Como você era espontânea e sem artifícios.

O primeiro garotinho nasceu, pontualmente, nove meses depois, e você me deixou brincar com ele, como se fosse um boneco de borracha. Aquela tarde – que horror! – escorreguei no adro da igreja e ele pulou do meu colo para o cimento. Foi você quem me encontrou soluçando debaixo da cama e me serenou, exibindo o bebê intacto, com a moleira a salvo. Continuei brincando com ele, iniciando a aprendizagem materna.

Ao chegar a menina, você me escolheu para madrinha. O padrinho era meu avô: que orgulho tão prazenteiro! E sete meses mais tarde o desconsolo, quando de uma hora para outra e vestida com a camisola do batizado, a pequenina desceu à sepultura, sem que eu compreendesse por quê. Nunca tive outra afilhada.

A terceira veio tarde, quando você já não tinha condições para cuidá-la. (Fique tranquila: disseram-me que é moça bonita, com profissão, casada.) Você ia emagrecendo, dizendo coisas esquisitas, fazendo outras que não eram habituais. Ninguém, nenhum médico me explicou nada. Até que veio o telefonema (de manhã? à noite?), avisando.

Sua biografia foi singela, menos ainda, comum. Mas hoje (quantos anos se passaram?) você floresceu, e seu nome, que antecipava as luzes e triunfos que você não teve, nada em mim como uma vitória-régia.

In *O valor da vida* (1982)

BALAS DE MAIO

Maio, outra vez, e já são tantos... E as lembranças de maio acumuladas, leves, terríveis, indiferentes. Teu aniversário, por exemplo, era no dia 1º e sempre adiantavas ou atrasavas os festejos, pois nem ônibus havia nas ruas, nessa data que aqui se respeita com excessivo rigor: cinemas, restaurantes – tudo fechado. Teu último aniversário... Mas para que recordar agora, se já se passaram nove anos? Engraçado: também escolheste, para deixar-nos, um dia peculiar: véspera de Natal – que coincidência.

Não estou melancólica, impossível ficar triste em maio. Bem sei que as pessoas chegam e partem e, entre as duas fronteiras, festejam o aniversário. Maio nada tem a ver com isso, e é tão bonito, no outono daqui ou na primavera alheia. Há um ano comecei o mês satisfeita (abril e março tinham sido escuríssimos); recordo claramente que no dia 2 tomei um táxi, a caminho do trabalho, com tal ânsia de viver melhor (a manhã fresca, nítida, delicada) que comecei a cantarolar alto. O chofer se surpreendeu: – A senhora está contente? – Assenti, porque me pareceu difícil explicar que não se tratava de contentamento, mas de uma vontade profunda de que as coisas branqueassem. Tinha tanta fé em maio! Pois não é que antes do fim do mês a noite baixou de repente e no mundo ao meu redor só houve trevas e ranger de dentes? Mas para que pensar nisso hoje, se tudo passou e aqui estou, plena de antigos maios e pronta para receber este, que se inicia? Vieste benévolo, meu bem? Trazes em teu bojo as flores-de-maio que busco? Ah, que sejam muitas: quero reparti-las entre os que, como eu, estão carecendo delas. Não me enganes outra vez, por favor.

Prefiro continuar lembrando. Noites de maio... Em certa cidade mineira (há quanto tempo? perdi a conta), maio era, de todos, o mês mais belo: da coroação de Nossa Senhora. Várias semanas antes começavam os preparativos: as Filhas de Maria organizavam o programa, sob direção de um vigário patusco, amigo das pompas religiosas, enquanto as senhoras da vizinhança angariavam donativos e se ocupavam das minúcias. O resto corria por conta das beatas, sempre a postos: limpeza da igreja, arrastar de genuflexórios, fabricação das flores – eram tão coloridas! – de papel. Vinha, então, a parte das crianças.

De início era preciso escolhê-las. Entrava aí muita política e diplomacia, pois não seria aconselhável desaproveitar – para não perder a colaboração das mães – meninas de famílias ligadas à paróquia. Uma ou outra crescera demais, esta não tinha voz, aquela era tímida ou simplesmente feia. Solucionava-se o problema, deixando-as semiescondidas em alguma coroação de menor importância, ou dissimulando-as no coro, em meio ao grupo de anjos.

O temor do fracasso perseguia as moças organizadoras: era comum, na hora, a garota se esquecer do papel, ou virar-se de repente para dar adeus à avó, que, envergonhada, sorria entre os fiéis, sem responder. As responsabilidades autênticas, portanto, eram dadas às pequenas de algum talento artístico, que não se vexavam de enfrentar o público na igreja iluminada, ou possuíam qualquer encanto especial: uma cabeça muito loura ou cacheada (apesar de cabelos lisos não serem motivo de impedimento, já que sempre se podia recorrer aos papelotes), um sorriso doce, um jeito mais desembaraçado de entoar a melodia.

Durante os ensaios, muitas vezes as Filhas de Maria perdiam a paciência. Faltava o organista; a menina principal errava a letra da canção, tropeçava na escada, ria no momento mais solene. Ou eram os moleques que vinham espiar, às gargalhadas, as artistas inexpertas. Tudo isso, entretanto, os próprios ressentimentos constituíam novidade, criavam um ambiente de surpresa, palpitante, revigoravam o bairro em que praticamente não acontecia nada, enlaçando o espírito de toda aquela gente num buquê de sensações mágicas, bem mais profanas que fervorosas.

As túnicas, de cetim alvíssimo, iam até os pés. Umas terminavam em bordados de lantejoulas ou em imitação de arminho; eram lindas também as pouco suntuosas, mais singelas, das crianças de famílias modestas. E as asas, trabalhadas em substância irreal, líquida, divina? Depois veio a moda das asas de pena, que emprestavam aos anjos um ar de passarinho. (Posso jurar que as primeiras eram mais celestes.) Uma leve coroa cintilante e sandálias de prata completavam o traje.

E era de se ver o jovem cortejo deslizando pela nave adentro, indeciso, luminoso, aflito, sob o olhar deslumbrado e não menos inquieto dos parentes (as famílias compareciam inteiras, incluindo os membros declaradamente ateus) e das Filhas de Maria. Aparecia na hora da bênção: a música dissolvia-se pela igreja e os anjos voavam lentamente, altar acima. Embaixo, os coroinhas esperavam o sinal do sacristão, para iniciar a orquestra de sinetas e incenso que acompanhava o coro infantil. De repente o padre silenciava e todos emudeciam: colocando-se atrás de Nossa Senhora, a menina que puxava o cortejo erguia a voz trêmula (em geral desafinada) e atacava o solo. Depois, devagar, devagar, ia pousando a coroa dourada sobre os cabelos de louça da Virgem. À direita e à esquerda, ao mesmo tempo, outras duas crianças depositavam as palmas, entre os braços entrecruzados da estátua, e o coro inteiro eram flores despetaladas sobre a santa, pelo ar.

Em seguida, às balas! Aos compridos cartuchos de cartolina, em que fulgiam amêndoas, de sabor nunca mais igualado, envoltas em açúcar colorido. Balas de maio.

In *O valor da vida* (1982)

PEQUENOS PRAZERES

*P*ois é, gostei mesmo de passar o mês de junho aqui no Rio, revendo amigos e lugares, nessa temporada amena, quase fria, que ameiga a cidade e a torna menos tropical. Homens e mulheres se vestem com cuidado, meias, suéter, um colete de camurça, calças de veludo – indumentos que aquecem sem exagero e enfeitam com discrição. As casas se iluminam cedo, as janelas e cortinas se fecham, incomodam menos os ruídos dos apartamentos alheios, gritos, televisão, discos – a intimidade se preserva melhor. Cheguei até, em certas ocasiões, a pensar que estava em algum outro país, longe da nossa carioquice que, embora cheia de dengos e malícia, acaba cansando, pelo excesso.

O Rio sempre foi assim tão cortês no inverno? – andei perguntando, com uma vaga nostalgia de todos os invernos que deixei de presenciar aqui. Eu tinha me esquecido. Por sorte, gente que me quer bem (e cultivo um buquê de amigos perfeitos) se encarregou de, quase diariamente, atiçar-me a memória, oferecendo-me almoços e jantares regados a vinho generoso; levando-me para fins de semana aconchegados na serra e à beira de outras praias; para tomar chá. Até isso: tomar chá numa cidade que eu julgava irremediavelmente limitada a sorvetes e refrigerantes.

Exultei com esse último convite e, ingênua de mim, cuidei que meu amigo me conduziria à Colombo, onde aqueles violinistas de terno preto sempre me invocaram. Nada disso: ele desfiou uma lista tão ampla de casas de chá, em Copacabana, Ipanema, no Leblon, na Gávea, que a opção se tornou difícil. Incrédula, acabei me decidindo pela que ficava mais perto. Se não servir – pensei –, voltamos depressa e providencio um cafezinho a domicílio.

Penetramos num desses centros comerciais que estão na moda, cheio de acrílicos, escadas rolantes, luzes difusas. *Shopping center* ou galeria? – indaguei inutilmente de mim mesma, pois já me explicaram muitas vezes (e não entendi) as características bem diferenciadas de cada um. Não valia a pena averiguar: o conjunto era limpo, as vitrinas vistosas, as pessoas pareciam deslizar pelos vários planos da construção, recendia por toda parte um perfume impessoal e agradável. Achei-o, entretanto, meio vazio; somente num canto, uma fila de gente. Quando nos aproximamos, descobrimos que a fila se formara precisamente em frente à casa de chá. Não é incrível: em pleno Rio de Janeiro, moças, casais jovens e maduros, poucos velhos, mães e crianças, aguardando tranquilamente uma mesa na pequena confeitaria? Nem na Europa – refleti, possuída de orgulho cívico.

Todos falavam baixinho, sem irritar-se diante da lentidão com que, lá dentro, os privilegiados sorviam seu chá, mastigavam com boas maneiras e conversavam sorrindo, indiferentes aos espectadores. Uma cena inglesa, linda.

Chegou finalmente a nossa vez, e o garçom, calmo e único, trocou a toalha e trouxe as xícaras (ia dizer chávenas) de porcelana branca. Duas senhoras distintíssimas, seguramente as proprietárias, ajudavam: uma atrás do balcão mínimo, onde se vendiam vidros de geleias e tortas; a outra, magrinha, circulando entre as mesas. Foi esta quem apareceu com um frasco bojudo, enorme, repleto de sachês coloridos:

– Temos alguma preferência? Chá perfumado, de rosa, limão, jasmim, canela, ou...?

Tantos e de nomes tão envolventes, prometendo tais delícias, que, perplexos e incapazes, optamos pelo mais simples e conhecido: o da Índia. O garçom veio com o bule de água quente, as jarrinhas de leite e de creme, a manteiga, a geleia agridoce, a cestinha catita com quatro biscoitinhos de maisena, dois *croissants*, dois pãezinhos, duas fatias de bolo inglês, o pratinho com dois doces de ovos, o outro com dois sanduíches embrulhados em papel transparente. *Tea for two* completíssimo, impecavelmente *five-ó-clock*, o mais delicado que já tomei – tudo bem-feito, gostoso, nem demais nem de menos, na medida justa.

Na mesma justa medida provamos um pouquinho de cada coisa, divagamos sobre assuntos aparentemente íntimos, que a vida agitada de todos os dias nos obriga a calar. Gula e afobação estavam automaticamente banidas daquela saleta sóbria, em que tudo se processava com simplicidade e elegância. De vez em quando a senhora magrinha se aproximava, para perguntar, sempre utilizando a primeira pessoa do plural:

– Estamos satisfeitos? Queremos mais água quente?

Estávamos, quisemos. Quando terminamos (passamos ali mais de uma hora e nem o garçom nem as senhoras demonstraram o menor sinal de impaciência), um pacotinho enfeitado com laço brilhante foi posto sobre a nossa mesa. Senti-me provinciana: seria um brinde, uma lembrança, um costume novo? Dirfarçando, pus o embrulho no colo e abri-o: continha o doce e a fatia de bolo em que não havíamos tocado. Ah – concluí com admiração e em silêncio (enquanto meu amigo pagava a conta, que não vi e imagino não ter sido pequena) –, o Rio é, sem dúvida alguma, a cidade mais civilizada do mundo.

In *O valor da vida* (1982)

BOAS-FESTAS

Tantas vezes deixo transparecer meu desconcerto e envolvo meus leitores insontes em queixas e suspiros particulares, que hoje tenho vontade, tenho quase a obrigação de torná-los cúmplices de uma circunstância oposta: *esta manhã acordei feliz.*
Assim tão simplesmente como proclamo: acordei feliz esta manhã. Bem sei que muitos afastarão logo os olhos desta página, com admissível dose de irritação. Que poderá importar o mínimo bem-estar de uma cronista, que nem sempre sabe manter-se nos sóbrios limites do pudor? Será isso matéria pública, sobretudo quando os acontecimentos locais e internacionais revelam, sem trégua, dificuldades, sofrimentos de toda sorte, fome e cárcere? Nímias razões já temos – hão de resmungar alguns – para não nos deixarmos levar por esses insignificantes desabafos, que nenhum alívio trazem à aflição do povo. Afinal espera-se que os jornais e livros tratem de assuntos sérios e imprimam notícias de interesse geral: alguém acordou (mediocremente) de bom humor e ainda ousa escrever sobre isso – ora já se viu!
Não costumo discrepar dos meus leitores, que são, normalmente, juízes probos. Hoje, entretanto, não darei ouvidos aos que torcerem o nariz. Acordei em paz, continuo em paz, acho que vou dormir em paz – e considero essa tríplice situação tão linda, tão surpreendente e positiva, que não te-

nho direito de reservá-la só para mim, sob pena de ser muito egoísta. Os rabugentos que me perdoem, mas o tema é relevante e quero dividi-lo com todos, principalmente com os que, neste momento exato, estiverem decepcionados, de coração amargo, imersos em dúvidas, ou apenas tristes. O que me aconteceu esta manhã não é privilégio pessoal, prodígio de eleitos, nem milagre: é coisa natural, que às vezes chega subitamente, assim sem mais nem menos. Pode passar com qualquer um.

Sem mais nem menos, repito, e confesso, a bem da verdade, que não sei de motivos especiais para ter acordado feliz esta manhã. (Não ganhei na loteria; não me deram o primeiro prêmio de nada; não me apaixonei pelo emir-dos--emires, de olhos oliváceos; não recuperei o que já perdi; não fui convidada para dar a volta ao mundo num barco à vela; não regressaram os que me fazem falta; não compus sequer uma barcarola.) Nenhum motivo peculiar, a não ser talvez o fundamental, de estar viva. E esse rutilante rubi, que às vezes desprezamos em nossa gruta, hoje me fez acordar feliz. Só isso. Sem nenhuma complicação; assim: abri os olhos cedo, podendo dormir até mais tarde. Preferi levantar--me, de tal maneira o sossego interior me impulsava à ação, e desdenhei o sono, com o seu (já) inútil repouso. Pisquei para mim mesma, diante do espelho, cantei sozinha e fui regar minhas roseiras. Senti-me, ainda em jejum, tão livre e em tão boa companhia, que decidi passar o dia inteiro em casa, exclusivamente comigo mesma.

Tudo me pareceu calmo nesta manhã de sábado em que acordei serena. Lembro-me que ontem à noite levei meus problemas para a cama, exausta. Despertando, percebi que eles tinham se volatilizado. Quer dizer: devem andar por aí, ao meu redor, mas tornaram-se invisíveis (hoje, pelo menos), sombras sem contorno, balões vazios. Estou certa de que voltarão, que terei novamente de enfrentá-los e suportar seu arrogante desafio:

— Acaso julgaste, ingênua, que desapareceríamos definitivamente? Aqui estamos e estaremos sempre, à espera de que nos destruas, de que nos tritures. Não te esfalfes: quando muito, se tiveres sorte, conseguirás substituir-nos por outros, também insolúveis.

O combate se reiniciará portanto brevemente, só que – como acordei feliz – chego a pensar que acabarei aprendendo a conviver com esse áspero rebanho. Nenhum problema me arriará hoje; talvez nunca. Vejam bem, não tenciono negar a fatalidade das coisas, não me interpretem ao pé da letra. Mas é que estou em paz, sem ataduras absurdas, e essa leveza inusual dificulta-me a expressão. (As palavras são em certos momentos tão dispensáveis...) Tento explicar uma conclusão despretensiosa: com a tranquilidade que juntei, ao acordar feliz esta manhã, acho que hoje serei até capaz de admitir com singeleza o destino natural da vida. Sem revolta, com a sabedoria dos animais, por exemplo.

Resumindo: estou bem, neste sábado de dezembro – apesar de nada ter se modificado, realmente, em meu quotidiano. Acordei feliz porque sim, e nessa sem-razão, nessa gratuidade bela reside precisamente a essência valiosa da notícia que entrego aos meus leitores, em manchete: HOJE ACORDEI FELIZ! Não digam, por favor, que estou cronicando em vão – estou lhes ofertando um presente de fim de ano.

E por falar nisso, boas-festas! Acordem felizes, de vez em quando, no que resta deste ano e principalmente no próximo.

In *O valor da vida* (1982)

COISINHAS LINDAS

*H*á coisas belas na vida, raras, fulgurando entre os cascalhos e precipícios do caminho. Há coisas indiferentes (a maioria), mas, para gáudio de cada um, tilintam coisinhas lindas na memória e no nosso dia a dia.
Explico-me:
Coisa linda é, para mim, o jeito que os gatos novos têm de recuperar o instinto selvagem num apartamento, diante de um barbante ou de um fio pendurado, das franjas de uma cortina balançando. Erguem a cabeça, com a pupila fixa, enrijecem o corpo, mexem as pernas traseiras, concentram-se e se atiram sobre o suposto inimigo, como se se tratasse de caçada perigosa. Frustrados com a falta de reação da presa, afastam-se, disfarçando, e regressam logo para outro bote, inútil e tenaz.

Brincar com bebês muito tenros é coisinha linda: se estão limpos e de barriga cheia, riem, batem as pernas e, ao não poder controlar a direção do olhar, ficam completamente vesgos quando nos encaram.

E que coisinha linda o início, menos ainda, o esboço das primeiras folhinhas semibrotando numa planta que andava triste, sem viço. Roçá-las – atenção! muito levemente – com a ponta dos dedos ou dos lábios é lindinho também.

Outra coisinha tão linda: acordar pensando em dia de semana e extrair do fundo da consciência a noção de que é domingo – ninguém esperando nada de nós – e voltar ao sono com a alma serena, sem remorso.

Aliás, domingos de chuva: que coisinha mais linda ficar em casa, de suéter, contemplando a líquida cortina. E, encaixada nesta, outras coisinhas bem lindas; uma barra de chocolate (suíço), comido devagar, cada pedaço dissolvendo-se na boca imóvel; goles de conhaque (Napoléon), esquentados entre as mãos, na língua, solenemente.

Coisinha linda, lindíssima, o cheiro do mato quando nos aproximamos de qualquer lugar fora da cidade em que é possível identificar, pelo olfato, a mistura de eucaliptos, folhas em geral, terra e insetos que sobraram da infância. (E a maresia? cheirinho lindo.)

Outras perduram no pensamento. Saudades das manhãs em que a praia de Copacabana era vazia e havia tempo e espaço para cavar buracos à beira-mar. Juntar conchinhas e tatuís, que apareciam quando as ondas, depois de arrebentar, retornavam ao mar; levar tudo para casa num balde cheio de areia úmida. Comer os bichinhos, nunca: a coisinha deixaria de ser linda, pois lindo mesmo era devolvê-los ao mar, no dia seguinte, vivos e velozes.

As tartaruguinhas que estou criando são coisinhas muito lindas, com a barriga sulcada de linhas regulares e coloridas, o casco idem, com outros desenhos em outras tonalidades. Uma é boba, a outra esperta. Quando brigam, a esperta persegue a boba, que só atina em esconder-se dentro de um sapato de homem. Não sei dizer qual delas é mais coisinha: acho que ambas são lindinhas, duplamente.

Ver os canários de Nena bicarem, da gaiola, com a maior cautela, o nariz da amiga... O papagaio pelado, que tem mania de arrancar as plumas e ainda enfrenta a dona com o olho redondo e desafiante... Resta-lhe apenas uma vaga plumagem debaixo do pescoço, mas, despido e estranho, é, junto aos canários, coisinha das mais lindas.

Brincos pequenos, argolinhas, bolinhas de ouro com miçangas, travessinhas para o cabelo – toda essa bijuteria miúda que se usa agora, coisinhas lindas, que enfeitam e são boas de passar a mão. Pérolas pequenininhas, então, que coisíssimas lindas, sobretudo entre os dedos e, devagarzinho, entre os dentes. Como as uvas – tão, tão lindas.

Vestidos de seda pura brilhante, saias godês de gase, mangas plissadas, jérsei aderindo à pele, *blue-jeans* frouxos, de tão surrados – ah, lindurinhas.

Banho de chuveiro, em dia de calor, e de banheira com espuma perfumada, fofa, fofa, no inverno – coisinhas lindas. E bem lindos, até demais, os mergulhos de verão no mar quase morno, salgadíssimo, a água escorrendo pela nossa cabeça, que fica lisa, lustrosa, ardendo no rosto, no corpo inteiro.

Mas haverá tão lindas coisinhas quanto os mínimos rituais que precedem a revelação amorosa, quando tudo ainda é mistério: os primeiros telefonemas, os primeiros almoços, a primeira vontade do que ainda não foi provado? Depois sobram algumas, talvez as mais lindas coisinhas deste mundo: a orelha do amado, beijada do lado de dentro; o momento exato em que os cravos, ao serem espremidos, saltam das costas do mesmo; cócegas na planta do pé; o perfil de cada um, desenhado com a ponta das unhas...

Ah, estou tornando públicas as lindíssimas coisinhas particulares que coleciono. Melhor recolhê-las ao estojo de veludo que guardo em mim, nos vinte e cinco sentidos, no coração.

In *O valor da vida* (1982)

BIOGRAFIA DE MARIA JULIETA DRUMMOND DE ANDRADE

Maria Julieta Drummond de Andrade nasceu a 4 de março de 1928, em Belo Horizonte, Minas Gerais, filha de Carlos Drummond de Andrade e de Dolores Dutra de Morais. Aos seis anos de idade, transfere-se para o Rio de Janeiro com a família, pois o pai assumiu o cargo de chefe de gabinete do Ministério da Cultura e Educação.

Em 1946, publica a novela *A busca*, pela editora José Olympio. A seguir, gradua-se em Línguas Neolatinas pela Pontifícia Universidade Católica do Rio de Janeiro (PUC-Rio). Nesse período, trabalha como tradutora de autores ingleses, franceses, espanhóis, italianos, uruguaios, argentinos e de demais nacionalidades, respondendo por uma coluna no *Correio da Manhã*.

Ao ir representar o pai numa reunião, conheceu o argentino Manuel Graña Etcheverry, com quem se casou em 1949. No mesmo ano, mudou-se para Buenos Aires, interrompendo o labor da tradução. Lá, o casal teve três filhos: Carlos Manuel, Luis Mauricio e Pedro Augusto Graña Drummond.

A partir de 1955, passa a lecionar Português e Literatura Brasileira aos nativos no Centro de Estudos Brasileiros (CEB), órgão ligado à Embaixada do Brasil na Argentina. Também atua na tradução de autores brasileiros para o espanhol, bem como na de autores hispânicos para a língua portuguesa.

Nessa empreitada, traduziu, com Marli de Oliveira, Jorge Luis Borges e Maria Clara Machado. Posteriormente, dirigiu a cátedra de Literatura Brasileira e Portuguesa na Faculdade de Filosofia e Letras, da Universidade de Buenos Aires.

Em 1976, assumiu seu mais importante trabalho no país, que foi a direção do CEB. Na função, além de promover palestras e debates, Maria Julieta criou a editora Iracema, voltada para a publicação exclusiva de escritores brasileiros vertidos para o castelhano.

A convite da revista brasileira *Veja*, publicou o texto "Meu pai", em novembro de 1977, para se somar ao dossiê comemorativo dos setenta e cinco anos de Carlos Drummond de Andrade. Após a publicação, passa a escrever para o jornal carioca *O Globo* como cronista, aos sábados, no Segundo Caderno.

Como seleção dos melhores textos dessa empreitada, publica, em 1980, *Um buquê de alcachofras*, novamente pela José Olympio. Em 1982, surge nova coletânea de crônicas, *O valor da vida*, agora pela editora Nova Fronteira.

No ano seguinte, despede-se de Buenos Aires e retorna definitivamente para o Brasil, voltando a viver no Rio de Janeiro.

Em 1985, publica, pela editora Record, o livro de memórias pueris *Diário de uma garota*. Um ano depois lança a narrativa infantojuvenil *Loló e o computador*, pela Nacional, e um novo volume de crônicas – *Gatos e pombos* –, editado pela Guanabara.

Em 5 de agosto de 1987, Maria Julieta falece, vítima de câncer, no Rio de Janeiro.

BIBLIOGRAFIA

Crônica

Um buquê de Alcachofras. Rio de Janeiro: José Olympio, 1980.

O valor da vida. Rio de Janeiro: Nova Fronteira, 1982.

Gatos e pombos. Ilustrações de Ricardo Leite. Rio de Janeiro: Guanabara, 1986.

Ficção

A busca. Rio de Janeiro: José Olympio, 1946.

Literatura infantil

Loló e o computador. Ilustrações de Pedro Augusto Graña Drummond. São Paulo: Nacional, 1986.

Memórias

Diário de uma garota. Rio de Janeiro: Record, 1985.

Marcos Pasche nasceu no Rio de Janeiro, em fevereiro de 1981. É doutorando em Literatura Brasileira na Universidade Federal do Rio de Janeiro (UFRJ), onde se bacharelou e licenciou em literaturas e onde também se tornou mestre em Literatura Brasileira. Atua como crítico literário em colaboração com alguns jornais e cadernos literários brasileiros, e trabalha como professor de Literatura em cursos de preparação para o vestibular.

ÍNDICE

Um buquê de crônicas. 7

CONFRADES DA ARTE

Meu pai 21
Ardilosa memória 25
A entrevista que não houve 29
A conferência que (quase) não houve 33
Borges, simplesmente I 37
Borges, simplesmente II 41
Em forma de pomba 45
Vinicius, na Argentina 49
Noite de autógrafos 52
Retrato de um amigo pintor. 56

OFICINA

Bezerro 63
O retrato 67
A porta estreita 71

Eletrodomésticos 75
A liberação feminina 79
A mulher sozinha 82
Massa folhada 85
O bosque 89
Uma história qualquer 92
De como (não) reformar a casa. 96
A nova campanha 100
A ilha 104
Fulguração 108
Tartarugas no jardim 111
Ida e volta 114
O silêncio 118
Palavras 121
Panléxico 125
O ofício de escrever 129

ZOOCRÔNICAS

O valor da vida 135
Pinguins 138
A baleia e as macacas 142
O pardal 145
Gata 148
Plantas e bichos 152
Eles vão e voltam 155
A amiga que viajou 160
Bichos, outra vez 163
Espécie de felicidade 167

Aprender a voar 171
As gêmeas 177

NA PRAÇA DOS ESPAÇOS

Canto de galo 183
Na varanda 187
Na praça Vicente López 191
A nova praça Vicente López 194
Flagrantes na praça 197
Noivas na praça 201
Coisas de antes e de agora 205
Imagens 209
Sobre o carnaval 212
Fantasias 216
A tradição nas cidades 220
A terra de Güiraldes 223
Presépios 227

LIÇÕES DE VIDA

Lições de vida 233
Chove, em abril 237
Finados 240
A angústia domada 244
A égua-da-noite 247
A amiga profunda 250
Indagar 254
No restaurante 258

Outono 262
Pedra! 266

FEITAS DE AFETO

Abacate 273
Notícias de março 276
Vitória 279
Balas de maio 282
Pequenos prazeres 286
Boas-festas 289
Coisinhas lindas 292

Biografia de Maria Julieta Drummond de Andrade 295

Bibliografia 297